陳福成著

文學叢刊

我的革命檔案

文史哲出版社印行

國家圖書館出版品預行編目資料

我的革命檔案 / 陳福成著 . -- 初版 -- 臺北市：
文史哲, 民 103.04
頁；　公分（文學叢刊；318）
ISBN 978-986-314-178-5（平裝）

855　　103008554

文學叢刊 318

我的革命檔案

著者：陳福成
出版者：文史哲出版社
http:// www.lapen.com.tw
e-mail：lapen@ms74.hinet.net
登記證字號：行政院新聞局版臺業字五三三七號
發行人：彭正雄
發行所：文史哲出版社
印刷者：文史哲出版社
臺北市羅斯福路一段七十二巷四號
郵政劃撥帳號：一六一八〇一七五
電話886-2-23511028・傳真886-2-23965656

定價新臺幣四二〇元

二〇一四年（民一〇三）四月初版
二〇二〇年（民一〇九）四月增訂再版

ISBN 978-986-314-178-5　09318

出版說明：代自序

這些個人「檔案」，都是自己保管了一輩子，不忍丟棄的個人「寶物」。但我知道，我能保有的時間，也僅止於有生的未來日子，人走後這些寶物全都成了垃圾，我有些不甘心。

這些雖是個人檔案，也是大時代、大歷史的一小部份，尤其這些檔案發自我一生職場所有單位：砲兵六〇〇群、一九三師、金防部政三組、政研所、八軍團四三砲指部、金防部砲指部、砲校、三軍大學、花東防衛司令部、台灣大學及其他的等等。除了我自己，也涉及許多人和事的歷史記錄。

為使這些檔案「活得比我更久些」，我決定以出版的方式，「檔案們」在兩岸上百個圖書館，舒舒服服的「住」下去，或許會碰到有緣人用得上。（中國統一之前夕，本肇居士陳福成誌於台北公館蟾蜍山萬盛草堂，時為公元二〇一三年十二月。）

陸軍軍官學校預備學生班
第十三期畢業紀念
民國六十年七月二十日

我的革命檔案

目 次

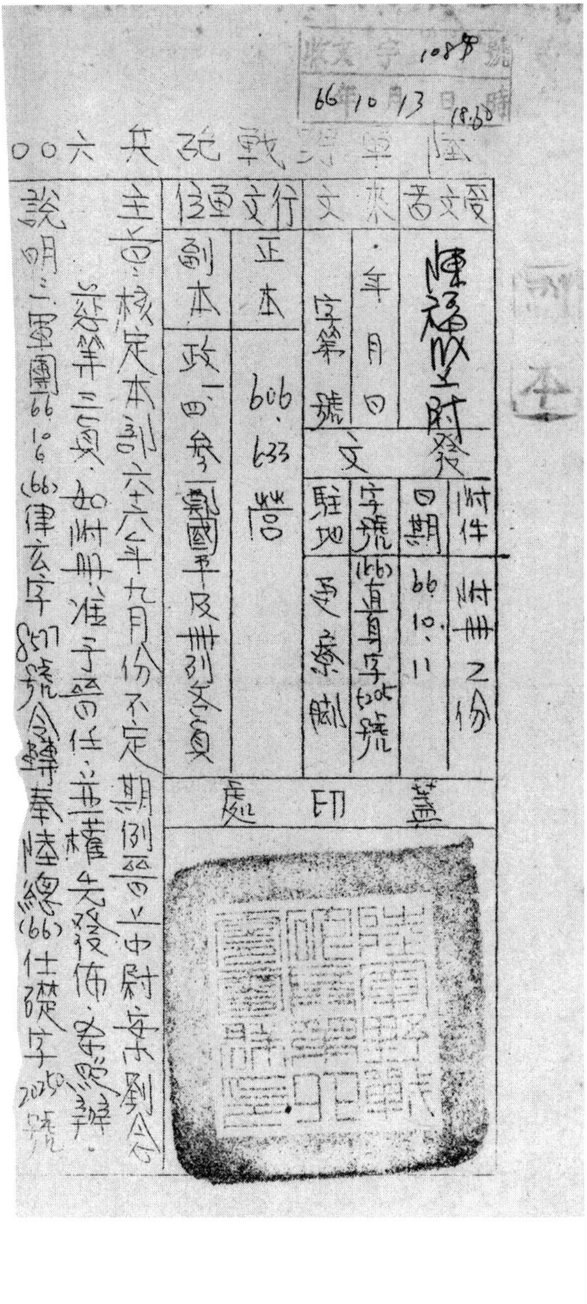

陸軍野戰砲兵六〇〇

收文 字 1088 號
66年10月13日 18:00 時

受文者	陳福成上尉
來文	年 月 日 字第 號
發文 附件	附冊之份
日期	66.10.11
字號	(66)貞肯字6105號
駐地	受參謀
行文單位 正本	606、633營
副本	政一、四參一處國軍及冊列各員

主旨:核定本部六十六年九月份不定期例晉升中尉安宗劉公合等第三員,如附冊,准予晉任,並權先發佈,希照辦。

說明:三軍團66.10.6(66)律玄字8517號令轉奉陸總(66)仕礎字2050號

蓋印處

第一輯 砲兵六〇〇群檔案

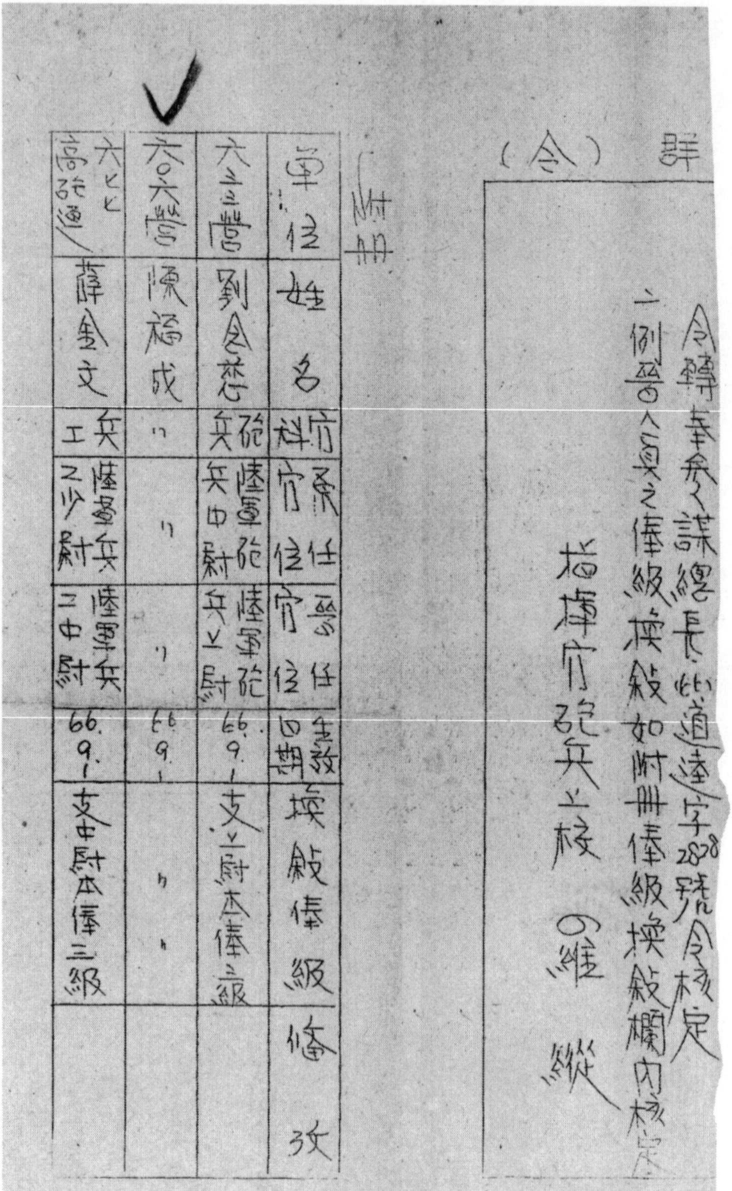

（令）

令轉奉參謀總長（66）逸達字2828號令核定

二例學人員之俸級換敘如附冊俸級換敘欄內核定

指揮官砲兵上校 ○維縱

附冊

單位	姓名	官科	原任官位	晉任官位	生效日期	換敘俸級	備考
六三營	劉含慈	砲兵	陸軍砲兵中尉	陸軍砲兵上尉	66.9.1	上尉本俸二級	
六〇六營	陳福成	〃	〃	〃	66.9.1	〃 〃	
六七七高砲連	薛金文	工兵	陸軍工兵少尉	陸軍工兵中尉	66.9.1	中尉本俸三級	

編號 189

應視同密件保管

任官令

茲核定

區分	兵籍號碼	姓名	軍種	官科	晉任官階	原任官階	生效日期 年月日	服務單位	備考
晉任	玄6897717	高立興	陸軍	砲兵	少校	上尉	70 3 1	陸軍步兵第一〇八師	
晉任	天8181177	鄧金土	陸軍	砲兵	少校	上尉	70 3 1	陸軍步兵第一〇八師	
晉任	玄6899961	田澎明	陸軍	砲兵	少校	上尉	70 3 1	陸軍步兵第一〇九師	
晉任	地5104485	盧前鋒	陸軍	砲兵	少校	上尉	70 3 1	陸軍步兵第一一七師	
晉任	地5105550	于仁家	陸軍	砲兵	少校	上尉	70 3 1	陸軍步兵第一一七師	
晉任	黃0925546	袁國台	陸軍	砲兵	少校	上尉	70 3 1	陸軍步兵第一一七師	

第八九號

中華民國七十年三月二日

第一頁

編號 189

晉任	玄689600	潘義	陸軍砲兵	少校	上尉	70	3	1	陸軍步兵第一一七師	
晉任	玄831735	汪家瓛	陸軍砲兵	少校	上尉	70	3	1	陸軍步兵第一二七師	
晉任	玄677228	林展南	陸軍砲兵	少校	上尉	70	3	1	陸軍步兵第一二七師	
晉任	玄591058	陳自看	陸軍砲兵	少校	上尉	70	3	1	陸軍步兵第一二七師	
晉任	玄689618	袁亞洲	陸軍砲兵	少校	上尉	70	3	1	陸軍步兵第一二七師	
晉任	玄689665	萬勝雄	陸軍砲兵	少校	上尉	70	3	1	陸軍步兵第一四六師	
晉任	天648899	程利建	陸軍砲兵	少校	上尉	70	3	1	陸軍步兵第一四六師	
晉任	地633411	蕭秋銘	陸軍砲兵	少校	上尉	70	3	1	陸軍步兵第一五一師	
晉任	玄689687	金百容	陸軍砲兵	少校	上尉	70	3	1	陸軍步兵第一五八師	
晉任	玄689629	陳懷國	陸軍砲兵	少校	上尉	70	3	1	陸軍步兵第一五八師	

編號 189

晉任	玄689716	周湘金	陸軍砲兵	少校	上尉	70	3	1	陸軍步兵第一五八師
晉任	天489035	陳東民	陸軍砲兵	少校	上尉	70	3	1	陸軍步兵第一五八師
晉任	天640091	劉昌明	陸軍砲兵	少校	上尉	70	3	1	陸軍步兵第一六八師
晉任	玄661560	包蒼彬	陸軍砲兵	少校	上尉	70	3	1	陸軍步兵第一六八師
晉任	玄689750	何嘉銳	陸軍砲兵	少校	上尉	70	3	1	陸軍步兵第一六八師
晉任	玄591039	雷顯耀	陸軍砲兵	少校	上尉	70	3	1	陸軍步兵第一六八師
晉任	地633401	翁思德	陸軍砲兵	少校	上尉	70	3	1	陸軍步兵第一九三師
晉任	地633410	葉青萍	陸軍砲兵	少校	上尉	70	3	1	陸軍步兵第一九三師
晉任	地510487	陳福成	陸軍砲兵	少校	上尉	70	3	1	陸軍步兵第一九三師
晉任	天745741	陳文成	陸軍砲兵	少校	上尉	70	3	1	陸軍步兵第一九三師

編號 189

晉任	地 510506	田文賢	陸軍砲兵	少校	上尉	70 3 1	陸軍步兵第二〇三師
晉任	玄A 689694	李紀勇	陸軍砲兵	少校	上尉	70 3 1	陸軍步兵第二〇三師
晉任	黃 077216	吳沐雲	陸軍砲兵	少校	上尉	70 3 1	陸軍步兵第二〇三師
晉任	天 648969	李緝熙	陸軍砲兵	少校	上尉	70 3 1	陸軍步兵第二一〇師
	合計	三〇員					

總統 蔣經國

行政院院長 孫運璿

國防部部長 高魁元

參謀總長海軍一級上將 宋長志

陸軍第一九三師

主辦單位：本部人事署

本令為人事有效證件、應妥慎保管

(70)人令（職）字第九二二號

陸軍總司令部（令）

保密區分

傳遞速度

處理時限

前文時間字號：年　月　日　字第　號

縮影：要　不要

保存年限：年

歸卷區分：計　執　考

受文者：陳福成少校

來文時間字號：年　月　日　字第　號

發文日期：中華民國[illegible]月拾[illegible]日發出

發文字號：(70)銓任字第一三七一一號

附件

駐地：龍潭

蓋印

行文單位

正本：金防部、第六軍團

副本：總政戰部(3)、人事次長室(3)、資訊站、本部政戰部第一(3)三處、人事署第三、六組、陸作組、步兵第一九三、二二六師及掛列各員（參攷、登記、照辦）

主旨：核定湯振興少校等四員調職，希照辦。

說明：核定湯振興少校等四員調職如次：

異動區分	異動原因
	異動代號
兵籍號碼	
姓名	
編制	階級及專長
	階級代號
	編制號
軍校及科別	
代號	
現階	階（薪）級
	代號
本人專長	
新任	單位名稱
	代職號
	職稱
	代號
原任	單位名稱
	職稱
生效日期	
檢查號	
新選資料	
備註	

本件保存　年　卷號

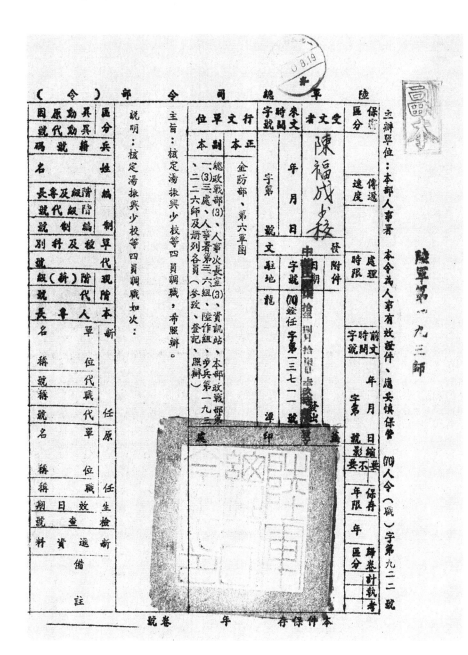

右四員

總司令陸軍二級上將 郝柏村

調	調	調	調
KB3	KB3	KB3	KB3
天745671	黃ϕ71919	地51ϕ487	天611541
潘亞華	林寅清	陳福成	湯振興
4131 少校	4131 少校	4131 少校	4131 少校
5ϕ	5ϕ	5ϕ	5ϕ
ϕ15	ϕϕ6	ϕ16	ϕ29
陸軍工兵	陸軍步兵	陸軍砲兵	陸軍步兵
EN 1	IN 1	AT 1	IN 1
少校二級	少校二級	少校二級	少校二級
5ϕϕ2	5ϕϕ2	5ϕϕ2	5ϕϕ2
4131	4131 ϕϕ9ϕ	4131 ϕϕϕ1	4131
陸軍步兵第二二六師六七六旅政治作戰處	陸軍步兵第一九三師支援指揮部政治作戰處	陸軍步兵第一九三師五七七旅政治作戰處	陸軍步兵第一九三師司令部政治作戰部第三科
B3ϕ251	B3112ϕ	B31151	B311ϕ1
監察官	監察官	監察官	監察官
65S3	65S3	65S3	65M3
陸軍步兵第二二六師支援指揮部	陸軍步兵第一九三師五七七旅步兵第二營	陸軍步兵第一九三師砲兵指揮部	陸軍步兵第一九三師五七七旅政治作戰處
補給官	作戰官	情報官	監察官
一 九 宇	一 九 宇	一 九 宇	一 九 宇
6	1	2	ϕ
(4) (3) (2) (1) 1	(4) (3) (2) (1) 1	(4) (3) (2) (1) 1	(4) (3) (2) (1) 1

校對：翁淑珍

副本

本令為人事有效證件，應妥慎保管

陸軍步兵第一九三師司令部（令）

(70)人令戰字一三〇號

保密區分	
傳遞速度	最速件
處理時限	最速件
前文	
受文者	陳福成
來文	
發文 日期	70年8月28日十六時
發文 字號	(70)義意字五一九七號
發文 駐地	台北
附件	
行文單位 正本	五七七旅、砲指部、政三科
行文單位 副本	如說明二
蓋印處	

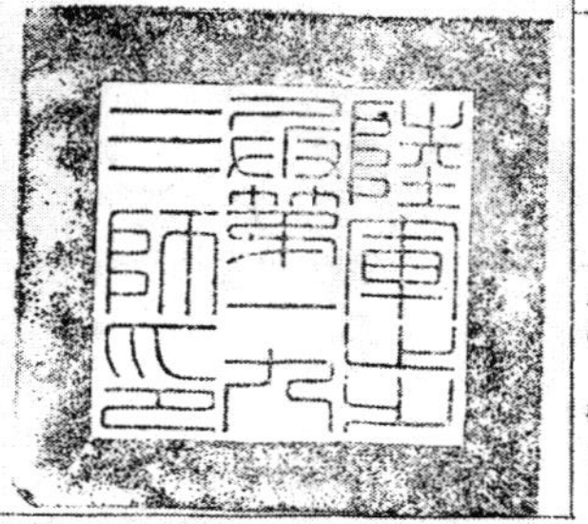

校印：黎永昌
承辦：魏榮明

本件保存　年　卷號

主旨：奉核定：步兵少校湯振興等兩員調職，希照辦。

說明：

一、奉核定：步兵少校湯振興等兩員調職，如次：

區分		調	調
異動原因	異動代號	K B 3	K B 3
兵籍號碼		天611541	地51φ487
姓名		湯振興	陳福成
編制	階級及等長	少校4131	少校4131
	階級代號	5 φ	5 φ
	編制號	φ 2 9	φ 1 6
軍代	種及科別	陸軍步兵	陸軍砲兵
	號	IN 1	AT 1
現階	階(薪)級	少校二級	少校二級
	代號	5 φ φ 2	5 φ φ 2
本人	等長	4 1 3 1	4131 φφφ1
新任	單位名稱	陸軍一九三師司令部政戰部第三科	陸軍一九三師五七七旅政戰處
	代號	B311φ1	B31151
	職稱	監察官	監察官
	代號	6 5 M 3	6 5 S 3
原任	單位名稱	陸軍一九三師五七七旅政戰處	陸軍一九三師砲指部
	職稱(階級)	監察官	情報官
生效	日期	70 9 1	70 9 1
檢查	號	φ	2
新進資料		(1) (2) (3) (4) 1	(1) (2) (3) (4) 1
備考		奉總部70.8.17.(70)銓任字一三七二號令辦理。	同右

二、副本：抄送總部政一組、政三組、人三組(四)，抄呈軍團政一組、政三組、六十九軍政一三科、一〇二單位、聯勤財務署(二)、財務署薪管處；抄發本部政一、三、四科、參一科(廿)、資料室(二)、參四科、二一六財勤隊、補辦室、主計組及冊列人員（請備查、查照、登記、照辦）。

師長　陸軍少將　李建中

陸軍總司令部（令）

主辦單位：本部政戰部

保密區分

受文者：一九三師五七七旅 陳福成少校

傳遞速度：最速件

處理時限：最速件

來文時間：年 月 日

來文字號：字第 號

附件：得獎人名冊

發文日期：71年3月16日15時發出

發文字號：(71)瑞精字第〇八四七號

發文駐地：桃園龍潭

前文時間：年 月 日

前文字號：字第 號

附影：不要

行文單位：

正本：表列各單位

副本：國防部（核備）、本部政二(4)、五處、人事署、總務處、政戰部行政室、出版社、營指部、第一、二會客室、冊列各員本人（均查照）

主旨：核定本軍第十屆文藝金獅獎得獎人蘇進強等十九員，如附冊，請照辦！

說明：

一、本軍第十屆文藝金獅獎頒獎，定於三月廿六日（星期五）在本部中正堂舉行，除獲佳作獎人員之獎金另案撥發免予出席外，獲金、銀、銅獅獎人員均應親自出席領獎。

二、領獎人員服裝及一般規定：

本件保存 年 卷號

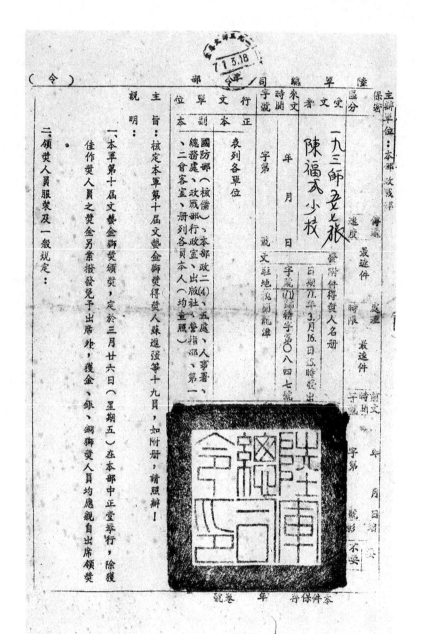

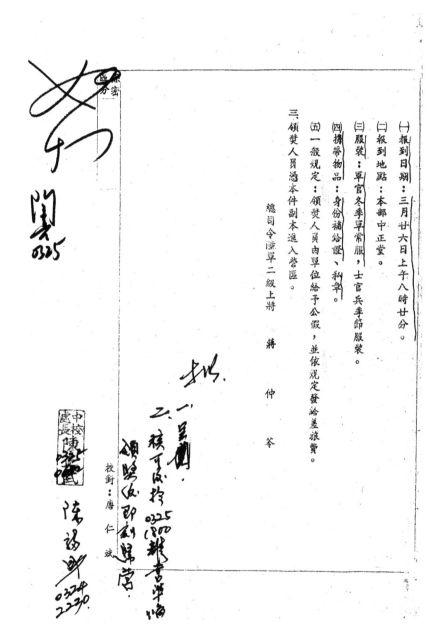

區分　保密

㈠報到日期：三月廿六日上午八時廿分。
㈡報到地點：本部中正堂。
㈢服裝：軍官冬季軍常服，士官兵季節服裝。
㈣攜帶物品：身份補給證、私章。
㈤一般規定：領獎人員由單位給予公假，並依規定發給差旅費。

三、領獎人員憑本件副本進入營區。

總司令陸軍二級上將　蔣　仲　苓

校對：唐　仁　斌

中校處長陳

陸軍第十屆文藝金獅獎入選作者名冊

類別	區分	獎別	作品名稱	作者單位	階級	姓名	核發獎金	備考
小說類	短篇小說	金獅獎	青青子衿	第一士校	上尉	蘇進強	五、〇〇〇〇〇	
	中篇小說	銀獅獎	這一代的青年人	金防部	下士	陳正雄	六、〇〇〇〇〇	銅獅獎缺
散文類	散文	銅獅獎	武陵行	步訓部	中士	彭明輝	三、〇〇〇〇〇	金、銀獅獎缺
	散文	佳作	青春激盪	第一士校	上尉	蘇進強	一、〇〇〇〇〇	
詩歌	長詩	銅獅獎	追祭	第十軍團	少尉	胡忠立	四、〇〇〇〇〇	金、銀獅獎缺
	長詩	銅獅獎	龍之子	兵工學校	上[illegible]	王慶堂	四、〇〇〇〇〇	
	長詩	佳作	聖殺	第六軍團	少尉	林炳堯	一、五〇〇〇〇	
	短詩	銀獅獎	高登之歌	一九三師	少校	陳福成	四、〇〇〇〇〇	金獅獎缺
	短詩	銅獅獎	大漢之聲	陸勤部	一兵	陳尚義	三、〇〇〇〇〇	

類	短詩	佳作	春神篇	金防部	上兵	郭宗鑫	一、〇〇〇〇〇	
美術類	宣傳畫	金獅獎	迎接自強年	馬防部	上兵	游景源	五、〇〇〇〇〇	
	水彩	銀獅獎	康莊大道	六軍團	一兵	陸志龍	四、〇〇〇〇〇	
	書法	銀獅獎	倪寬傳贊	金防部	上兵	賴坤榮	四、〇〇〇〇〇	
	油畫	銅獅獎	歡樂童年	六軍團	中士	蘇旺伸	三、〇〇〇〇〇	
	攝影	銅獅獎	精壯的陸軍	陸軍出版社	上士	范建華	三、〇〇〇〇〇	
	國畫	銅獅獎	積極備戰	陸勤部	上尉	楊建台	三、〇〇〇〇〇	
音樂類	軍樂	銅獅獎	大中至正進行曲	六軍團	少校	陳榮昇	三、〇〇〇〇〇	金、銀獅獎缺
	歌曲	佳作	狂飆	金防部	一兵	鄭中鈺	一、〇〇〇〇〇	
	歌曲	佳作	中華兒女氣如虹	陸勤部	上尉	李俊清	一、〇〇〇〇〇	
合計						十九員	五九、五〇〇〇〇	

陸軍步兵第一九三師司令部令（　　令　　）

本令為人事有效證件，應妥慎保管

保密區分	
傳遞區分	
處理時限	
受文者	陳福成
發文日期	72年6月18日16時發
發文字號	(72)義意字第二九二八號
發文附件	
發文駐地	馬祖北竿
行文單位 正本	政三科、五七七旅
行文單位 副本	如說明二項
蓋印	長
前文	(72)人令職字第○七八號

承辦：陳景莊
校印：王偉職

主旨：奉核定：本部砲兵少校陳福成乙員調職案。如說明，請照辦！

說明：

一、奉核定：本部砲兵少校陳福成乙員調職。如次：

區分	項目	內容
異動	異動代號	K B 3
	異動原因	調
兵	兵籍號碼	地51φ487
姓	姓名	陳福成
編制	階級及專長	少校 4131
	階級代號	φ 5
	編制號	9 2 φ
軍	軍種及類別	陸軍砲兵
代	代號	1 AT
現階	階（新）級	少校四級
	代號	4 φ φ 5
本新	人專長	4131
	單位名稱	陸軍一九三師政三科
	代號	1 φ 1 1 0
	職稱	監察官
	代號	3 M 5 6
原任	單位名稱	陸軍一九三師五七七旅政戰處
	職（階級）稱	監察官
生效	生效日期	72 6 16
檢查	檢查號	2
新進	新進資料	① ② ③ ④ 1
備考		「奉總部72.5.31(72)銓任八一七九號令新理二個人基本考校資料單位目行轉移。

二、副本：抄呈馬防部（請核備）、抄送陸總部政「三處(二)、人三組(四)、一○二單位、聯勤財勤署(二)財務署(二)、財務署新管處、五七七收支組（請備查）、抄發本部政一科(四)、參一科(六)、資料室(二)、主計組、二一六財勤隊、福利室、政本部、北高指揮組（均請查照、登記）及冊列人員（照辦）」

師長　陸軍少將　丁之發

本件保存年　　卷　　號：

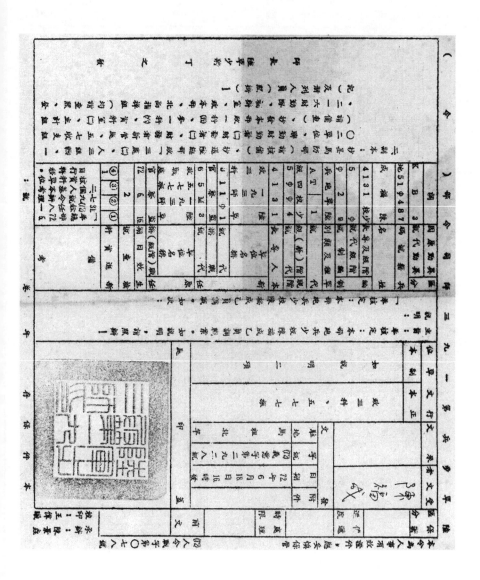

陸軍步兵第一九三師司令部（令）

本令為人事有效證件，應妥慎保管

(72)人令職字第一九〇號

保密區分	
傳遞速度	
處理時限	
前文	
受文者	陳福成
發文 日期	72年12月20日十六時發
發文 字號	(72)義嘉字第六二〇〇號
發文 駐地	馬祖北竿
附件	
行文單位 正本	政三科、通信營
行文單位 副本	如說明二項
蓋印處	

校印：涂鴻鑫
承辦：陳景莚

本件保存　年　卷號：

主旨：奉核定：政戰少校臧國強等兩員調職，請照辦：

說明：一、奉核定：政戰少校臧國強等兩員調職，如次：

區分		
異動區分 / 異動代號	調 KB3	調 KB3
兵籍號碼	天745423	地51φ487
姓名	臧國強	陳福成
編制 階級及專長	4131少校	4131少校
編制 階級代號	5φ	5φ
編制 編制號	φ29	φ13
軍種及類別	陸軍政治作戰	陸軍砲兵
代號	PW 1	AT 1
現階 階（薪）級	少校四級	少校四級
現階 代號	5φφ4	5φφ4
本人專長	4131	4131
新任 單位名稱	陸軍一九三師政三科	陸軍六軍團九一兵工群政戰處。
新任 代號	B311φ1	B135φ1
新任 職稱	監察官	監察官
新任 代號	69M1	69S1
原任 單位名稱	陸軍一九三師通信營	陸軍一九三師政三科
原任 職稱（階級）	輔導長	監察官
生效日期	72 12 16.	72 12, 16.
檢查號	7	2
新進資料	① ② ③ ④1	① ② ③ ④1
備考	奉總部72.12.7(72)銓任字第一九二二七號令辦理。	

二、副本：抄呈防衛部（請備查），抄送陸總部政一、三處(二)、人三組(四)、一〇二單位、聯勤財務署(二)（請查照）抄發本部政一科(五)、政三、四科、參一科(五)、資料室(二)、主計組、補辦室、政本部、北高指揮組、五七收支組、七〇三財勤作業組（請查照）及册列人員（照辦）。

師長 陸軍少將 丁之發

第三輯 金防部政三組檔案

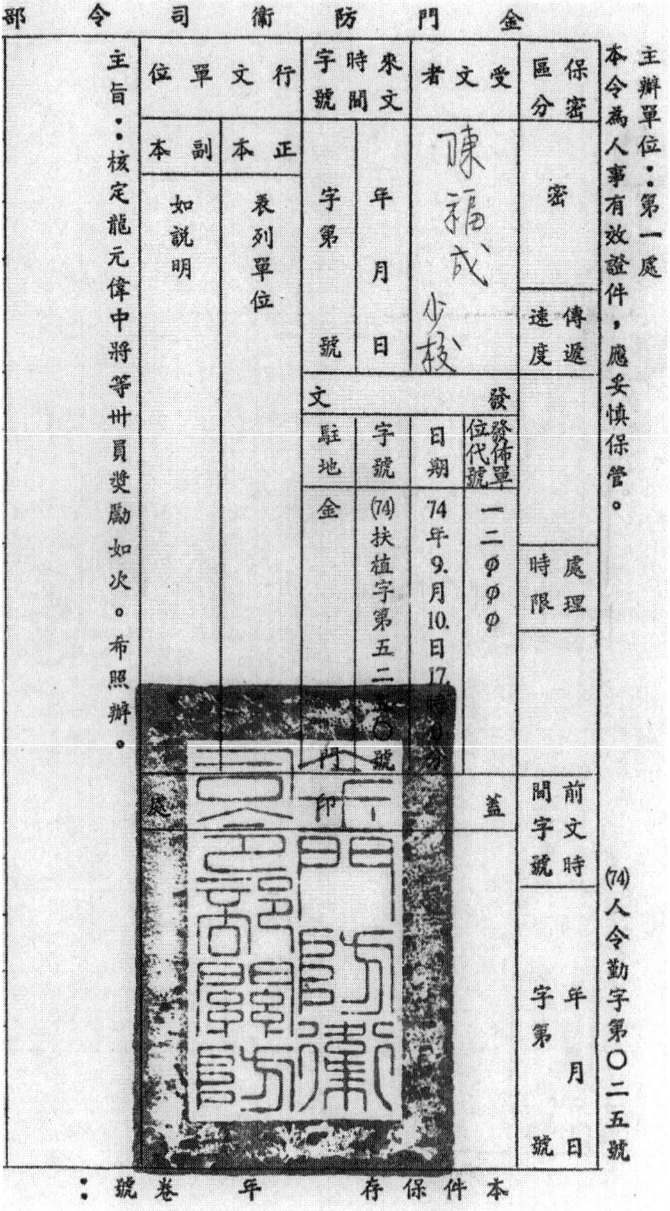

金門防衛司令部

主辦單位：第一處

本令為人事有效證件，應妥慎保管。

保密區分	密
傳遞速度	
處理時限	
前文時間字號	年 月 日 字第 號
受文者	陳福成 少校
來文時間字號	年 月 日 字第 號
發文 發佈單位代號	一二φφφ
發文 日期	74年9.月10.日17.時[illegible]分
發文 字號	(74)扶植字第五二[illegible]號
發文 駐地	金門
行文單位 正本	表列單位
行文單位 副本	如說明
蓋	處

(74)人令勤字第〇二五號

主旨：核定龍元偉中將等卅員獎勵如次。希照辦。

本件保存 年 卷號：

（令）

單位 名稱	司令辦公室	參謀辦公室	參謀辦公室	參謀辦公室	政戰部
單位 代號（6.~11.）	12φφ1	12φφ1	12φφ1	12φφ1	12φφ1
兵籍號碼（12~20.）	φ312φ5	34φ569	34φ569	34φ569	φ57247
姓名	龍元偉	張光錦	張光錦	張光錦	周孝友
編號（21~23.）	φφ1	φφ2	φφ3	φφ4	φφ5
級職（現階）	陸軍中將前副司令官	陸軍少將前參謀長	陸軍少將前參謀長	陸軍少將前參謀長	陸軍少將主任
編階代號（24~25.）	1φ	2φ	2φ	2φ	2φ
勳（懲罰）獎 事由	綜理七十四年基層幹部管教講習暨管教革新作法全般策劃及督導績效卓著	綜理七十四年基層幹部管教講習暨管教革新作法全般策劃及督導績效卓著	督導本部七十四年度施政計劃檢討分析作業奉核佈倣等	督導本部各單位綜合各項七十三年統計報告奉核佈倣等	綜理七十四年基層幹部管教講習暨管教革新作法全般策劃及督導績效卓著
勳（懲罰）獎 代號（26~27.）	72	72	72	72	72
勳（懲罰）獎 種類	事蹟存記	事蹟存記	事蹟存記	事蹟存記	事蹟存記
勳（懲罰）獎 代號（28~36.）					
勳（獎）章證書（執照）號碼					
不計點識別（37.）					
姓名四角號碼	φ11φ24	119φ86	119φ86	119φ86	77444φ
備考	奉總部14.7.27.(74)崇公字第二六五九號令辦理調總統府第二局	奉總部74.7.27.(74)崇公字第二六五九號令辦理調六十九軍	奉總部74.7.30.(74)嵩神字第一二一七號令辦理	奉總部74.7.30.(74)嵩神字第一二一八號令辦理	奉總部74.7.27.(74)崇公字第二六五九號令辦理

砲指部	步兵一五八師	步兵一五八師	步兵一五八師	政戰部	參辦室	參辦室	參辦室	參辦室	參辦室
121φ[illegible]	3φ6φ1	3φ6φ1	3φ6φ1	12φφ1	12φφ1	12φφ1	12φφ1	12φφ1	12φφ1
天 319863	φ93265	φ93265	φ93265	φ84969	φ94φ33	φ79193	φ79193	φ79193	φ79193
張寧吾	馬雲昇	馬雲昇	馬雲昇	黃增焜	姜明琳	寗發鼎	寗發鼎	寗發鼎	寗發鼎
φ15	φ14	φ13	φ12	φ11	φ1φ	φφ9	φφ8	φφ7	φφ6
陸軍少將指揮官	陸軍少將師長	陸軍少將師長	陸軍少將師長	陸軍少將前副主任	陸軍少將副參謀長	陸軍少將副參謀長	陸軍少將副參謀長	陸軍少將副參謀長	陸軍少將副參謀長
2φ	2φ	2φ	2φ	2φ	2φ	2φ	2φ	2φ	2φ
本部七十四年度下半年駐地訓練測驗乙組第一名	防區七十四年度滅鼠績效評比甲組第一名	本部七十五年度上半年觀測所競賽模範觀測所選拔甲組第一名	本部七十四下半年駐地訓練測驗甲組第一名	綜理七十四年—基層幹部管教講習黨管教革新作法—全般策劃及督導績效卓著	綜理七十四年—基層幹部管教講習黨管教革新作法—全般策劃及督導績效卓著	督導電訊偵收作業績效卓著	督導本部七十三年統計報告之審核奉核佈優等	督導審核本部七十四年度施政計劃檢討分析作業奉核佈優等	綜理七十四年—基層幹部管教講習—黨—管教革新作法—全般策劃及督導績效卓著
22	72	22	22	72	72	22	72	72	72
事蹟存記	事蹟存記	事蹟存記	事蹟存記	事蹟存記	事蹟存記	事蹟存記	事蹟存記	事蹟存記	事蹟存記
113φ1φ	711φ6φ	711φ6φ	711φ6φ	444896	8φ6714	3φ1222	3φ1222	3φ1222	3φ1222
				奉總部74.7.27.(74)崇公字第二六五九號令辦理綱三軍大字陸軍指參學院	奉總部74.7.27.(74)崇公字第二六五九號令辦理	奉總部(74)華聯字一二三七號令辦理	奉總部74.7.30.(74)嵩神字第一二一八號令辦理	奉總部74.7.30.(74)嵩神字第一二一七號令辦理	奉總部74.7.27.(74)崇公字第二六五九號令辦理

戰車七〇一群	336φ1	天 525955	謝台喜	φ25	陸軍上校指揮官	3φ	防區七十四年度滅鼠績效評比次優單位	72	記存蹟事				φ44φ4φ	
步兵一二七師	3φ3φ1	5φ9252	張振國	φ24	陸軍少將師長	2φ	防區七十四年度滅鼠績效評比次優單位	72	記存蹟事				11576φ	
後指部	122φ1	φ79228	饒德俊	φ23	陸軍少將指揮官	2φ	防區七十四年度滅鼠績效評比乙組第一名	72	記存蹟事				842423	
步兵三一九師	3φ1φ1	天 1825φ2	郭達沾	φ22	陸軍少將前師長	2φ	七十四年「基層幹部管敎講習暨管敎革新作法評比甲組第一名	72	記存蹟事				φ73431	調防衛部參謀長
步兵二八四師	3φ9φ1	34φ63φ	葉競榮	φ21	陸軍少將師長	2φ	七十四年「基層幹部管敎講習暨管敎革新作法」經總部檢查成效良好	72	記存蹟事				44φφ99	奉總部74.7.27.(74)崇公字第二六五九號令辦理
步兵二八四師	3φ9φ1	34φ63φ	葉競榮	φ2φ	陸軍少將師長	2φ	本部七十五年度上半年觀測所競賽評比甲組第一名	22	記存蹟事				44φφ99	
步兵二八四師	3φ9φ1	34φ63φ	葉競榮	φ19	陸軍少將師長	2φ	本部七十四年度下半度軍官敎戰總則測驗甲組第一名	72	記存蹟事				44φφ99	
砲指部	121φ1	天 319863	張寧吾	φ18	陸軍少將指揮官	2φ	防區七十四年度滅鼠績效評比次優單位	72	記存蹟事				113φ1φ	
砲指部	121φ1	天319863	張寧吾	φ17	陸軍少將指揮官	2φ	本部七十四年基層幹部管敎暨國軍基層幹部管敎革新作法講習乙組第一名	72	記存蹟事				113φ1φ	
砲指部	121φ1	天 319863	張寧吾	φ16	陸軍少將指揮官	2φ	本部七十四年度下半年軍官敎戰總則測驗乙組第一名	72	記存蹟事				113φ1φ	

主計處	主計處	主計處	主計處	主計處	主計處	主計處	政二組	憲兵連	金勤連
12φφ1	12φφ1	12φφ1	12φφ1	12φφ1	12φφ1	12φφ1	12φφ1	12φφ4	12φφ2
玄77φ855	玄77φ855	533φ21	533φ21	112538	112538	天A182354	玄6φ1292	玄A128495	地683119
張振濬	張振濬	周法家	周法家	耿秉禎	耿秉禎	溫國釗	孫乃文	吳坤明	汪為良
φ35	φ34	φ33	φ32	φ31	φ3φ	φ29	φ28	φ27	φ26
陸軍中校預算官	陸軍中校預算官	陸軍上校副處長	陸軍上校副處長	陸軍上校處長	陸軍上校處長	陸軍上尉管理分析官	陸軍上校政參官	憲兵上尉連長	陸軍上尉前運長
4φ	4φ	3φ	3φ	3φ	3φ	5φ	3φ	5φ	5φ
承辦統計報告各項資料之蒐集彙整奉核佈達等	承辦本部七十四年度施政計劃檢討分析作業奉總部核佈達等	綜理各項統計報告資料審核奉核佈達等	審核本部七十四年度施政計劃檢討分析作業奉總部核佈達等	督導本部七十三年統計報告之編製奉總部核佈達等	督導本部七十四年度施政計劃檢討分析作業奉總部核定達等	本部單官團七十四年度下半年政治教育測驗個人成績第一名	負責離島播音器材採購作業負責盡職圓滿完成	防區七十四年度滅鼠績效評比連級第一名	本部七十四年基層幹部管教暨國軍基層幹部管教革新作法講習丙組第一名
74	74	72	72	72	72	74	74	72	72
次貳獎嘉	次乙功記	次乙獎嘉	次乙功記	次乙獎嘉	次乙功記	次乙功記	次貳獎嘉	次乙獎嘉	次乙功記
82	71	81	71	81	71	71	82	81	71
115131	115131	77343φ	77343φ	192φ31	192φ31	366φ82	1217φφ	264567	31343φ
奉總部74 7 30.(74)嵩神字第一二一八號令辦理	奉總部74 7 30.(74)嵩神字第一二一七號令辦理	奉總部74 7 30.(74)嵩神字第一二一八號令辦理	奉總部74 7 30.(74)嵩神字第一二一七號令辦理	奉總部74 7 30.(74)嵩神字第一二一八號令辦理	奉總部74 7 30.(74)嵩神字第一二一七號令辦理				調後指部運輸組

第二處	12φφ1	玄A294φ69	黃金樹	φ44	陸軍中尉地圖複照官	7φ	協辦及督導偵收業務並彙報資料績效卓著	24	記功乙次	71			448φ44	奉總部(74)肇賺字第一二三七號令辦理
第二處	12φφ1	玄 5φ7273	陳嫻伯	φ43	陸軍上校參謀官	3φ	督導電訊偵收作業績效卓著	22	嘉獎貳次	82			759726	奉總部(74)肇賺字第一二三七號令辦理
第二處	12φφ1	231662	唐政	φ42	陸軍上校前處長	3φ	督導電訊偵收作業績效卓著	22	嘉獎貳次	82			φφ1814	奉總部(74)肇賺字第一二三七號令辦理 調一二七師
政三組	12φφ1	黃 φ81946	哈思魯	φ41	陸軍少校前監察官	5φ	承辦「七十四年基層幹部管教革新暨管教作法」講習獲全軍第一名	74	嘉獎乙次	81			686φ27	奉總部74.7.27.(74)崇公字第二六五九號令辦理 調陸勤部政三組
政三組	12φφ1	玄 8314φφ	劉台生	φ4φ	陸軍少校監察官	4φ	承辦「七十四年基層幹部管教革新暨管教作法」講習獲全軍第一名	74	記功乙次	71			722325	奉總部74.7.27.(74)崇公字第二六五九號令辦理
政三組	12φφ1	地A51φ489	陳福成	φ39	陸軍少校監察官	4φ	綜理七十四年「基層幹部管教革新暨管教作法」講習督導各級執行認真	72	嘉獎乙次	81			753153	奉總部74.7.27.(74)崇公字第二六五九號令辦理
政三組	12φφ1	386667	張鎮樹	φ38	陸軍中校監察官	4φ	綜理七十四年「基層幹部管教革新暨管教作法」講習督導各級執行認真	72	嘉獎乙次	81			118444	奉總部74.7.27.(74)崇公字第二六五九號令辦理
政三組	12φφ1	玄 645296	王世庚	φ37	陸軍中校監察官	3φ	綜理七十四年「基層幹部管教革新暨管教作法」講習督導各級執行認真	72	嘉獎乙次	81			1φ44φφ	奉總部74.7.27.(74)崇公字第二六五九號令辦理
政三組	12φφ1	1754φ8	房珍如	φ36	陸軍上校前組長	3φ	綜理七十四年基層幹部管教革新暨管教作法」講習獲全軍第一名	72	記功乙次	71			3φ1846	奉總部74.7.27.(74)崇公字第二六五九號令辦理 調三軍大學

說明：副本抄送總統府第二局、國防部人次室（資料組）、政一處、政三處、三軍大學、陸軍指參學院、憲兵司令部、陸總部人五、六組、政一處、陸勤部政三組、六十九軍、本部第一處三科(6)、資料室(1)、政一、四組、後指部運輸組、軍醫組及表列個人（登資或查照）。

司令官　陸軍二級上將　宋心濂

校對：李慶元

附加標示：陸軍1624部隊

國防部（令）

保密區分	
傳遞速度	最速件
處理時限	最速件
前文時間字號	年 月 日 字第 號
縮影	要 不要

受文者	陳福成 上校
來文時間字號	年 月 日 字第 號
發文	
附件	
日期	七十四年九月廿五日十四時發出
字號	(74)弘弼字四一四六號
駐地	介壽館

行文單位	
正本	陸、海、空、勤、警備總部、憲兵司令部、本部各乙級幕僚單位，及直屬各院校
副本	冊列人員（查照）、作戰七處（十份）（續辦）

蓋印處

主旨：茲核定第十二屆軍事著作金像獎獲獎人員及作品名冊如附件，請照辦。

參謀總長陸軍一級上將 郝柏村

校對：曹洪志

保密區分

本 號

第十二屆軍事著作金像獎獲獎人員及作品名冊

類別	作品名稱	獎別	作者單位	作者級職	作者姓名	獎勵種類	備考
政戰類	國軍榮團會之研究	佳作獎	憲兵二二五營	少校輔導長	劉承宗	佳作獎牌一面 獎金二萬元	
	如何推展敵後政治作戰與奠定光復大陸先勝基礎之研究	〃	三軍大學	上校教官	李海棟	〃	
	北伐時期群衆戰之研究	〃	政戰學校	上尉	張培新	〃	
	領袖國家戰略思想之研究	〃	三軍大學	上校	吳彥漢	〃	
人事類	對我國兵役制度以往之檢討與未來發展趨勢	銅像獎	人力司	少將處長	王向楨	銅像獎一座 獎金拾萬元	
	現行戒嚴制度之探討	佳作獎	軍法局	中校軍法官	李晉安	佳作獎牌一面 獎金二萬元	
	基層單位人員管教之我見	〃	陸軍一六二四部隊	少校	陳福成	〃	
情報類	現階段美、蘇、中共戰略三角關係分析	〃	政戰學校	上尉	李大國	〃	
	八〇年代初期中共陸軍戰力分析	〃	陸官校	少校副營長	洪廷學	〃	
	核子時代中共空權之運用	〃	空軍四二七聯隊	少校攷核官	張嘉中	〃	
作戰類	防禦作戰中戰鬥直昇機運用之研究	銅像獎	三軍大學	中校教官	施灤淵	銅像獎一座 獎金拾萬元	
	台海攻守空戰戰略之商榷	佳作獎	聯訓部	少將督導官	鄧思貽	佳作獎牌一面 獎金二萬元	
	小島防禦之研究	〃	海軍陸戰隊	上校指揮官	林秋同	〃	
	台澎防衛作戰—反登陸反空降作戰之探討	〃	三軍大學	上校教官	麻春元	〃	
	兩伊戰爭對我反攻復國建軍備戰之啓示	〃	三軍大學	上校主任教官	劉克誠	〃	
教育訓練類	國父軍官教育思想之研究	〃	政戰學校	少校	黃奕炳	〃	
	海島防禦作戰砲兵對海上目標行直接瞄準射擊之研究	〃	三軍大學	上校教官	李尚勳	〃	

後勤類	憂鬱症在神經化學上之研究	佳作獎	國防醫學院	中校軍醫	陸汝斌	佳作獎牌一面獎金二萬元
	軍中預防保健之探討與前瞻	〃	空軍總醫院	上校組長	何邦立	〃
	由「分散配置海上機動」指導對後勤機動之探討	〃	三軍大學	上校教官	王文輝	〃
	台澎防禦作戰空軍後勤優勢作爲之研究	〃	三軍大學	上校教官	任寶森	〃
	倉儲管理	精神獎	聯勤三〇一廠	下士	倪聖國	獎金伍仟元
建軍類	軍事僞裝	佳作獎	中科院	中校工程師	褚知愆	佳作獎牌一面獎金二萬元
史籍類	戰史學	〃	三軍大學	上校主任教官	韋華	〃
	從比較戰略觀點看韓戰、越戰的經驗教訓	〃	三軍大學	上校教官	張京萊	〃

副本

金門防衛司令部（令）

主辦單位：第一處

保密區分	受文者	來文時間字號	行文單位
密	陳福成中校	年月日 字第 號	正本：冊列本部單位（含各師、二士校） 副本：如說明三

傳遞速度	最速件
處理時限	

發文	
附件	名冊乙份
日期	74年12月28日
字號	(74)扶植字第七四六四號
駐地	金門
蓋印處	

前文時間字號：年月日 字 字 號

主旨：奉核定：本部吳德麟中校等八五員均准予定期晉任上、中、少校（如附冊），以七十五年元月一日生效，任官令另發。希照辦。

說明：

一、層奉參謀總長七十四年十二月廿日(74)基培字五〇七五、五〇八七號令核定。

二、冊列晉任上校暨本部、直屬部隊晉任中校人員，均於七十五年元旦慶祝大會中舉行受階，晉任少校人員由單位主官（管）自行授階。

三、副本（含附冊）分行總部政戰部、人事署三、六組、聯勤留守業務署、財務署薪給組、憲兵司令部、第八、十軍團司令部、陸勤部通信署、運輸署、工兵署、經理署、軍醫署、化學兵處、步兵第一〇四、二五七師、第四財勤處（以上請查照或登資）發本部一〇七單位、政四組、主計處、第一處（資、計(二)、留、任(二)、官、經）及冊列各員本人乙份（照辦）。

司令官

校對：蔡耕志

保密區分
密

本件保存　年　卷號：

附冊

金門防衛司令部七十五年元月份定期晉任軍官名冊

單位	姓名（兵籍號碼）	官科	原任官位	晉任官位	原支俸級	換敘俸級	生效日期	備考
第一處	吳德麟 天五二七一九三	步兵	中校	上校	九級	五級	75 1. 1.	
第三處	劉金亞 玄五五六三三二	步兵	中校	上校	七級	三級	75 1. 1.	
第二士校	陸華寧 玄五七二〇七八	步兵	中校	上校	七級	三級	75 1. 1.	
參辦室	利玉忠 玄五二一八一三	砲兵	中校	上校	七級	三級	75 1. 1.	
步兵第一五八師司令部	張嘉明 地三六六七五五	砲兵	中校	上校	八級	四級	75 1. 1.	
步兵第三一九師司令部	林宗緯 天五二七一五八	砲兵	中校	上校	九級	五級	75 1. 1.	
步兵第二八四師司令部	林廸孫 天五二五九四二	裝甲兵	中校	上校	八級	四級	75 1. 1.	
政一組	楊誠璽 一三〇八四五	政治作戰	中校	上校	八級	四級	75 1. 1.	

政三組	王世庚 六玄四五二九六	政治作戰	中校	上校	七級	三級	75 1. 1.
步兵第一五八師司令部	馬舜 五天二二七五四	政治作戰	中校	上校	八級	四級	75 1. 1.
第一處	徐福生 六天四一八五四	憲兵	中校	上校	六級	三級	75 1. 1.
後指部兵工組	孫百順 四天七五三六二	兵工	中校	上校	八級	四級	75 1. 1.
後指部經理組	蔣軍 三地六三七七一	經理	中校	上校	十級	六級	75 1. 1.
後指部化學兵組	陳雄飛 四地三七八六七	化學兵	中校	上校	八級	四級	75 1. 1.
一〇一兩棲偵察營	謝國楨 五天五一三八二	步兵	少校	中校	七級	四級	75 1. 1.
步兵第三一九師	葛道鋒 六天四八八七五	步兵	少校	中校	七級	四級	75 1. 1.
砲指部六一〇營	鄧長風 六玄八九六二四	砲兵	少校	中校	七級	四級	75 1. 1.
砲指部六三八營	賀榮德 八玄三一七三二	砲兵	少校	中校	七級	四級	75 1. 1.

第一處	俞建華 天六四八八九六	砲兵	少校	中校	七級	四級	75.1.1	
第三處	吳沐雲 黃○七七二一六	砲兵	少校	中校	七級	四級	75.1.1	
第三處	呂秀源 天二七三五八○	砲兵	少校	中校	八級	五級	75.1.1	
政三組	陳福成 地五一○四八七	砲兵	少校	中校	七級	四級	75.1.1	
砲指部第四科	高福喜 玄五四六六五六	砲兵	少校	中校	十級	七級	75.1.1	
第二處	虞義輝 地五一○四九一	裝甲兵	少校	中校	七級	四級	75.1.1	
戰車七○一群七三營	陳世仁 黃○七六八九二	裝甲兵	少校	中校	七級	四級	75.1.1	
戰車七○一群七七八營	邱新逵 玄六八九六七九	裝甲兵	少校	中校	七級	四級	75.1.1	
第一處	吳瑞文 地五九五一六九	工兵	少校	中校	七級	四級	75.1.1	
第一處	丁水琴 宇○四二八五三	工兵	少校	中校	八級	五級	75.1.1	

第二處	趙嚴忠 六天四〇〇三二	工兵	少校	中校	七級	四級	75.1.1	
第三處	溇清裕 三八九三三九	通信兵	少校	中校	九級	六級	75.1.1	
後指部通信組	劉水庚 六玄六一五〇五	通信兵	少校	中校	七級	四級	75.1.1	
後指部七八〇通信營	董俊慧 九玄四七八九七	通信兵	少校	中校	七級	四級	75.1.1	
第八軍團	顏春輝 七天四五七四八	通信兵	少校	中校	七級	四級	75.1.1	
後指部運輸組	趙嚴立 六玄八九五七五	運輸兵	少校	中校	七級	四級	75.1.1	
後指部港指部	曹立航 六地三九八五五	運輸兵	少校	中校	七級	四級	75.1.1	
後指部四〇七運輸營	王思斌 六玄八九六三三	運輸兵	少校	中校	七級	四級	75.1.1	
政二組	曾意獲 八玄三一四四六	政治作戰	少校	中校	七級	四級	75.1.1	
政三組	劉台生 八玄三一四〇〇	政治作戰	少校	中校	七級	四級	75.1.1	

政四組	姜漁台	地六三三三五九	政治作戰	少校	中校	七級	四級	75.1.1.	
政四組	黃正	玄六〇一一六二	政治作戰	少校	中校	七級	四級	75.1.1.	
政四組	李晢雄	玄九二七二七三	政治作戰	少校	中校	七級	四級	75.1.1.	
政四組	洪清山	A〇〇一四五二	政治作戰	少校	中校	七級	四級	75.1.1.	
後指部政戰部	褚壽德	地六三三三八九	政治作戰	少校	中校	七級	四級	75.1.1.	
砲指部政戰部	周台福	玄八三一三七九	政治作戰	少校	中校	七級	四級	75.1.1.	
步兵第一二七師	侯孟華	天七四五四四一	政治作戰	少校	中校	七級	四級	75.1.1.	
陸勤部通信者	吳康麟	玄八三一四三〇	政治作戰	少校	中校	七級	四級	75.1.1.	
後指部化學兵組	張毅隆	天五九七五二五	化學兵	少校	中校	七級	四級	75.1.1.	
軍法組	張宏勛	宇〇四九三七三	軍法	少校	中校	七級	四級	75.1.1.	

後指部八二六醫院	洪碧雲 A〇〇一二五九	軍醫	少校	中校	八級	五級	75.1.1	
後指部兵工組	江洲坤 地七一七六二九	兵工	少校	中校	七級	四級	75.1.1	
後指部工兵組	鄧志致 天七四五六五三	兵工	少校	中校	七級	四級	75.1.1	
後指部經理組	許覲康 玄八三三六七三	經理	少校	中校	七級	四級	75.1.1	
第二處	蔡春坡 三八九一四二	步兵	上尉	少校	七級	四級	75.1.1	
參辦室	李豐池 玄A〇〇四〇三二	步兵	上尉	少校	六級	三級	75.1.1	
三考部	朱安中 玄八三二九七七	步兵	上尉	少校	六級	三級	75.1.1	
第二處	李明生 玄A〇〇九三六七	砲兵	上尉	少校	六級	三級	75.1.1	
砲指部第三科	高水彭 玄八三二七八四	砲兵	上尉	少校	六級	三級	75.1.1	
砲指部第三科	王大政 玄八三二八一四	砲兵	上尉	少校	六級	三級	75.1.1	

砲指部六三九營	盧平土	金三九一三九七	砲兵	上尉	少校	六級	三級	75 1. 1.	
砲指部六四三營	葉金旺	三八九四二三	砲兵	上尉	少校	六級	三級	75 1. 1.	
後指部工兵組	簡旭男	地七九五二〇六	工兵	上尉	少校	六級	三級	75 1. 1.	
後指部工兵組	王根助	A〇〇一八一〇	工兵	上尉	少校	六級	三級	75 1. 1.	
第一處	陳錦旭	天A〇八四六三八	通信兵	上尉	少校	六級	三級	75 1. 1.	
第二處	曾憲瀅	地A〇二四五五四	通信兵	上尉	少校	六級	三級	75 1. 1.	
第二處	劉鈞怡	天A〇七三八七二	通信兵	上尉	少校	六級	三級	75 1. 1.	
後指部通信組	汪照彬	玄A〇六五八二一	通信兵	上尉	少校	六級	三級	75 1. 1.	
後指部通信組	武奐群	玄八三二九八〇	通信兵	上尉	少校	六級	三級	75 1. 1.	
後指部七八〇通信營	呂維樑	地A〇二四五五三	通信兵	上尉	少校	六級	三級	75 1. 1.	

步兵第一〇四師	張玉平 玄A ○八二〇九四	通信兵	上尉	少校	五級	二級	75.1.1.
步兵第二五七師	羅佐民 天A ○六四二一二	通信兵	上尉	少校	六級	三級	75.1.1.
陸勤部運輸署	汪恩崇 玄 八三二九三五	運輸兵	上尉	少校	六級	三級	75.1.1.
後指部運輸組	胡賜育 玄 八三二九九〇	運輸兵	上尉	少校	六級	三級	75.1.1.
後指部四〇七運輸營	趙玉池 玄 八三二八四九	運輸兵	上尉	少校	六級	三級	75.1.1.
政三連	蔡綱 玄A ○一一〇六六	政治作戰	上尉	少校	六級	三級	75.1.1.
砲指部六四一營	黃錦彬 地 七六三六二七	政治作戰	上尉	少校	六級	三級	75.1.1.
步兵第一五八師	龍明正 宇 ○八四一四八	政治作戰	上尉	少校	六級	三級	75.1.1.
後指部化學兵組	李崇冠 玄A ○九二三四三	化學兵	上尉	少校	六級	三級	75.1.1.
後指部計劃科	呂世森 玄A ○四六八一一	經理	上尉	少校	六級	三級	75.1.1.

後指部經理組	潒慶山 三九〇九六六	經理	上尉	少校	六級	三級	75.1.1.	
後指部油料中心	張朋文 玄A 一〇四四八二	經理	上尉	少校	六級	三級	75.1.1.	
後指部八二六醫院	王震璉 A 〇〇一三四二	軍醫	上尉	少校	十級	七級	75.1.1.	
後指部八二六醫院	萬成璽 地 六三九八二二	軍醫	上尉	少校	八級	五級	75.1.1.	
後指部兵工組	何孟誼 地A 〇二四五五一	兵工	上尉	少校	六級	三級	75.1.1.	
後指部九〇二兵工營	王建國 玄 六八二一二四	兵工	上尉	少校	十二級	九級	75.1.1.	
十軍團	屈碩松 天A 〇二四五五一	兵工	上尉	少校	六級	三級	75.1.1.	

右計八五員

編號 061

應視同密件保管

任官令

茲核定

區分	兵籍號碼	姓名	軍種官科	晉任官階	原任官階	任生效日期 年	月	日	服務單位	備考
晉任	地510549	王毅林	陸軍砲兵	中校	少校	75	1	1	陸軍步兵第二十九師	
晉任	玄831715	汪家璥	陸軍砲兵	中校	少校	75	1	1	陸軍步兵第三三三師	
晉任	玄591085	陳自看	陸軍砲兵	中校	少校	75	1	1	陸軍步兵第二三三師	
晉任	玄689714	劉定堅	陸軍砲兵	中校	少校	75	1	1	陸軍獨立第四十二旅	
晉任	玄689700	張慶翔	陸軍砲兵	中校	少校	75	1	1	陸軍獨立第六十二旅	
晉任	玄689617	胡文孝	陸軍砲兵	中校	少校	75	1	1	陸軍空降特戰司令部	

中華民國七十五年一月三十一日

第○六一號

第 一 頁

編號 061

晉任	玄689671	王威華	陸軍砲兵	中校	少校	75	1	1	陸軍空降特戰司令部
晉任	玄689582	徐為明	陸軍砲兵	中校	少校	75	1	1	陸軍飛彈指揮部
晉任	玄689612	柯台城	陸軍砲兵	中校	少校	75	1	1	陸軍飛彈指揮部
晉任	天648935	彭商茂	陸軍砲兵	中校	少校	75	1	1	陸軍飛彈指揮部
晉任	玄652654	許崇德	陸軍砲兵	中校	少校	75	1	1	陸軍飛彈指揮部
晉任	玄689624	鄧長風	陸軍砲兵	中校	少校	75	1	1	金門防衛司令部
晉任	玄831732	賀榮德	陸軍砲兵	中校	少校	75	1	1	金門防衛司令部
晉任	黃077216	吳沐雲	陸軍砲兵	中校	少校	75	1	1	金門防衛司令部
晉任	天648896	俞建華	陸軍砲兵	中校	少校	75	1	1	金門防衛司令部
晉任	地510487	陳福成	陸軍砲兵	中校	少校	75	1	1	金門防衛司令部

第二頁

編 號 061

晉任	玄831710	戴恒新	陸軍	砲兵	中校	少校	75	1	1	馬祖防衛司令部
晉任	地688322	趙承祥	陸軍	砲兵	中校	少校	75	1	1	馬祖防衛司令部
晉任	玄689742	朱至善	陸軍	砲兵	中校	少校	75	1	1	馬祖防衛司令部
晉任	天745752	侯光遠	陸軍	砲兵	中校	少校	75	1	1	馬祖防衛司令部
晉任	玄689757	趙朝亭	陸軍	砲兵	中校	少校	75	1	1	陸軍步兵訓練指揮部
晉任	玄689649	陳漢明	陸軍	砲兵	中校	少校	75	1	1	陸軍砲兵飛彈學校
晉任	地510550	于仁家	陸軍	砲兵	中校	少校	75	1	1	陸軍砲兵飛彈學校
晉任	玄831738	林明哲	陸軍	砲兵	中校	少校	75	1	1	陸軍砲兵飛彈學校
晉任	玄947916	鄭榮宗	陸軍	砲兵	中校	少校	75	1	1	陸軍砲兵飛彈學校
晉任	地510485	盧前鋒	陸軍	砲兵	中校	少校	75	1	1	陸軍砲兵飛彈學校

第三頁

編號 061

晉任	玄6897750	何嘉銳	陸軍砲兵	中校	少校	75	1	1	陸軍砲兵飛彈學校
晉任	地6334080	吳弘裕	陸軍砲兵	中校	少校	75	1	1	陸軍砲兵飛彈學校
晉任	玄6897765	范慶忠	陸軍砲兵	中校	少校	75	1	1	陸軍砲兵飛彈學校
晉任	地6334111	蕭秋銘	陸軍砲兵	中校	少校	75	1	1	陸軍砲兵飛彈學校

合計 三〇員

總統 蔣經國

行政院院長 俞國華

國防部部長 宋長志

參謀總長陸軍一級上將 郝柏村

第四頁

金門防衛司令部（令）

主辦單位：第一處

本令發人事有效證件，應妥慎保管。

(75)人令勳字第〇一五號

保密區分：

傳遞速度：

處理時限：

前文時間字號：年　月　日　字第　號

受文者：陳福成中校

來文時間字號：年　月　日　字第　號

行文單位：正本：表列單位　副本：如說明

發文：

發布單位代號	日期	字號	駐地
一二φφφ	75年4月1日17時0分	(75)扶桓字第一七九一號	金門

蓋印處

主旨：核定李東南上校等肆拾玖員獎勵如次。希照辦！

單位：名稱／代號（6～11.）

兵籍號碼（12～20.）

姓名

編號（21～23.）

級（現階）職

編階代號（24～25.）

勳（懲罰）獎：事由／代號（26～27.）／種類／代號（28～36.）

勳（獎）章證書（執照）號碼

不計點識別（37.）

姓名四角號碼

備考

本件保存　年　卷號：

第一處	第一處	第一處	第一處	第一處
12φφ1	12φφ1	12φφ1	12φφ1	12φφ1
地A492827	天A396865	天 4444φ9	天 588φ44	天 319938
李文崇	林發聰	李茂恒	黎萬結	李秉南
φφ5	φφ4	φφ3	φφ2	φφ1
陸軍中尉人事官	陸軍中尉資料官	陸軍中校人參官	陸軍中校般參官	陸軍上校處長
5φ	6φ	4φ	4φ.	3φ
員責金門地區眷證換證講習及安排各項聯絡事宜。	參加總部七十四年人事師資講習成績優異及擔任防區教官認真負責	承辦本部七十四年人事專業講習總部評定優等績效優異。	審核七十四年度人事業務各種表報績效卓著。	督導七十四年度人事業務各種表報績效卓著。
74	師 74	74	72	72
嘉獎貳次	嘉獎壹次	嘉獎貳次	嘉獎壹次	嘉獎壹次
82	81	82	81	81
4φφφ22	441216	4φ4491	274424	4φ2φ4φ
	奉陸總部75 2.5.(75)勤字第一四四二號令辦理	奉陸總部75 2.5.(75)勤字第一四四二號令辦理		

第三處	第三處	第三處	軍法組	軍法組
12ϕϕ1	12ϕϕ1	12ϕϕ1	12ϕϕ1	12ϕϕ1
天 483717	天 4ϕϕ899	天 4ϕϕ899	天A399816	天 356561
李端正	丁渝洲	丁渝洲	林德川	曾俊龍
ϕ1ϕ	ϕϕ9	ϕϕ8	ϕϕ7	ϕϕ6
陸軍上校參謀官	陸軍上校處長	陸軍上校處長	陸軍少尉書紀官	陸軍上校前組長
3ϕ	2ϕ	2ϕ	6ϕ	3ϕ
督導七十五年自衛部隊訓練工作圓滿達成任務績效優異。	督導七十五年自衛部隊訓練工作圓滿達成任務績效優異。	擔任各項戰備訓練課目示範圓滿達成任務。	承辦七十四年度軍法業務各種表報績效卓著。	督導七十四年度軍法業務各種表報績效卓著。
72	72	72	74	72
嘉獎壹次	嘉獎壹次	嘉獎壹次	嘉獎貳次	嘉獎壹次
81	81	81	82	81
4ϕϕ21ϕ	1ϕ3832	1ϕ3832	442422	8ϕ23ϕ1
				75.3.5.日退伍。轉新竹團管區。

第二處	第二處	第二處	第二處	第三處
12ϕϕ1	12ϕϕ1	12ϕϕ1	12ϕϕ1	12ϕϕ1
天A368681	天611489	玄 5ϕ7273	231662	玄 927544
高誌傑	張忠民	陳烱伯	唐政	劉醇雄
015	ϕ14	ϕ13	ϕ12	ϕ11
陸軍中尉複照官	陸軍中校部情官	陸軍上校副處長	陸軍上校前處長	陸軍少校作參官
7ϕ	4ϕ	3ϕ	3ϕ	5ϕ
承辦七十四年偵蒐業務業整資料呈報總部績效卓著。	督導七十四年七至十二月份電訊偵蒐作業績效卓著。	督導七十四年七至十二月份電訊偵蒐作業績效卓著。	督導七十四年七至十二月份電訊偵蒐作業績效卓著。	督導七十四年自衛部隊訓練工作圓滿達成任務績效優異。
74	72	72	72	72
記功壹次	嘉獎貳次	嘉獎貳次	嘉獎貳次	嘉獎貳次
71	82	82	82	82
ϕϕϕ425	115ϕ77	759726	ϕϕ1814	721ϕ4ϕ
			調一二七師。	

憲兵二七四連	政五組	政五組	政三組	政二組
12φφ1	12φφ1	12φφ1	12φφ1	12φφ1
天A128495	天797φ18	天483118	地51φ487	13φ915
吳坤明	黃成洋	韓利生	陳福成	王國榮
φ2φ	φ19	φ18	φ17	φ16
陸軍上尉連長	陸軍少校政戰官	陸軍上校組長	陸軍中校監察官	陸軍中校政參官
5φ	5φ	3φ	4φ	4φ
防區七十五年度春節大掃除檢查成績丙組第一名	承辦防區接受總部七十四年軍歌驗收獲全軍第一名負責盡職	秉劃防區接受總部七十四年軍歌驗收獲全軍第一名負責盡職	督導七十四年油料接收負責盡職	春節期間負責佈置擎大食廳備極辛勞頗受長官好評
74	74	72	74	74
嘉獎壹次	記功壹次	嘉獎貳次	嘉獎壹次	嘉獎壹次
81	71	82	81	81
264567	445338	442225	753153	1φ6φ99

第一廠	第一廠	聯勤第一留守組	聯勤第一留守組	聯勤第一留守組
12φφ1	12φφ1	885φ1	885φ1	885φ1
黃φ76955	天319938	地A54742φ	玄876294	玄279127
韓奮揚	李秉南	張崇富	柯新福	周傳賢
φ25	φ24	φ23	φ22	φ21
陸軍中校勤參官	陸軍上校廠長	陸軍少尉撫卹官	陸軍少校撫卹官	陸軍上校組長
4φ	3φ	7φ	5φ	3φ
督導七十四年單紀教育營規管理執行認真成效良好	督導七十四年單紀教育計劃執行及抽測認真負責成效良好	負責七十五年金門地區眷證換校及結報等事宜	負責七十五年金門地區眷證表報提領事宜	負責督導七十五年金門地區發證組眷證換校任務逐行圓滿達成
72	72	74	72	72
記功壹次	記功壹次	記功壹次	嘉獎壹次	嘉獎壹次
71	71	71	81	81
√	√			
444φ56	4φ2φ4φ	11993φ	41φ231	772577
奉總部75.1.30.(75)崇公字二六三號令辦理	奉總部75.1.30.(75)崇公字二六三號令辦理	預官三十四期第二梯次		

第三處	第一處	第一處	第一處	第一處
12ϕϕ1	12ϕϕ1	12ϕϕ1	12ϕϕ1	12ϕϕ1
天 4ϕϕ899	地A 492827	金 858936	地 595169	天 641854
丁渝洲	李文崇	王金木	吳瑞文	徐福生
ϕ3ϕ	ϕ29	ϕ28	ϕ27	ϕ26
陸軍上校處長	陸軍中尉人事官	陸軍憲兵上尉特警官	陸軍中校前人參官	陸軍憲兵上校參謀官
2ϕ	5ϕ	6ϕ	4ϕ	3ϕ
督導七十四年軍紀教育月訓練及測驗等事項成效良好	擔任七十四年軍紀教育月軍紀維護認眞負責成效良好	督導與執行七十四年軍紀教育維護認眞以效良好	擔任七十四年軍紀教育月軍紀維護認眞負責成效良好	督導七十四年軍紀教育月營規管理執行認眞成效良好
74	74	74	74	72
記功壹次	記功壹次	記功壹次	記功壹次	記功壹次
71.	71.	71.	71.	71.
√	√	√	√	√
1ϕ3832	4ϕϕϕ22	1ϕ8ϕ8ϕ	2612ϕϕ	283125
奉總部75.1.30.(75)崇公字二六三號令辦理	奉總部75.1.30.(75)崇公字二六三號令辦理	奉總部75.1.30.(75)崇公字二六三號令辦理	一奉總部75.1.30.(75)崇公字二六三號令辦理。二調三軍大學	奉總部75.1.30.(75)崇公字二六三號令辦理

軍法組	第三處	第三處	第三處	第三處
12ϕϕ1	12ϕϕ1	12ϕϕ1	12ϕϕ1	12ϕϕ1
天356561	玄Aϕ4 98ϕ6	玄 927544	天 745481	天 483717
曾俊龍	王天順	劉淳雄	鄭濟治	李端正
ϕ35	ϕ34	ϕ33	ϕ32	ϕ31
陸軍上校前組長	陸軍上尉作訓官	陸軍少校作參官	陸軍少校體育官	陸軍上校參謀官
3ϕ	6ϕ	5ϕ	5ϕ	3ϕ
督導軍法巡迴教育全盤計劃與執行成效良好	承辦七十四年軍紀教育月施教計劃執行測驗等事項成效優良	承辦七十四年軍紀教育月施教計劃執行測驗等事項成效優良	承辦七十四年軍紀教育月施教計劃執行測驗等事項成效優良	策劃七十四年軍紀教育月教學執行計劃週密執行認真表現特優
74	74	74	74	74
嘉獎貳次	記功壹次	記功壹次	記功壹次	記功貳次
82	71.	71.	71.	72.
√	√	√	√	√
8ϕ23ϕ1	1ϕ1ϕ21	721ϕ4ϕ	873ϕ33	4ϕϕ21ϕ
一奉總部75.1.30.(75)崇公字二六三號令辦理。 二、75.3.5退伍調新竹團管區	奉總部75.1.30.(75)崇公字二六三號令辦理	奉總部75.1.30.(75)崇公字二六三號令辦理	奉總部75.1.30.(75)崇公字二六三號令辦理	奉總部75.1.30.(75)崇公字二六三號令辦理

政二組	政二組	主計處	軍法組	軍法組
12φφ1	12φφ1	12φφ1	12φφ1	12φφ1
13φ915	地437488	112538	玄A3814φ9	地364462
王國榮	呂濟民	耿秉禎	劉勉	鄧雲奎
φ4φ	φ39	φ38	φ37	φ36
陸軍中校政參官	陸軍上校組長	陸軍上校處長	陸軍少尉書記官	陸軍中校副組長
4φ	3φ	3φ	6φ	4φ
策頒防區74年軍紀教育月文宣工作及計劃貫施與督導成效良好	策頒防區74及年軍紀教育月文宣工作及計劃貫施與督導成效良好	負責74年軍紀教育月各項經費稽核工作負責盡職	配合74年軍紀教育月各項軍法巡廻教育貫施方案執行認真	督導軍法巡廻教育全盤計劃執行成效良好
72.	72.	74	74	74
記功壹次	記功壹次	嘉獎貳次	嘉獎壹次	嘉獎壹次
71.	71.	82.	81.	81.
√	√	√	√	√
1φ6φ99	6φ3φ77	1φ8322	722441	171φ4φ
奉總部75.1.30.(75)崇公字二六三號令辦理	奉總部75.1.30.(75)崇公字二六三號令辦理	奉總部75.1.30.(75)崇公字二六三號令辦理	奉總部75.1.30.(75)崇公字二六三號令辦理	奉總部75.1.30.(75)崇公字二六三號令辦理

政三組	政三組	政三組	政三組	政三組
12ϕϕ1	12ϕϕ1	12ϕϕ1	12ϕϕ1	12ϕϕ1
玄8314ϕϕ	地51ϕ487	386667	玄645296	1754ϕ8
劉台生	陳福成	張鎮樹	王世庚	房珍如
ϕ45	ϕ44	ϕ43	ϕ42	ϕ41
陸軍中校前監察官	陸軍中校監察官	陸軍中校監察官	陸軍上校監察官	陸軍上校前組長
4ϕ	4ϕ	4φ	3ϕ	3ϕ
主辦74年軍紀教育月計劉執行週密表現特優致防區榮獲總部評比第一名	綜理74年軍紀教育月暨督導官瞭解程度執行認真負責盡職	綜理74年軍紀教育月暨督導官瞭解程度執行認真負責盡職	綜理74年軍紀教育月暨督導官瞭解程度執行認真負責盡職	綜理執行74年軍紀教育月全般計劉考核表現特優致防區獲總部第一名
74	74	74	74	72.
記功貳次	記功壹次	記功壹次	記功壹次	記功貳次
72.	71.	71.	71.	72.
√	√	√	√	√
722325	753153	118444	1ϕ44ϕϕ	3ϕ1846
奉總部75 1 30.(75)崇公字二六三號令辦理調政戰學校	奉總部75 1. 30.(75)崇公字二六三號令辦理	奉總部75 1. 30.(75)崇公字二六三號令辦理	奉總部75 1. 30.(75)崇公字二六三號令辦理	一、奉總部75 1. 30.(75)崇公字二六三號令辦理 二、調三軍大學

政三組	政五組	政五組	金勤連
12φφ1	12φφ1	12φφ1	12φφ2
玄Aφ16459	大483118	天797φ18	地763554
劉海壽	韓利生	黃成洋	葉治家
φ46	φ47	φ48	φ49
陸軍少校監察官	陸軍上校組長	陸軍少校政戰官	陸軍上尉連長
5φ	3φ	5φ	5φ
主辦七十四年軍紀教育月計劃執行週密表現特殊致防區評比獲第一名	督導執行七十四年軍紀教育月軍歌比賽負責盡職表現優良	策訂執行軍紀教育月軍歌負責盡職表現優良	代表防區接受總部抽測軍紀教育月成績優良
74	72	74	74
記功貳次	記功壹次	記功壹次	記功壹次
72	71	71	71
√	√	√	√
φφ384φ	442225	445338	44333φ
奉總部75.1.30.(75)崇公字二六三號令辦理	奉總部75.1.30.(75)崇公字二六三號令辦理	奉總部75.1.30.(75)崇公字二六三號令辦理	奉總部75.1.30.(75)崇公字二六三號令辦理

說明：抄送陸總部人五組(2)、人六組(2)、政一組(1)、三軍大學(2)、政戰學校、憲兵司令部(1)、新竹團管區(1)、本部一處三科(5)、政一組(1)、政三組(1)、資料室(1)及個人（登資或查照）

司令官 陸軍二級上將 趙萬富

校對：丁水黍

金門防衛司令部（令）

主辦單位：第一處
本令為人事有效證件，應妥慎保管。

保密區分	受文者	來文時間字號	行文單位
	陳福成	年　月　日　字第　號	正本：表列單位 副本：如說明

傳遞速度	處理時限

發文	
發布單位代號	一二φφφ
日期	75年6月7日17時0分
字號	(75)扶植字第三二九三號
駐地	金門

蓋印

前文時間字號：年　月　日　字第　號

(75)人令勤字第〇二三號

主旨：核定胡濬麟上校等貳拾玖員獎勵（懲罰）如次。希照辦！

單位名稱	政四組
單位代號（6～11）	12φφ1
兵籍號碼（12～20）	玄6453φ2
姓名	胡濬麟
編號（21～23）	φφ1
級職（現階）	陸軍上校組長
編階代號（24～25）	3φ
勳（懲罰）事由	督導防區七十五年度元旦暨春節安全工作認真負責
代號（26～27）	72
種類	嘉獎壹次
獎（懲罰）代號（28～36）	81
勳（獎）章證書（執照）號碼	
不計點識別（37）	
姓名四角號碼	4733φ9
備考	奉總部75.5.14.(75)崇公字一二〇七號令辦理

本件保存　年　卷號：

政三組	政三組	政三組	政三組
12φφ1	12φφ1	12φφ1	12φφ1
玄Aφ16459	玄831363	天619149	26φ4φ2
廖海壽	項維立	林台生	繆中銀
φφ5	φφ4	φφ3	φφ2
陸軍少校監察官	陸軍少校監察官	陸軍中校監察官	陸軍上校組長
5φ	4φ	3φ	3φ
承辦防區七十五年度元旦暨春節軍紀業務負責盡職	承辦防區七十五年度元旦暨春節軍紀業務負責盡職	協助辦理防區七十五年度元旦暨春節軍紀整建業務認真負責	督導防區七十五年度元旦暨春節軍紀整建業務績效卓著
74	74	72	72
嘉獎兩次	嘉獎兩次	嘉獎壹次	嘉獎壹次
82	82	81	81
φφ384φ	112φφφ	442325	275φ87
奉總部75.5.14.(75)崇公字一二〇七號令辦理	奉總部75.5.14.(75)崇公字第一二〇七號令辦理	奉總部75.5.14.(75)崇公字一二〇七號令辦理	奉總部75.5.14.(75)崇公字一二〇七號令辦理

政二組	政二組	政二組	政二組	政二組
12φφ1	12φφ1	12φφ1	12φφ1	12φφ1
玄868φ72	玄831429	13φ915	玄6φ1292	地437488
陳富傳	賈景文	王國榮	孫乃文	呂濟民
φ1φ	φφ9	φφ8	φφ7	φφ6
陸軍少校政戰官	陸軍少校政參官	陸軍中校政參官	陸軍上校政參官	陸軍上校組長
5φ	4φ	4φ	3φ	3φ
督導防區七十五年度三民主義講習班工作負責盡職	督導防區七十五年度三民主義講習班工作負責盡職	督導防區七十五年度三民主義講習班工作負責盡職	督導防區七十五年度三民主義講習班工作負責盡職	策辦防區七十五年度三民主義講習班經總部核定為特優
72	72	72	72	72
嘉獎壹次	嘉獎壹次	嘉獎壹次	嘉獎兩次	記功兩次
81	81	81	81	72
753φ25	1φ6φφφ	1φ6φ99	1217φφ	6φ3φ77
奉總部75.4.2(75)崇布字第〇九三七號令辦理	奉總部75.4.2(75)崇布字第〇九三七號令辦理	奉總部75.4.2(75)崇布字第〇九三七號令辦理	奉總部75.4.2(75)崇布字第〇九三七號令辦理	奉總部75.4.2(75)崇布字第〇九三七號令辦理

政三組	陸總部反情報第五分遣組	政四組	政二組	政二組
12φφ1	12φφ1	12φφ1	12φφ1	12φφ1
地51φ487	393325	玄6453φ2	玄831446	宇φ71748
陳福成	陳中强	胡潘麟	曾意穫	張自强
φ15	φ14	φ13	φ12	φ11
陸軍中校監察官	陸軍少校副組長	陸軍上校組長	陸軍中校前政參官	陸軍少校政戰官
4φ	5φ	3φ	4φ	5φ
協辦七十五年度軍訓教官甄選工作負責盡職	承辦金湯案工作策劃獲總部評定兩優等	主管金湯案工作策劃督導認真	承辦防區七十五度三民主義講習班經總部核定特優	督導防區七十五年度三民主義講習班工作負責盡職
72	74	72	74	72
嘉獎壹次	嘉獎兩次	嘉獎壹次	記功兩次	嘉獎壹次
81	82	81	72	81
753153	755φ13	4733φ9	8φφφ44	112613
			奉總部75.4.2(75)崇布字第○九三七號令辦理 二、調八軍團	奉總部75.4.2(75)崇布字第○九三七號令辦理

政一組	政一組	政一組	政一組	政一組
12φφ1	12φφ1	12φφ1	12φφ1	12φφ1
天652φ5φ	386712	地68361φ	天745441	天568989
周浩然	李家白	巫嘉藏	侯孟華	蔡明得
φ2φ	φ19	φ18	φ17	φ16
陸軍中校前政參官	陸軍中校前政參官	陸軍少校政戰官	陸軍中校政參官	陸軍上校組長
4φ	4φ	5φ	4φ	3φ
服務本部期間守法重紀達成任務	服務本部期間工作認真負責盡職	策劃七十五年度新進政戰幹部職前講習認真負責	協助七十五年度新進政戰幹部職前講習認真負責	督導七十五年度新進政戰幹部職前講習圓滿達成任務
74	74	72.	72.	72.
嘉獎壹次	記功壹次	嘉獎兩次	嘉獎壹次	嘉獎兩次
81.	71.	82.	81.	82.
773423	4φ3φ26	1φ4φ44	271744	446726
調兵工学校	調後勤司令部			

政一組	政四組	政四組	政四組	政四組
12φφ1	12φφ1	12φφ1	12φφ1	12φφ1
天745441	玄927273	玄6φ1162	地633359	Aφφ1452
侯孟華	李哲雄	黃正	姜漁台	洪清山
φ21	φ22	φ23	φ24	φ25
陸軍中校政參官	陸軍中校前保防官	陸軍中校保防官	陸軍中校保防官	陸軍中校保防官
4φ	4φ	4φ	4φ	4φ
違反陣地關閉規定	負責基層保防綜合業務負責盡職獲總部評比優等	承辦正平工作業務負責盡職獲總部評比優等	承辦安全調查業務負責盡職獲總部評比優等	承辦保密工作業務負責盡職獲總部評比優等
B4	74	74	74	74
申誡兩次	嘉獎壹次	嘉獎壹次	嘉獎壹次	嘉獎壹次
G2	81.	81.	81.	81.
271744	4φ574φ	441φ1φ	8φ3727	343522
	一、奉總部75 5 14 (75)崇衆字〇一六五八號令辦理 二、調八軍團	奉總部75 5. 14. (75)崇衆字〇一六五八號令辦理	奉總部75 5. 14. (75)崇衆字〇一六五八號令辦理	奉總部75 5. 14. (75)崇衆字〇一六五八號令辦理

政四組	12øø1	天67944ø	馬進芳	ø26	陸軍少校保防官	5ø	承辦保密工作業務負責盡職獲總部評比優等	74	嘉獎壹次	81			713ø44	奉總部75.5.14.(75)崇衆字○一六五八號令辦理
政四組	12øø1	玄A161837	王雅禾	ø27	陸軍上尉保防官	5ø	承辦保防教育負責盡職獲總部評比優等	74	嘉獎壹次	81			4ø7247	奉總部75.5.14.(75)崇衆字○一六五八號令辦理
陸總部反情報第五分遣組	12øø1	地566357	李剛地	ø28	陸軍中校前組長	4ø	負責政治偵防業務獲總部評比優等	74	嘉獎壹次	81			1ø1ø2ø	一、奉總部75.5.11.(75)崇衆字○一六五八號令辦理 二、調[illegible][illegible]著
陸總部反情報第五分遣組	12øø1	玄A247655	榮興邦	ø29	陸軍上尉反情官	6ø	協辦政治偵防業務獲總部評比優等	74	嘉獎壹次	81			997757	奉總部75.5.14.(75)崇衆字○一六五八號令辦理

說明：折送總部人五組(2)、人六組(2)、政一處(2)、後勤司令部(2)、八軍團(2)、兵工學校(2)、本部一處三科(5)、資料室(1)及個人（登資或查照）。

司令官　陸軍二級上將　趙萬富

校對：丁水琴

第四輯 復興崗政治研究所檔案

國防部（令）

附加標示：

保密區分：機密
傳遞速度：最速件
處理時限：
前文時間字號：
縮影：要 不要

受文者：陳福成 中校

來文時間字號：

發文日期：民國75年[illegible]月[illegible]日
發文字號：(75)法洪字一三七七五
駐地：台北市
附件：錄取名册

行文單位：
正本：陸、空軍、警備總部、憲兵司令部、政戰學校
　　　三軍大學、國防部警衛隊
副本：國家安全局、教育部軍訓處、人事次長室、總政戰部心戰、一處(四)、册列單位及個人（含名册均[illegible]
　　　查照）

主旨：核定政治作戰學校七十五學年度博、碩士班研究生錄取人員名册，如附件(一)(二)(三)(四)，請照辦。

說明：錄取人員一律開缺，調為國防部入學學員，並於七十五年八月一日（星期五）八至十七時，逕往政戰學校報到。

參謀總長陸軍一級上將 郝柏村

校對：陸浩如

保密區分：機密

本件保存 年 卷號

附件一

政治作戰學校七十五學年度政治研究所博士班研究生錄取名冊

單位	級職	姓名	備考
陸軍步兵一五八師	少校隊長	邱振焱	
空軍官校	上尉教官	戴育毅	
憲兵二〇一指揮部	上尉營輔導長	劉承宗	
空軍後勤司令部	少校防砲官	徐光明	

合計：四員

附件二

政治作戰學校七十五學年度政治研究所碩士班研究生錄取名冊

	原屬單位	級職	姓名	組別	備考
1901	國防部警衛隊	中尉輔導長	陳憲中	三民主義	
02	陸軍步兵二〇三師	中尉輔導長	隋立為	〃	
03	輔仁大學	上尉教官	高小蓬	〃	
04	金防部政三組	中校監察官	陳福成	〃	
05	政戰學校學生部	上尉連長	邱延正	〃	
06	憲兵第二一四營	中尉輔導長	莫家瑋	〃	
1911	政戰學校		吳劍東	政治作戰	
1912	陸軍裝甲獨立五十一旅	少校政戰官	王忠孝	〃	

警備總部戰訓二總隊	中尉輔導長	劉慶祥	〃		1913
陸軍飛彈指揮部	少校教官	吳坤德	〃		1914
韓國		全聖興	國際共黨	07	
〃		朴俊鎬	〃	08	
陸軍官校教務處	少校教參官	楊建平	〃		1909
國家安全局	中校研譯官	林崇裕	〃		1910
陸軍汽車基地勤務處	中尉政戰官	林秋霞	大陸問題		
空降特戰訓練中心	少校教官	郭鳳城	〃		
桃園私立成功工商	上尉教官	李文師	〃		
三軍大學政戰部	中校政參官	劉廣華	〃		
陸軍官校軍事訓練部	少校教官	劉本善	〃		

合計：十九名（不列備取生）

附件三

政治作戰學校七十五學年度外文研究所碩士班研究生錄取名冊

	原屬單位	級職	姓名	備考
	陸軍通校	少校教官	萬先裕	
602	金防部第二處	中校情參官	虞義輝	
603	政戰學校學員部	上尉輔導長	徐宏忠	
604	陸軍總部政三處	上尉政戰官	宋娟娟	
605	陸軍十軍團三六化學兵群	〃	周支清	

合計：五名（不列備取生）

附件四

政治作戰學校七十五學年度新聞研究所碩士班研究生錄取名冊

	原屬單位	級職	姓名	備考
1	警備總部戰訓二總隊	上尉輔導長	胡光夏	
2	空軍戰術管制聯隊	中尉輔導長	林福隆	
3	台灣中部地區警備司令部	上尉政戰官	陳珍明	
	政戰學校研究部	上尉助教	李慧	X
4	陸軍步兵二二六師	上尉營輔導長	梁德和	

合計：五名（不列備取生）

國防部

附加標示：本令為人事有效證件，應慎妥保管。(75)人令（職）字第四六四號

保密區分	
傳遞速度	最速件
處理時限	
前文時間字號	
受文者	陳福成中尉
來文時間字號	
發文 附件	
發文 日期	中華民國七十五年八月十五日十時發文
發文 字號	(75)基培字第三二九九號
發文 駐地	台北
行文單位 正本	陸、海、空軍、聯勤、警備各總司令部、憲兵司令部、三軍大學、政治作戰學校、國防部警衛隊
行文單位 副本	國家安全局、教育部軍訓處、總政戰部（八份）、政事次長室（二、三、四處各一份、五處三份）、政[illegible]會工作組、保防指導組、台北資訊站、國防管理中[心]、中央作業組、聯勤俸管處、台北收支處及冊列各員（請查照或登記）
蓋	

主旨：核定邱延正上尉等廿七員調職，希照辦！

說明：核定邱延正上尉等廿七員調職如次：

部（令）

區分	項目				
區分	1. 異動原因	調			
	2. 異動代號				
	3. 兵籍號碼	地A078572	玄A261855	地A606108	黃111871
	4. 姓名	邱延正	莫家瑋	吳劍東	王忠孝
編制	5. 階級及專長				
	6. 階級代號				
	7. 編制號				
	8. 軍種及科別	陸軍政戰	陸軍政戰	陸軍政戰	陸軍政戰
	9. 代號	PW 1	PW 1	PW 1	PW 1
現階	10. 階(薪)級	上尉四級	中尉二級	中士	少校二級
	11. 代號	6ϕϕ4	7ϕϕ2	46ϕ1	5ϕϕ2
	12. 本人專長	41ϕ1	41ϕ1	41ϕ14	41ϕ1
新任	13. 單位名稱		政戰學校研究部政治研究所碩士班（七十七年班）		
	14. 代號				
	15. 職稱	入學學員			
	16. 代號				
原任	17. 單位名稱	政治作戰學校學生指揮部第七連	憲兵二一四營第二連	陸軍防空飛彈六〇六群六六四營十二連	陸軍獨立五一旅政戰部
	18. 職(階級)稱	連長	輔導長	政戰士	政戰官
	19. 生效日期	七 五 八 十			
	20. 檢查號				
	21. 新進資料				
	22. 備註				

調

天A064198	宇191774	天745419	玄831512	天701492
萬先裕	李文師	郭鳳城	劉廣華	劉本善
陸軍通信兵	陸軍政戰	陸軍政戰	海軍陸戰隊	陸軍步兵
SO 1	PW 1	PW 1	4	IN 1
少校三級	上尉三級	少校五級	中校五級	少校三級
5φφ3	6φφ3	5φφ5	4φφ5	5φφ3
15φ2	φφ91	41φ1	41φ1	1φφ1
政戰學校研究部外		碩士班（七十七年班）	政戰學校研究部政治研究所	

入學

陸軍通信電子學校	教育部軍訓處桃園成功工商	陸軍航指部政戰部	三軍大學政戰部	陸軍軍官學校政教組
教官	教官	政參官	政參官	教官

七五

八

調

玄A130332	玄537689	天A005138	玄A072891	地510491
陳懋中	林榮裕	楊建平	徐宏忠	虞義輝
陸軍政戰	陸軍政戰	陸軍步兵	陸軍政戰	陸軍裝甲兵
PW 1	PW 1	IN 1	PW 1	AR 1
中尉三級	中校五級	少校三級	上尉五級	中校四級
7φφ3	4φφ5	5φφ3	6φφ5	4φφ4
41φ1	41φ1	1φφ2	41φ1	1φ12
政戰學校研究部政治研究所碩士班（七十七年班）			研究部外文研究所碩士班（七十七年班）	
學員				
國防部警衛隊第五區隊	國家安全局科研室第一處	陸軍軍官學校教務處調配科	政治作戰學校學員指揮部十一中隊	陸軍第十軍團司令部第二處
輔導長	研譯官	教育參謀官	輔導長	參謀官

一　　八

調					
2	天A158887	地510487	地A276108	天A173619	宇202892
	宋娟娟	陳福成	林福隆	胡光夏	隋立爲
陸	陸軍政戰	陸軍砲兵	空軍	陸軍政戰	陸軍政戰
	PW 1	AT 1	3	PW 1	PW 1
上	上尉三級	中校一級	中尉二級	上尉一級	中尉二級
	6φφ3	4φφ1	7φφ2	6φφ1	7φφ2
	41φ1	4131	41φ1	41φ1	41φ1
	政戰學校研究部外文研究所碩士班（	政戰學校研究部政治研究所碩士班（七十七年班）	碩士班（七十七年班）	政戰學校研究部新聞研究所	政戰學校研究部政治研究所碩士班（七十七年班）
	入學				
	陸軍總司令部政治作戰部第三處	金門防衛司令部政治作戰部第三組	空軍戰管聯隊第三機動分隊	警備總部新竹團管區政戰處	陸軍步兵第一四六師步四營兵器連
	政戰官	監察官	輔導長	政戰官	輔導長

八

				調
玄A142309	玄A130887	天A240484	地A121739	地A182712
梁德和	李慧	高小蓬	陳珍明	周支清
陸軍政戰	陸軍政戰	陸軍政戰	陸軍政戰	陸軍政戰
PW 1	PW 1	PW 1	PW 1	PW 1
上尉三級	上尉三級	上尉三級	上尉二級	上尉一級
6ϕϕ3	6ϕϕ3	6ϕϕ3	6ϕϕ2	6ϕϕ1
41ϕ1	41ϕ1	ϕϕ91	41ϕ1	41ϕ1
碩士班（七十七年班）	政戰學校研究部新聞研究所	政戰學校研究部政治研究所碩士班（七十七年班）	政戰學校研究部新聞研究所碩士班（七十七年班）	碩士班（七十七年班）
		員		學
陸軍步兵第二二六師支援指揮部衛生營	政戰學校研究部新聞研究所	教育部軍訓處輔仁大學	警備總部台中師管區政戰處	陸軍[illegible]軍團第五後指部三六化學兵群
輔導長	助教	教官	政戰官	政戰官
		一		八

參謀總長陸軍一級上將郝柏村	調		
	天A239423	玄A240438	玄947075
	林秋霞	劉慶祥	吳坤德
	陸軍政戰	陸軍政戰	陸軍政戰
	PW 1	PW 1	PW 1
	中尉三級	中尉三級	少校四級
	7ϕϕ3	7ϕϕ3	5ϕϕ4
	41ϕ1	41ϕ1	41ϕ1
	政戰學校研究部政治研究所碩士班（七十七年班）		
	入學學員		
	陸軍後勤司令部汽車基地處政戰處	警備總部職二總隊一大隊二中隊	陸軍防空飛彈指揮部電子訓練中心
	政戰官	輔導長	教官
	七五	八	一

政治作戰

附加標示：本令爲人事證件，應愼妥保管。(75)人令（職）字第〇七五號

保密區分	
傳遞速度	
處理時限	
前文時間字號	年　月　日　字第　號
縮影	要　不要

受文者	陳福成中校
來文時間	年　月　日
來文字號	字第　號

發文

附件	
日期	七十五年八月廿日十時發出
字號	(75)偉華字第四七一二號
駐地	北投

行文單位	
正本	研究部
副本	如說明二

蓋印處

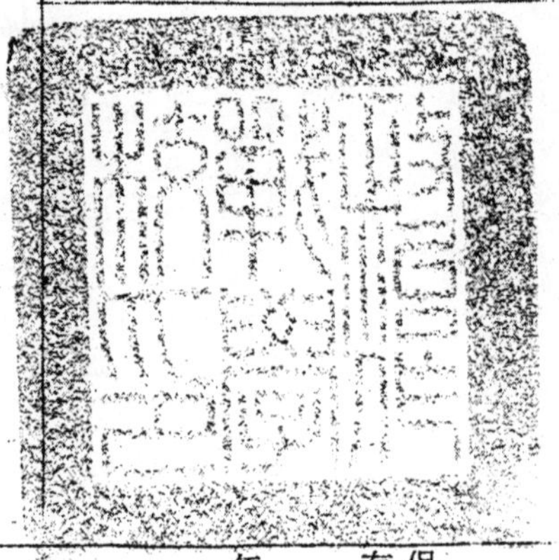

主旨：奉核定：邱延正上尉等廿七員調職，希照辦！

說明：

一、奉總長75.8.15.(75)基培字第三二九九號令核定邱延正上尉等廿七員調職如次：

區分	1.	異動原因
	2.	異動代號
	3.	兵籍號碼
	4.	姓名
編制	5.	階級及專長
	6.	階級代號
	7.	編制號
	8.	軍種及科別
	9.	代號
現階	10.	階（薪）級
	11.	代號
新	12.	本人專長
	13.	單位名稱
	14.	代號
	15.	職稱
任原	16.	代號
	17.	單位名稱
任	18.	職（階級）稱
	19.	生效日期
	20.	檢查號
	21.	新進資料
	22.	備註

保存　年

地510487	地A276108	天A173619	字202892	A078572
陳福成	林福隆	胡光夏	隋立爲	邱延正
陸軍砲兵	空軍	陸軍政戰	陸軍政戰	陸軍政
AT 1	3	PW 1	PW 1	PW 1
中校一級	中尉二級	上尉一級	中尉二級	上尉四
4φφ1	7φφ2	6φφ1	7φφ2	6φφ4
4131	41φ1	41φ1	41φ1	41φ1
政戰學校研究部政治研究所碩士班（七十七年班）	政戰學校研究部新關研究所碩士班（七十七年班）		政戰學校研究部政治研究所碩士班（七十七年班）	
入				入
金門防衛司令部政治作戰部第三組	空軍戰管聯隊第三機動分隊	警備總部新竹團管區政戰處	陸軍步兵第一四六師步四營兵器連	政治作戰學校學生指揮部第
監察官	輔導長	政戰官	輔導長	連

本書編者按：以上部份人員有略。

調

天A064198	萬先裕	陸軍通信兵	SC 1	少校三級	5φφ3	15φ2	政戰學校研究部外文研究所碩士班（七十七年班）	陸軍通信電子學校教官
地510491	盧義輝	陸軍裝甲兵	AR 1	中校四級	4φφ4	1φ12		陸軍第十軍團司令部第二處參謀官
玄A072891	徐宏忠	陸軍政戰	PW 1	上尉五級	6φφ5	41φ1		政治作戰學校學員指揮部十一中隊輔導長
天A005138	楊建平	陸軍步兵	IN 1	少校三級	5φφ3	1φφ2	政戰學校研究部政治研究所碩士班（七十七年班）	陸軍軍官學校教務處調配科教育參謀官
玄537689	林榮裕	陸軍政戰	PW 1	中校五級	4φφ5	41φ1		國家安全局科研室第一處研譯官
玄A130332	陳懋中	陸軍政戰	PW 1	中尉三級	7φφ3	41φ1		國防部警衛隊第五區隊輔導長

學 學 員

八 一

校長陸軍中將 曹思齊

校對：蕭敏芝

陸軍總司令部令（令）

主辦單位：本部人事署第三組　本令為人事有效證件，應妥慎保管。(75)人令（職）字第一〇〇〇〇號

保密區分	
傳遞速度	最速件
處理時限	
前文時間字號	年　月　日　字第　號
縮影	要　不要

受文者：陳福成中校

來文時間	年　月　日
來文字號	字第　號
發文日期	中華民國柒伍年捌月廿貳日發出
發文字號	(75)周勤字第一二五六四號
附件	
發文駐地	龍潭

行文單位	
正本	金防部、第六、八、十軍團、陸勤、空特、砲訓部、飛指部、陸官校
副本	如說明二

主旨：奉核定：政戰少校邱振森等十五員調職。希照辦！

說明：

一、奉參謀總長75.8.15.(75)基培字第三二九九 三三〇〇號令核定：政戰少校邱振森等十五員調職如次：

區分	
	異動
	異動原因
	異動代號
兵	籍號碼
	姓名
編制	階級及專長
	階級代號
	編制號
單位代號	單位及科別
	代號
現階	階級（新）
	代號
本新	人事專長
	單位名稱
	職位代號
	職稱
原任	單位代號
	職位名稱
	職稱
生效	日期
檢查	號
新進	資料
備註	

蓋印　　監

本件保存　年　卷號

調	調	調	調
黃111871	地51Ø487	宇2Ø2892	玄868Ø49
王忠孝	陳福成	隋立為	邱振淼
陸軍政治作戰	陸軍砲兵	陸軍政治作戰	陸軍政治作戰
PW　1	AT　1	PW　1	PW　1
少校三級	中校四級	中尉二級	少校五級
5ØØ3	4ØØ4	7ØØ2	5ØØ5
41Ø1	4131	41Ø1	41Ø1
政治作戰學校政治研究所第十九期	政治作戰學校政治研究所第十九期	政治作戰學校政治研究所第十九期	政治作戰學校政治研究所博士班
入學學員	入學學員	入學學員	入學學員
陸軍裝甲獨立第五十一旅政治作戰部	金門防衛司令部政治作戰部第三組	陸軍步兵第一四六師第四三七旅步四營兵器連	陸軍步兵第一五八師政治作戰部政治作戰工作隊
政戰官	監察官	輔導長	隊長
壹八、一	壹八、一	壹八、一	壹八、一

調	調	調	調
天A239423	天AΦΦ5138	地A6Φ61Φ8	玄947Φ75
林秋霞	楊建平	吳劍東	吳坤德
陸軍政治作戰	陸軍步兵	陸軍政治作戰	陸軍政治作戰
PW 1	IN 1	PW 1	PW 1
中尉三級	少校三級	中士	少校四級
7ΦΦ3	5ΦΦ3	46Φ1	5ΦΦ4
41Φ1	1ΦΦ2	41Φ14	41Φ1
政治作戰學校政治研究所第十九期	政治作戰學校政治研究所第十九期	政治作戰學校政治研究所第十九期	政治作戰學校政治研究所第十九期
入學學員	入學學員	入學學員	入學學員
陸軍後勤司令部兵工署汽車基地勤務處政治作戰部	陸軍軍官學校教務處調配科	陸軍防空飛彈指揮部六〇六群六六四營第十二連	陸軍砲兵飛彈訓練指揮部電子訓練中心
政戰官	教育參謀官	政戰士	政治教官
壹八、一、	壹八、一、	壹八、一、	壹八、一、

調	調	調	調
地51Φ491	天AΦ64198	天71Φ492	天745419
廣義輝	萬先裕	劉本善	郭鳳城
陸軍裝甲兵	陸軍通信兵	陸軍步兵	陸軍政治作戰
AR 1	SC 1	IN 1	PW 1
中校四級	少校三級	少校四級	少校七級
4ΦΦ4	5ΦΦ3	5ΦΦ4	5ΦΦ7
1Φ12	15Φ2	1ΦΦ2	ΦΦ81
政治作戰學校外文研究所第六期	政治作戰學校外文研究所第六期	政治作戰學校政治研究所第十九期	政治作戰學校政治研究所第十九期
入學學員	入學學員	入學學員	入學學員
陸軍第十軍團司令部第二處	陸軍通信電子學校通信戰術組	陸軍單官學校單訓部戰術組	陸軍空降特戰司令部航空指揮部政治作戰部
情參官	教官	教官	政參官
壹八、一	壹八、一	壹八、一	壹八、一

	調	調	調
	天A158887	地A182712	玄A142309
	宋娟娟	周支清	梁德和
	陸軍政治作戰	陸軍政治作戰	陸軍政治作戰
	PW 1	PW 1	PW 1
	上尉三級	上尉一級	上尉三級
	6φφ3	6φφ1	6φφ3
	41φ1	41φ1	41φ1
	政治作戰學校外文研究所第六期	政治作戰學校外文研究所第六期	政治作戰學校新聞研究所第四期
	入學學員	入學學員	入學學員
	陸軍後勤司令部運輸署四三運輸兵群四〇〇乘車營	陸軍第十軍團第五後指部三六化學兵群政治作戰處	陸軍步兵第二二六師支指部衛生營
	政戰官	政戰官	輔導長
	壹八、一、	壹八、一、	壹八、一、

右計：十五員

二、副本抄送總政戰部、人事次長室、本部政戰部第一(4)、二、四處、人事署三(3)、六組、陸作組、資訊站、兵工、運輸、通信署、通校、總司令辦公室、步兵一四六、一五八、二二六師、獨立五十一旅、航指部、第五後指部、政戰學校(2)及冊列各員（請參考、登記或照辦）。

總司令陸軍二級上將　蔣　仲　苓

校對：陳偉英

金門防衛司令部（令）

發文單位：第一處

本令為人事有效證件，應妥慎保管。

保密區分	
傳遞速度	
處理時限	
前文時間字號	年 月 日 字第 號
受文者	陳福成
來文時間字號	年 月 日 字第 號
行文單位 正本	一五八師政三組
行文單位 副本	如說明二
發文 駐地	金
發文 字號	(75)扶植字第五〇一四號
發文 日期	75年8月30日17時0分
附件	
蓋印	

(75)人令（職）字第〇三三四號

主旨：奉核定政戰少校邱振森等二員調職，希照辦！

說明：

一、奉陸總部75.8.22.(75)岡勤字第二五六四號令核定邱振森少校等二員調職如次：

本件保存 年 卷 號：

區分	1. 異動原因	調	調
	2. 異動代號		
	3. 兵籍號碼	玄868φ49	地51φ487
	4. 姓名	邱振淼	陳福成
編制	5. 階級及專長		
	6. 階級代號		
	7. 編制號		
	8. 軍種及科別	陸軍政治作戰	陸軍砲兵
	9. 代號	(1) 1　(2) PW	(1) 1　(2) AT
現階	10. 階(薪)級	少校五級	中校四級
	11. 代號	5φφ5	4φφ4
	12. 本人專長	41φ1	4131
新任	13. 單位名稱	政治作戰學校政治研究所博士班	政治作戰學校政治研究所第十九期
	14. 代號		
	15. 職稱	入學學員	入學學員
	16. 代號		
原任	17. 單位名稱	陸軍步兵第一五八師政治作戰部政治作戰工作隊	金門防衛司令部政治作戰部第三組
	18. 職稱	隊長	監察官
	19. 生效日期	75. 8. 1.	75. 8. 1.
	20. 檢查號		
	21. 新進資料	(1)　(2)　(3)　(4)	(1)　(2)　(3)　(4)
	22. 備註		

二、副本抄送國防部總政戰部(2)、陸總部政戰部(3)、陸總部人事署(三組、六組(5))、聯勤留守業務署、財務署、第四財勤處、抄發本部一〇七單位、政一、四組、第一處(資(2)、休、分、留(2)、考、官、計(4)、任、承(3))主計處、經理組及冊列本人(以上均請查照或登記資料)。

司令官

陸軍二級上將　趙萬富

校對：侯孟華

政治作戰學校研

附加標示：㈠本令為人事有效證件應妥慎保管㈡請貫徹單位統一編號(75)偉和員字第○三一號

保密區分

受文者：陳禧成中校

來文時間字號：年 月 日 字第 號

行文單位：正本：政治、外國語文、新聞研究所；副本：如說明

發文：附件；日期：75. 12. 31.；字號：(75)偉和字第一二九號；駐地：北投

傳遞速度

處理時限

前文時間字號：年 月 日 字第 號

縮影：要 不要

蓋印處

主旨：茲核定本部中校研究生吳燁旭等十四員獎勵，如說明，希照辦。

說明：

單位：名稱；代號（6.－11.）

兵籍號碼（12.－20.）

姓名

編號（21.－23.）

軍種 級職

階級代號（24.－25.）

勳獎：事由；代號（26.－27.）；種類；代號（22.－36.）

勳（獎）章證書（執照）號碼

不計點識別(37)

姓名四角號碼

備考

本件保存 年 卷號：

究 部 （ 令 ）

研究部	研究部	研究部	研究部	研究部
政治研究所	政治研究所	政治研究所	政治研究所	政治研究所
φ62φ1	φ62φ1	φ62φ1	φ62φ1	φ62φ1
地51φ487	天796975	天▲196φ6φ	玄▲1423φ2	玄63φ3φ3
陳爾武	王智榮	徐家駿	熊啓源	吳輝旭
φ φ 5	φ φ 4	φ φ 3	φ φ 2	φ φ 1
陸軍 中校 研究生	陸軍 少校 研究生	陸軍 上尉 研究生	陸軍 上尉 研究生	陸軍 中校 研究生
4φ校中	5φ校少	6φ尉上	6φ尉上	4φ校中
擔任七十七年班三民主義研究組組長工作認眞表現良好。	擔任七十六年班政治作戰研究組組長工作認眞表現良好。	擔任七十六年班國際共黨研究組組長工作認眞表現良好。	擔任七十六年班三民主義研究組組長工作認眞表現良好。	擔任七十五學年度第一學期班學員長，協助教學連繫工作，負責盡職。
74	74	74	74	74
嘉獎乙次	嘉獎乙次	嘉獎乙次	嘉獎乙次	記功乙次
8 1	8 1	8 1	8 1	7 1
753153	1φ8699	283φ73	213831	269746

研究部	研究部	研究部	研究部	研究部
新聞研究所	外文研究所	外文研究所	政治研究所	政治研究所
φ62φ1	φ62φ1	φ62φ1	φ62φ1	φ62φ
玄▲13φ867	天▲187444	地51φ491	玄947φ75	玄53768
張志雄	陳治忠	盧義輝	吳坤德	林榮裕
φ 1 φ	φ φ 9	φ φ 8	φ φ 7	φ φ 6
海軍上尉研究生	陸軍上尉研究生	陸軍中校研究生	陸軍少校研究生	陸軍中校研究生
上尉 6φ	上尉 6φ	中校 4φ	少校 5φ	中校 4φ
擔任七十六年班新聞研究所學員長，工作認真表現良好。	擔任七十六年班外國語文研究所學員長工作認真，表現良好。	擔任七十七年班[illegible]學員長兼外研所學員長，負責盡職。	擔任七十七年班政治作戰研究組組長，工作認真表現良好。	擔任七十七年班國際共黨研究組組長，工作認真表現良好。
74	74	74	74	74
嘉獎乙次	嘉獎乙次	記功乙次	嘉獎乙次	嘉獎乙次
8 | | | 1	8 | | | 1	7 | | | 1	8 | | | 1	8 | | | 1
114φ4φ	75335φ	218φ97	264524	449938

研究部	研究部	研究部	研究部
新聞研究所	新聞研究所	政治研究所	新聞研究所
φ62φ1	φ62φ1	φ62φ1	φ62φ1
玄Aφ17φφ6	玄A334878	玄A1423φ2	玄A13φ867
饒健生	鄒中慧	龍啓源	張志雄
φ 1 1	φ 1 2	φ 1 3	φ 1 4
陸軍少校研究生	陸軍中尉研究生	陸軍上尉研究生	海軍上尉研究生
5φ校少	7φ尉中	6φ尉上	6φ尉上
熱心公務，協調良好，負責盡職。	交付之任務圓滿達成，努力盡職。	擔任校慶紀念先總統蔣公百年誕辰大會專題報告，表現優異。	策劃與執行新研所書籍影印工作，充實圖書資料，著有績效。
74	74	74	74
嘉獎乙次	嘉獎乙次	嘉獎乙次	嘉獎兩次
8 1	8 1	8 1	8 2
842525	275φ55	213831	114φ4φ

副本呈總政治作戰部（第一處二份），送國防部人事參謀次長室二份（中央人事資訊作業組，第五處），陸軍總部人事資料組（三份），海、空軍總部、憲兵司令部各一份，校部人事科（六份）保防、監察、訓育科及册列本人（以上均請查照或登記資料）。

副校長兼部主任 陳侃偉

陸軍少將

金門防衛司令部（令）

主辦單位：第一處

保密區分

傳遞速度

處理時限

前文時間字號 年 月 日 字第 號

受文者：陳福成中校

來文時間字號：年 月 日 字第 號

行文單位：
正本：冊列單位
副本：抄送政治作戰學校、六軍團、八軍團、十[illegible]、二八四、一〇九、一五八、三一九、二五七師、[illegible]五科、資料室及個人（登資查照）

發文：
附件：名冊
日期：76年元月7日17[illegible]
字號：(76)扶植字第〇一〇[illegible]號
駐地：金[illegible]

蓋印

主旨：奉核定民七十五年敘頒忠勤勳章（含加星）計虞義輝中校等卅九員〃如附冊〃，希照辦。

說明：

一、奉總部75.12.29.(75)冋有字第一八〇四二號令轉奉參謀總長75.12.8.(75)基均字第〇二三五八號令核定辦理。

二、冊列人員敘頒忠勤勳章及證書，已頒發個人請登記兵籍資料。

保密區分

司令官

校對：丁水琴

本件保存 年 卷號

金門防衛司令部七十五年官士奉頒忠勤勳章名冊

單位	階級	姓名	奉頒單位	奉頒日期	奉頒證書字號	勳章種類	備考
第二處	中校	虞義輝	國防部	75.12.31.	(75)基均字第02358號	忠勤勳章二四三六五〇	調十軍團
第三處	中校	王卯生	〃	〃	〃	忠勤勳章二四三六五一	頒授
第三處	中校	徐崇禮	〃	〃	〃	忠勤勳章二四三六五二	頒授
第三處	少校	羅莒光	〃	〃	〃	忠勤勳章二四三六五三	調六軍團
政一組	中校	侯孟華	〃	〃	〃	忠勤勳章二四三六五四	頒授
政三組	中校	陳福成	〃	〃	〃	忠勤勳章二四三六五五	調政治作戰學校
政三組	少校	項維立	〃	〃	〃	忠勤勳章二四三六五六	頒授
政四組	中校	姜漁台	〃	〃	〃	忠勤勳章二四三六五七	調二八四師

政四組	中校	黃正	國防部	75.12.31.	(75)基均字第02358號	忠勤勳章二四三六五八	調一〇九師
政四組	中校	洪清山	〃	〃	〃	忠勤勳章二四三六五九	調一五八師
兩棲營	中校	謝國禎	〃	〃	〃	忠勤勳章二四三六六〇	調三一九師
三考部	中校	張金福	〃	〃	〃	忠勤勳章二四三六六一	頒授
砲指部	中校	周台福	〃	〃	〃	忠勤勳章二四三六六二	調十軍團
砲指部	中校	高福喜	〃	〃	〃	忠勤勳章二四三六六三	調二五七師
砲指部	中校	賈光輝	〃	〃	〃	忠勤勳章二四三六六四	頒授
砲指部	中校	賀榮德	〃	〃	〃	忠勤勳章二四三六六五	調八軍團
後指部	中校	鍾台成	〃	〃	〃	忠勤勳章二四三六六六	頒授
後指部	中校	劉大任	〃	〃	〃	忠勤勳章二四三六六七	頒授

後指部	中校	曹立航	國防部	75.12.31.	(75)基均字第02358號	忠勤勳章二四三六六八	運輸學校
後指部	中校	邱佐人	〃	〃	〃	忠勤勳章二四三六六九	頒授
後指部	中校	徐自生	〃	〃	〃	忠勤勳章二四三六七〇	頒授
後指部	少校	金禮蒼	〃	〃	〃	忠勤勳章二四三六七一	調三一九師
戰車群	中校	陳世仁	〃	〃	〃	忠勤勳章二四三六七二	頒授
戰車群	中校	邱新達	〃	〃	〃	忠勤勳章二四三六七三	頒授
政二組	少校	賈景文	〃	〃	〃	忠勤勳章二四三六七四	頒授
政委會	中校	王中天	〃	〃	〃	忠勤勳章二四三六七五	頒授
砲指部	少將	張寧吾	〃	〃	〃	一星忠勤勳章	頒發
第一處	上校	李秉南	〃	〃	〃	〃	頒發
砲指部	上校	周家本	國防部	75.12.31.	(75)基均字第02358號	一星忠勤勳章	頒發

兩棲營	一等士官長	陶文懋	〃	〃	〃	〃	頒發
後指部	一等士官長	楊炳元	〃	〃	〃	〃	頒發
參辦室	少將	劉華倫	〃	〃	〃	二星忠勤勳章	頒發
後指部	上校	李以珍	〃	〃	〃	〃	頒發
兩棲營	一等士官長	江秋茂	〃	〃	〃	〃	頒發
兩棲營	一等士官長	何良高	〃	〃	〃	〃	頒發
兩棲營	一等士官長	陳志雲	〃	〃	〃	〃	頒發
砲指部	一等士官長	孫贊長	〃	〃	〃	〃	頒發
砲指部	一等士官長	鄭清淮	〃	〃	〃	〃	頒發
戰車群	一等士官長	姜月秋	國防部	75.12.31.	(75)基均字第02358號	二星忠勤勳章	頒發

右計三十九員

政治作戰學

附加標示：㈠本令爲人事有效證件應妥愼保管㈡權責單位統一編號：(76)偉和員字第〇〇一號

保密區分	
傳遞速度	
處理時限	
前文時間字號	年 月 日 字第 號
縮影	要 不要

受文者	陳福成中校
來文時間字號	年 月 日 字第 號

發文			
附件	日期	字號	駐地
	76.3.11.	(76)偉和字第〇一二號	北投復興崗

蓋印處

行文單位	
正本	政治研究所
副本	如說明

主旨：茲核定本部政治研究所中校研究生吳輝旭等六員獎勵，如說明，希照辦。

說明：

單位	名稱	研究部 政治研究所
	代號(6.-11.)	φ62φ1
兵籍號碼(12.-20.)		玄63φ3φ3
姓名		吳輝旭
編號(21.-23.)		φφ1
軍種		陸軍
級職		中校 研究生
階級代號(24.-25.)		中校 4φ
獎勵	事由	參加七十六年全國三民主義學術研討會提轉論文，表現優異。
	代號(26.-27.)	74
	種類	嘉獎兩次
	代號(22.-36.)	8 2
勳(獎)章證書號碼(照執)		
不計點識別(37)		
姓名四角號碼		269746
備考		

本件保存　　年　　稱號：

校　研　究　部（令）

政治研究所研究部	政治研究所研究部	政治研究所研究部	政治研究所研究部	政治研究所研究部
ϕ62ϕ1	ϕ62ϕ1	ϕ62ϕ1	ϕ62ϕ1	ϕ62ϕ1
家947ϕ75	地51ϕ487	地Aϕ78572	宇2ϕ2892	家A1423ϕ2
吳坤德	陳福成	邱延正	隋立為	熊啓源
ϕϕ6	ϕϕ5	ϕϕ4	ϕϕ3	ϕϕ2
陸軍少校研究生	陸軍中校研究生	陸軍上尉研究生	陸軍中尉研究生	陸軍上尉研究生
5ϕ校少	4ϕ校中	6ϕ尉上	7ϕ尉中	6ϕ尉上
參加七十六年全國三民主義學術研討會擔任副領隊，表現優異。	參加七十六年全國三民主義學術研討會擔任領隊，表現優異。	參加七十六年全國三民主義學術研討會紀錄人，表現優異。	參加七十六年全國三民主義學術研討會論文評論人，表現優異。	參加七十六年全國三民主義學術研討會擔任主席，表現優異。
7 4	7 4	7 4	7 4	7 4
嘉獎乙次	嘉獎乙次	嘉獎乙次	嘉獎乙次	嘉獎乙次
8 1	8 1	8 1	8 1	8 1
264524	753153	77121ϕ	74ϕϕ34	213831

副本呈總政治作戰部（第一處二份），送國防部人事參謀次長室二份（中央人事資訊作業組，第五處），陸軍總部人事資料組（三份），海、空軍總部、憲兵司令部各一份，校部人事科（六份），保防、監察、訓育科、新聞、外文研究所及册列本人（以上均請查照或登記資料）。

副校長兼部主任

陸軍少將 陳侃偉

副本

政治作戰學校

單位	名稱	外文研究所研究部
	代號（6.-11.）	φ62φ1
兵籍號碼（12.-20.）		玄689514
姓名		陳弘志
編號（21.-23.）		φφ1
軍種 級職		陸軍中校研究生
階級代號（24.-25.）		中校4φ
勛獎	事由	協助推展七十六年度莒光週政治教育政訓工作，主動積極。
	代號（26.-27.）	74
	種類	嘉獎兩次
	代號（22.-36.）	8 2
勛（獎）章證書（執照）號碼		
不計點識別(37)		
姓名四角號碼		75134φ
備考		

主旨：茲核定本部研究生陳弘志中校等卅八員獎勵，如說明，希照辦。

說明：如說明

保密區分	受文者	來文時間字號	行文單位	
	陳福成中校	年 月 日 字第 號	正本	副本
傳遞速度			政治研究所、外文研究所、新聞研究所	如說明
			總政治作戰部心理作戰處	
處理時限	發文			
	駐地	字號	日期	附件
前文時間字號	北投復興崗	(76)偉和字第○四一號	76. 6. 15.	
年 月 日 字第 號	簽 日 處			
補影 不要				

附加標示：一、本令為人事官核發證件應妥慎保管。二、權責單位統一編號：(76)偉和貴字第○○九號

本件保存　年　卷號：

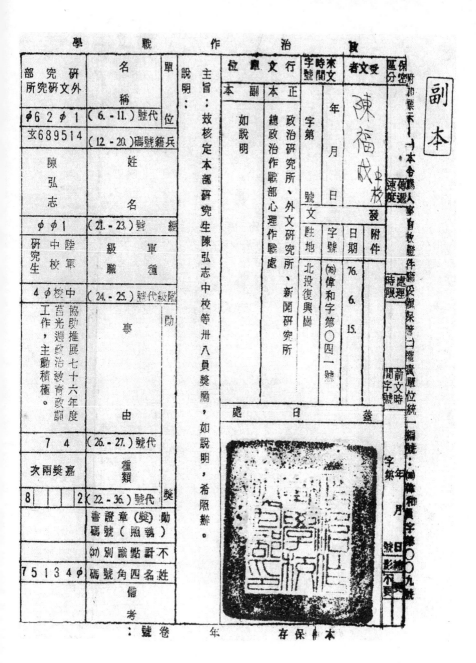

校研究部（合）

研究部政治研究所	研究部新聞研究所	研究部新聞研究所	研究部新聞研究所	研究部新聞研究所
φ62φ1	φ62φ1	φ62φ1	φ62φ1	φ62φ1
玄537629	地Aφφ6914	地A166666	玄Aφ17φφ6	天797φ26
林榮裕	徐金模	王忠孝	饒健生	鄧[illegible]智
φφ2	φφ3	φφ4	φφ5	φφ6
陸軍中校研究生	陸軍上尉研究生	陸軍中尉研究生	陸軍少校研究生	陸軍少校研究生
中校4φ	上尉6φ	中尉7φ	少校5φ	少校5φ
七十六年度莒光週政治教育行文宣工作，成效優異。	協助推展七十六年度莒光週政治教育文宣工作，表現良好。	七十六年度莒光週政治教育行文宣工作，表現良好。	七十六年度莒光週政治教育行文宣工作，表現良好。	七十六年度莒光週政治教育行文宣工作，表現良好。
74	74	74	74	74
嘉獎兩次	嘉獎乙次	嘉獎乙次	嘉獎乙次	嘉獎乙次
8 2	8 1	8 1	[illegible] 1	8 [illegible]
449938	288φ44	[illegible]φ5φ44	84252[illegible]	179φ38

研究部 所究研治政	研究部 所究研治政	研究部 所究研治政	研究部 所究研治政	研究部 所究研治政	研究部 所究研聞新
ϕ62ϕ1	ϕ62ϕ1	ϕ62ϕ1	ϕ62ϕ1	ϕ62ϕ1	ϕ62ϕ1
天A196ϕ6ϕ	玄947ϕ75	天644923	天Aϕϕ5138	玄A13ϕ332	玄A13ϕ867
徐家駿	吳坤德	蕭耀清	楊建平	陳慕中	張惠建
ϕ12	ϕ11	ϕ1ϕ	ϕϕ9	ϕϕ8	ϕϕ7
陸軍上尉研究生	陸軍少校研究生	陸軍少校研究生	陸軍少校研究生	陸軍上尉研究生	陸軍上尉研究生
6ϕ尉上	5ϕ校少	5ϕ校少	5ϕ校少	6ϕ尉上	6ϕ尉上
執行「精蒸專案」，績效優異。	執行「精蒸專案」，績效優異。	執行「精蒸專案」，績效優異。	執行「精蒸專案」，績效優異。	執行「精蒸專案」，績效特優。	七十六年度莒光週政治教育執行文宣工作，表現良好。
74	74	74	74	74	74
次兩獎嘉	次乙功記	次乙功記	次乙功記	次兩功記	次乙獎嘉
8 2	7 1	7 1	7 1	7 2	8 1
283ϕ73	264524	449735	461517ϕ	75555ϕ	114ϕ4ϕ

研究部 外文研究所	研究部 政治研究所	研究部 政治研究所	研究部 政治研究所	研究部 政治研究所
ϕ62ϕ1	ϕ62ϕ1	ϕ62ϕ1	ϕ62ϕ1	ϕ62ϕ1
天57ϕ853	文63ϕ3ϕ3	文A261855	地Aϕ78572	天796975
賀平波	吳輝旭	莫家瑋	郎延正	王智樂
ϕ17	ϕ16	ϕ15	ϕ14	ϕ13
陸軍中校 研究生	陸軍中校 研究生	陸軍中尉 研究生	陸軍上尉 研究生	陸軍少校 研究生
中校ϕ4	中校ϕ4	中尉ϕ7	上尉ϕ6	少校ϕ5
執行交付特定任務，圖滿完成。	執行文宣工作，表現良好。	執行「聯蒸專案」，並協助教育及政戰工作，表現良好。	執行「聯蒸專案」，並協助教育及政戰工作，表現良好。	執行「聯蒸專案」，表現良好。
7 4	7 4	7 4	7 4	7 4
記功乙次	嘉獎乙次	嘉獎乙次	嘉獎兩次	嘉獎乙次
7 1	8 1	8 1	8 2	8 1
461ϕ34	269746	443ϕ14	77121ϕ	1ϕ8699

外文研究所研究部	政治研究所研究部	政治研究所研究部	政治研究所研究部	外文研究所研究部	外文研究所研究部
φ62φ1	φ62φ1	φ62φ1	φ62φ1	φ62φ1	φ62φ1
宇112666	地Aφ78785	天Aφ43337	天A1φ1616	玄 689514	玄Aφ72891
張國旗	黃國衛	周力行	唐瑞和	陳弘志	徐宏忠
φ23	φ22	φ21	φ2φ	φ19	φ18
陸軍中尉研究生	陸軍中尉研究生	空軍上尉研究生	陸軍上尉研究生	陸軍中校研究生	陸軍少校研究生
中尉 7φ	中尉 7φ	上尉 6φ	上尉 6φ	中校 4φ	少校 5φ
擔任七十六年班外研所學員長，工作認眞，表現良好。	擔任七十六年班政治作戰研究組組長，工作認眞，表現良好。	擔任七十六年班國際共黨研究組組長，工作認眞，表現良好。	擔任七十六年班三民主義研究組組長，工作認眞，表現良好。	擔任七十五學年度第二學期總學員長負責盡職，表現優異。	熱心捐贈郵票一、一八〇張，表現良好。
74	74	74	74	74	74
嘉獎乙次	嘉獎乙次	嘉獎乙次	嘉獎乙次	記功乙次	嘉獎乙次
8 1	8 1	8 1	8 1	7 1	8 1
116φφ8	446φ21	774φ21	φφ1226	75134φ	283φ5φ

究 研 究研文外	部 究 研 所究研治政	部 究 研 所究研治政	部 究 研 所究研治 政	部 究 研 所究研聞新
62φ1	φ62φ1	φ62φ1	φ62φ1	φ62φ1
天▲φ64198	玄 947φ75	天▲φφ5138	地 51φ487	地▲φφ6914
高先裕	吳坤德	楊建平	陳福成	徐金模
φ28	φ27	φ26	φ25	φ24
陸軍少校研究生	陸軍少校研究生	陸軍少校研究生	陸軍中校研究生	陸軍上尉研究生
5φ校少	5φ校少	5φ校少	4φ校中	6φ尉上
擔任七十七年班外研所學員長，負責盡職。	擔任七十七年班政治作戰研究組組長，負責盡職。	擔任七十七年班國際共黨研究組組長，負責盡職。	擔任七十七年班級學員長兼三民主義研究組組長，負責盡職。	擔任七十六年班新研所學員長，工作認真，表現良好。
7 4	7 4	7 4	7 4	7 4
次乙獎嘉	次乙獎嘉	次乙獎嘉	次乙功記	次乙獎嘉
1	8 1	8 1	7 1	8 1
442438	264524	46151φ	753153	288φ44

研究部政治研究所	研究部政治研究所	研究部政治研究所	研究部政治研究所	研究部政治研究所	研究部新聞研究所
φ62φ1	φ62φ1	φ62φ1	φ62φ1	φ62φ1	φ62φ1
地 598φ5φ	天 679524	宇 φ93919	玄 947φ75	玄 537689	地A121739
馮鎮歐	于宙	毛惠民	吳坤德	林榮裕	陳珍明
φ34	φ33	φ32	φ31	φ3φ	φ29
陸軍少校研究生	陸軍少校研究生	陸軍上尉研究生	陸軍少校研究生	陸軍中校研究生	陸軍上尉研究生
少校 5φ	少校 5φ	上尉 6φ	少校 5φ	中校 4φ	上尉 6φ
敦品勵學，服從性良好，尊師重道，熱心公益。	服從負責、品德正直，豪爽，對公務主動積極好學不倦。	擔任學員長，認眞負責，領導有方，尊師重道，品學兼優。	六月份部週會擔任專題報告，準備充分，表現良好。	六月份部週會擔任專題報告，準備充分，表現良好。	擔任七十七年班新研所學員長，負責盡職。
7 4	7 4	7 4	7 4	7 4	7 4
嘉獎兩次	嘉獎兩次	記功乙次	嘉獎乙次	嘉獎乙次	嘉獎乙次
8 2	8 2	7 1	8 1	8 1	8 1
318477	1φ4φ3φ	2φ5φ77	264524	449938	751867

政治研究所研究部	政治研究所研究部	政治研究所研究部	政治研究所研究部
φ62φ1	φ62φ1	φ62φ1	φ62φ1
玄A19534φ	宇15φ153	天522634	玄868φ49
黃堂益	丁韶華	余桂霖	邱振淼
φ35	φ36	φ37	φ38
陸軍上尉研究生	陸軍上尉研究生	空軍上校研究生	陸軍少校研究生
上尉φ[illegible]	上尉φ6	上校φ3	少校φ5
尊師重道，熱心公務，學習認眞，遵守紀律。	學習認眞，熱心公務，好學尙禮，尊師重道。	擔任博士班總學員長，協調合作，負責盡職。	擔任博士班一年級學員長，負責認眞，表現良好。
74	74	74	74
嘉獎兩次	嘉獎兩次	嘉獎兩次	嘉獎兩次
8 2	8 2	8 2	8 2
449φ8φ	1φφ744	8φ441φ	775112

副本呈總政治作戰部（第一處二份），國防部人事參謀次長室二份（第五處、中央人事資訊作業組）、陸軍總部人事資料處（三份），海、空軍總部各一份，校部人事科（六份），保防、監察、訓育科、及冊列本人（以上均請存照表登記資料）。

副校長兼部主任　陸軍少將　陳侃偉

政治作戰學

附加標示：㈠本令爲人事有效證件應妥慎保管㈡權責單位統一編號：(76)偉華（官）一三〇號

保密區分

傳遞速度

處理時限

前文時間字號 年 月 日 字第 號

縮影 妥 不妥

受文者 陳福成中校

來文時間 年 月 日

來文字號 字第 號

發文

附件

日期 七十六年十月十七日十時發出

字號 (76)偉華字第六三四一號

駐地 北投

行文單位

正本 研究部、政治研究所、新聞研究所、外文研究所

副本 如說明

蓋印處

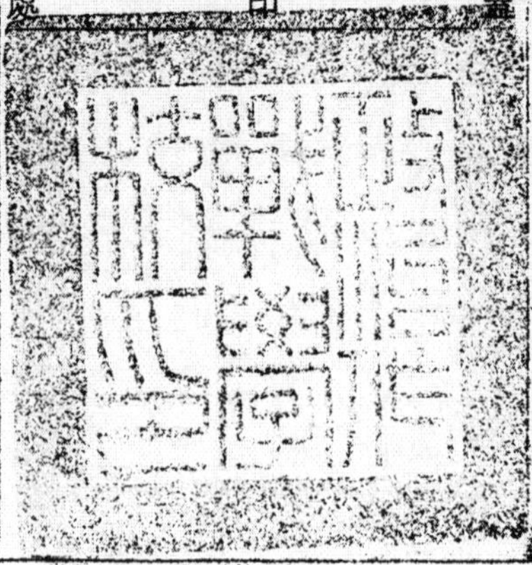

主旨：茲核定：孫正豐教授等十四員獎勵，如說明，希照辦！

說明：

單位名稱

（6－11）代號

（12－20）兵籍號碼

姓名

（21－23）編號

職級（現階）

官種

（24－25）編階代號

勛獎事由

（26－27）代號

種類

（22－36）代號

獎勵證書（執照）號碼

(37)不計點識別

姓名四角號碼

備考

本件保存 年 卷號：

校　（　令　）

研究部政治研究所	研究部外文研究所	研究部新聞研究所	研究部政治研究所	〃
φ62φ1	φ62φ1	φ62φ1	φ62φ1	φ62φ1
Zφ12168	Zφ125φ3	玄555288	Zφ12439	Zφ123φ8
孫正豐	丁履昕	黃新生	谷瑞照	王克儉
φφ1	φφ2	φφ3	φφ4	φφ5
簡一功一教授兼所主任	聘比簡七教授兼所主任	陸軍上校派比簡七副教援兼所主任	聘比簡二教授兼組主任	聘比簡一教授兼組主任
上校 3φ	上校 3φ	上校 3φ	上校 3φ	上校 3φ
參加「華欣五號」演習績優	〃	〃	〃	〃
74	74	74	74	74
記功乙次	記功乙次	記功乙次	記功乙次	記功乙次
7| | | |/	7| | | |/	7| | | |/	7| | | |/	7| | | |/
V	V	V	V	V
121φ22	1φ7762	44φ225	8φ1267	1φ4φ28
一、依據國防部(76)基均字第一三八七號令辦理 二、76.8.1.退休	一、〃	一、〃 二、外職停役（調行政院新聞局）	一、〃	〃

〃	研究部政治研究所	研究部新聞研究所	〃	研究部政治研究所
φ62φ1	φ62φ1	φ62φ1	φ62φ1	φ62φ1
地51φ487	玄63φ3φ3	天568995	Z φ12117	地475789
陳福成	吳輝旭	吳奇爲	張佐華	李台京
φ1φ	φφ9	φφ8	φφ7	φφ6
陸軍中校研究生	陸軍中校研究生	陸軍上校派比副教授	聘比簡一功三教授	陸軍中校派比教授兼組主任
4φ 校中	4φ 校中	3φ 校上	3φ 校上	3φ 校上
〃	〃	〃	〃	參加「華欣五號」演習績優
74	74	74	74	74
記功乙次	記功乙次	記功乙次	記功乙次	記功乙次
7 1	7 1	7 1	7 1	7 1
V	V	V	V	V
753153	269746	264φ34	112444	4φ4φφφ
一、〃	一、〃 二、畢業分發陸軍官校	〃	〃	一、依據國防部(76)基字第一三八七號令辦理

研究部外文研究所	〃	〃	〃
06201	06201	06201	06201
玄689514	天796975	黃111871	天A005138
陳弘志	王智榮	王忠孝	楊建平
014	013	012	011
陸軍中校研究生	陸軍少校研究生	陸軍少校研究生	陸軍少校研究生
40 校中	50 校少	50 校少	50 校少
〃	〃	〃	〃
74	74	74	74
記功乙次	記功乙次	記功乙次	記功乙次
7 1	7 1	7 1	7 1
V	V	V	V
751340	108699	105040	461510
一、〃 二、畢業分發國防部情報次長室	一、〃 二、畢業分發陸軍步兵學校	一、〃	一、〃

副本呈總政治作戰部（第一處二份）、送國防部情報次長室（一份）、國防部人事參謀次長室三份（第四處、第五處、中央人事資訊作業組）、陸軍總部（三份）、本校人事（六份）、保防、監察科、一一〇單位、陸軍步兵學校、陸軍官校及本人（以上均請查照或登記資料）

校長陸軍中將　曹　思　齊

校對：林麗珍

政治作戰學

附加標示：㈠本會爲人事有效證件應妥愼保管㈡權責單位統一編號：(77)偉和第○○五號

保密區分	
傳遞速度	
處理時限	
前文時間字號	年 月 日 字第 號
	要 不要

受文者	陳福成中校
來文時間字號	年 月 日 字第 號
發文 日期	七十七年六月二十日十七時發出
發文 字號	(77)偉和字第○四二號
附件	
地址	北投

行文單位	
正本	政治研究所
副本	如說明

主旨：茲核定：本部政治研究所上屆研究生陳福成中校等廿一員獎勵，如說明請照辦！

說明：

蓋印處

單位 名稱	
(6—11)代號	
(12—20)兵籍編號	
姓名	
(21—22)編號	
軍種 級職 (現 役)	
(24—25)階級代號	
獎勵 事由	
(26—27)代號	
種類	
(28—35)代號	
勳獎章(執照)證號	
不計點職別(四)	
姓名四角號碼	
備考	

本件保存 年 卷號：

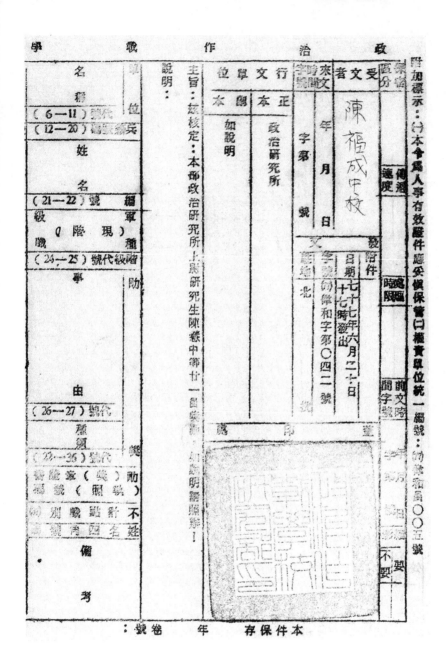

（　令　）　校

研究所政治研究所	φ62φ1	玄A13φ332	陳慧中	φφ1	陸軍上尉研究生	6φ尉上	撰寫追思專文、執行文宣工作、表現良好。	74	嘉獎乙次	8	0	7555[illegible]
〃	φ62φ1	地51φ487	陳福成	φφ2	陸軍中校研究生	4φ校中	〃 〃	74	嘉獎乙次	8　1	0	75315[illegible]
〃	φ62φ1	地Aφ78572	邱延正	φφ3	陸軍少校研究生	5φ校少	撰寫追思專文暨執行「護基專案」、表現良好。	74	嘉獎乙次	8　2	0	77121φ
〃	φ62φ1	玄A[illegible]47165	李樹賢	φφ4	陸軍上尉研究生	6φ尉上	撰寫追思專文暨執行「護基專案」、成效顯著。	74	記功乙次	7　1	0	4φ4477
〃	φ62φ1	地[illegible]763624	靳元照	φφ5	陸軍少校研究生	5φ校少	〃 〃	74	記功乙次	7　1	0	421φ67
〃	φ62φ1	[illegible]Aφ63[illegible]	張延廷	φφ6	空軍上尉研究生	6φ尉上	執行「護基專案」、主動積極、績效優異。	74	記功兩次	7　2	0	111212

〃	〃	〃	〃	研究部政治研究所
φ62φ1	φ62φ1	φ62φ1	φ62φ1	φ62φ1
玄831512	Aφφ1441	天[illegible]	黃137868	玄A1471[illegible]
劉廣華	徐蕙萍	段復初	李中元	藍亞聖
φ11	φ1φ	φφ9	φφ8	φφ8
海軍中校研究生	海軍中校研究生	陸軍上尉研究生	陸軍上尉研究生	陸軍上尉研究生
4φ校中	4φ校中	6φ尉上	6φ尉上	6φ尉上
執行文宣工作、表現良好。	〃〃	〃〃	〃〃	執行「護基專案」成效良好。
74	74	74	74	74
嘉獎乙次	嘉獎兩次	嘉獎兩次	嘉獎兩次	嘉獎兩次
8 1	8 2	8 2	8 2	8 2
0	0	0	0	0
449731	[illegible]4444	772837	4φ5φ1φ	[illegible]

〃	〃	〃	〃	〃	〃
φ62φ1	φ62φ1	φ62φ1	φ62φ1	φ62φ1	φ62φ1
天A187594	天Aφ55361	玄868φ49	天745419	天745426	宇191774
彭正中	胡漢平	邱振淼	郭鳳城	黃耀源	李文師
φ17	φ16	φ15	φ14	φ13	φ12
海軍陸戰隊中尉研究生	陸軍少校研究生	陸軍少校研究生	陸軍中校研究生	陸軍中校研究生	陸軍上尉研究生
7φ尉中	5φ校少	5φ校少	4φ校中	4φ校中	6φ尉上
〃 〃	〃 〃	執行「護基專案」、表現良好。	執行「護基專案」、成效顯著。	執行「護基專案」、表現良好。	執行 〃 〃
74	74	74	74	74	74
嘉獎乙次	嘉獎乙次	嘉獎乙次	記功乙次	嘉獎乙次	嘉獎乙次
8 1	8 1	8 1	7 1	8 1	8 1
0	0	0	0	0	0
421φ5φ	47341φ	775112	φ77743	725φ8φ	4φφφ21

研究部政治研究所	φ62φ1	天Aφ84629	王傳照	φ18	陸軍少校研究生	少校50	執行「護基專案」、表現良好。	〃	74	嘉獎乙次	8 1	0	1φ2567
〃	φ62φ1	玄A31681φ	滕明瑜	φ19	海軍上尉研究生	上尉6φ	〃	〃	74	嘉獎乙次	8 1	0	796718
研究部研究所	φ62φ1	Aφφ1835	陳蔓蒂	φ2φ	海軍少校研究生	少校5φ	〃	〃	74	嘉獎乙次	8 1	0	754444
〃	φ621	玄Aφ44641	池歆華	φ21φ	陸軍上尉研究生	上尉6φ	〃	〃	74	嘉獎乙次	8 1	0	34φ744

副本呈總政治作戰部（第一處二份），送國防部人事參謀次長室二份（中央人事資訊作業組、第五處）、陸軍總部人事資料組（三份）、海、空軍總部各一份、校部人事科（六份）、保防、監察、訓育科、新聞、外文研究所及册列本人（以上均請查照或登記資料）。

研究部部主任 張念鎮

校對：

國防部（令）

附加標示：

保密區分	
傳遞速度	最速件
處理時限	
前文時間字號	
受文者	陳福成中校
來文時間字號	
發文日期	中華民國七十七年六月23日15時發文
發文字號	(77)基培字第二四〇〇號
發文駐地	台北市
附件	
行文單位正本	陸、空軍、警備總司令部、憲兵司令部、總政治作戰部（八份）、三軍大學、政治作戰學校、聯合警衛安全指揮部、軍事情報局
行文單位副本	國家安全局、海軍總部、教育部軍訓處、人事次長室（二、三、四處各一份）、政計會工作組、保防指導組、台北資訊站、國防管理中心、中央作業組、聯勤財務署薪給組、台北收支處及冊列人員（請查照或登記）
蓋	

主旨：核定隋立為上尉等廿七員分配如附冊，希照辦！

說明：隋立為上尉等廿七員自77.6.25.起至77.6.30.止，以待派軍官計資，由政戰學校列管。

參謀總長陸軍一級上將　郝　柏　村

附冊

區分	分				
兵籍號碼	宇 2φ2892	地 51φ 487	黃 111871	玄 947φ75	地A 6φ61φ8
姓名	隋立爲	陳福成	王忠孝	吳坤德	吳劍東
本人專長	41φ1	12φ1	41φ1	41φ1	41φ1
軍種官科現階	陸軍政戰上尉	陸軍砲兵中校	陸軍政戰少校	陸軍政戰少校	陸軍政戰中尉
分配單位					陸軍總司令部
原任職務			政治作戰學校政治研究所七十七年班入學學員		
生效日期				七七	七
備考	一、支上尉一級俸 二、按權責任職	一、支中校六級俸 二、按權責任職	一、支少校五級俸 二、按權責任職	一、支少校六級俸 二、按權責任職	一、支中尉一級俸 二、按權責任職 三、法定役期四年另補服義務役一年半個月 四、吳員任官乙節由政戰學校呈報人事次長室核定後移送陸軍總部

					配
天 71φ492	天A φ64198	地 51φ491	地A 182712	玄A 1423φ9	地A 2761φ8
劉本善	萬先裕	虞義輝	周交清	梁德和	林福隆
1φφ1	7526	φφ72	41φ1	41φ1	7624
陸軍步兵少校	陸軍通信兵少校	陸軍裝甲兵中校	陸軍政戰上尉	陸軍政戰少校	空軍中尉
					空軍總司令部
	政治作戰學校外文研究所七十七年班入學學員			政治作戰學校新聞研究所七十七年班入學學員	
	一				
一、支少校六級俸 二、按權責任職	一、支少校五級俸 二、按權責任職	一、支中校六級俸 二、按權責任職	一、支上尉三級俸 二、按權責任職	一、支少校三級俸 二、按權責任職	一、支上尉一級俸 二、按權責任職

分

地A 121739	陳珍明	41ϕ1	陸軍政戰上尉	警備總司令部	政治作戰學校新聞研究所七十七年班入學學員		一、支上尉四級俸 二、按權責任職
天A 173619	胡光夏	41ϕ1	陸軍政戰上尉				一、支上尉三級俸 二、按權責任職
玄A 24ϕ438	劉慶祥	41ϕ1	陸軍政戰上尉		政治作戰學校政治研究所七十七年班入學學員		一、支上尉二級俸 二、按權責任職
玄A 261855	莫家瑋	41ϕ1	陸軍政戰上尉	憲兵司令部			一、支上尉一級俸 二、按權責任職
玄 831512	劉廣華	ϕ5ϕ2	海軍陸戰隊中校	三軍大學			一、支中校六級俸 二、按權責任職
地A ϕ78572	邱延正	41ϕ1	陸軍政戰少校	政治作戰學校			一、支少校三級俸 二、按權責任職
玄A ϕ72891	徐宏忠	41ϕ1	陸軍政戰少校		政治作戰學校外文研究所七十七年班入學學員	七	一、支少校四級俸 二、按權責任職
玄A 13ϕ887	李慧	E8887	陸軍政戰上尉		政治作戰學校新聞研究所七十七年班入學學員		一、支上尉六級俸 二、按權責任職
天A 158887	宋娟娟	41ϕ1	陸軍政戰上尉		政治作戰學校外文研究所七十七年班入學學員	七	一、支上尉五級俸 二、按權責任職

配

天A 239423	玄 537689	天A φφ5138	玄A 13φ332	天 745419	宇 191774	天A 24φ484
林秋霞	林榮裕	楊建平	陳慧中	郭鳳城	李文師	高小蓬
41φ1	4φ21	1φφ1	41φ1	41φ1	φφ91	φφ91
陸軍政戰上尉	陸軍政戰中校	陸軍步兵少校	陸軍政戰上尉	陸軍政戰中校	陸軍政戰上尉	陸軍政戰上尉
國防部總政治作戰部	國家安全局		聯合警衛安全指揮部	國防部軍事情報局	教育部軍訓處	
政治作戰學校政治研究所七十七年班入學學員						
一						
一、支上尉二級俸 二、按權責任職	一、支中校七級俸 二、按權責任職	一、支少校五級俸 二、按權責任職	一、支上尉二級俸 二、按權責任職	一、支中校六級俸 二、按權責任職	一、支上尉五級俸 二、按權責任職	一、支上尉六級俸 二、按權責任職

右廿七員

政治作戰學校（令）

保密區分

受文者：陳福成中校

來文時間：年 月 日
字號：字第 號

發文：
日期：七十七年六月廿八日十六時發出
字號：(77)偉華字第三四三五號
駐地：北投
附件：冊一份

傳遞速度：最速件
處理時限：最速件
前文時間字號：年 月 日 字第 號
縮影：要 不要

行文單位：
正本：研究部
副本：各處、主計室、各科、人事科(五)及冊列人員（均查照或照辦）

蓋印處

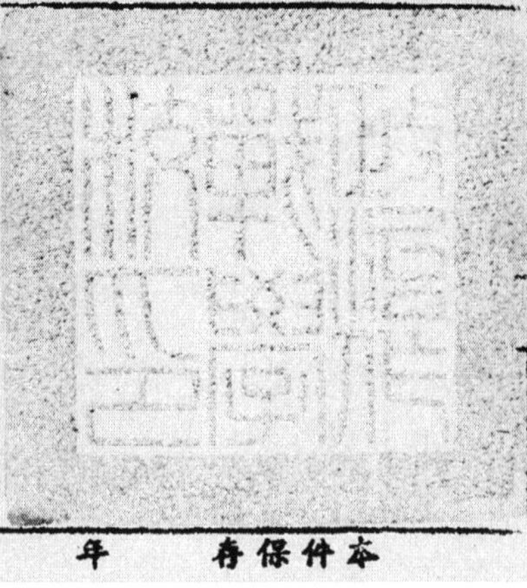

主旨：奉核定隋立為上尉等廿七員分配如附冊，請照辦！

說明：

一、奉參謀總長郝一級上將77.6.23.(77)基培字第二四〇〇號令辦理。

二、隋立為上尉等廿七員自77.6.25.起至77.6.30.止，以待派軍官計資，由政戰學校列管。

校長陸軍中將　曹　思　齊

校對：胡秀清

保密區分

本件保存　年　卷號：

附冊

區分	兵籍號碼	姓名	本人專長	軍種官科現階	分配單位	原任職務	生效日期	備考
分	宇 2ϕ2892	隋立爲	41ϕ1	陸軍政戰上尉	陸軍總司令部	政治作戰學校政治研究所七十七年班入學學員	七七　七	一、支上尉一級俸 二、按權責任職
	地 51ϕ 487	陳福成	12ϕ1	陸軍砲兵中校				一、支中校六級俸 二、按權責任職
	黃 111871	王忠孝	41ϕ1	陸軍政戰少校				一、支少校五級俸 二、按權責任職
	玄 947ϕ75	吳坤德	41ϕ1	陸軍政戰少校				一、支少校六級俸 二、按權責任職
	地A 6ϕ61ϕ8	吳劍東	41ϕ1	陸軍政戰中尉				一、支中尉一級俸 二、按權責任職 三、法定役期四年另補服義務役一年半個月 四、吳員任官乙節由政戰學校呈報人事次長室核定後移送陸軍總部

配					
地A 2761ϕ8	玄A 1423ϕ9	地A 182712	地 51ϕ491	天A ϕ64198	天 71ϕ492
林福隆	粱德和	周文清	虞義輝	萬先裕	劉本善
7624	41ϕ1	41ϕ1	ϕϕ72	7526	1ϕϕ1
空軍中尉	陸軍政戰少校	陸軍政戰上尉	陸軍裝甲兵中校	陸軍通信兵少校	陸軍步兵少校
空軍總司令部					
政治作戰學校新聞研究所七十七年班入學學員		政治作戰學校外文研究所七十七年班入學學員			
				一	
一、支上尉一級俸 二、按權責任職	一、支少校三級俸 二、按權責任職	一、支上尉三級俸 二、按權責任職	一、支中校六級俸 二、按權責任職	一、支少校五級俸 二、按權責任職	一、支少校六級俸 二、按權責任職

分

身分證號	姓名	代號	軍種級職	單位	學歷		待遇
地A 121739	陳珍明	41φ1	陸軍政戰上尉	警備總司令部	政治作戰學校新聞研究所七十七年班入學學員		一、支上尉四級俸 二、按權責任職
天A 173619	胡光夏	41φ1	陸軍政戰上尉				一、支上尉三級俸 二、按權責任職
玄A 24φ438	劉慶祥	41φ1	陸軍政戰上尉		政治作戰學校政治研究所七十七年班入學學員		一、支上尉二級俸 二、按權責任職
玄A 261855	莫家瑋	41φ1	陸軍政戰上尉	憲兵司令部			一、支上尉一級俸 二、按權責任職
玄 831512	劉廣華	φ5φ2	海軍陸戰隊中校	三軍大學			一、支中校六級俸 二、按權責任職
地A ¢78572	邱延正	41φ1	陸軍政戰少校	政治作戰學校			一、支少校三級俸 二、按權責任職
玄A φ72891	徐宏忠	41φ1	陸軍政戰少校		政治作戰學校外文研究所七十七年班入學學員	七七	一、支少校四級俸 二、按權責任職
玄A 13φ887	李慧	E8887	陸軍政戰上尉		政治作戰學校新聞研究所七十七年班入學學員		一、支上尉六級俸 二、按權責任職
天A 158887	宋娟娟	41φ1	陸軍政戰上尉		政治作戰學校外文研究所七十七年班入學學員	七	一、支上尉五級俸 二、按權責任職

配

兵籍號碼	姓名		官階	單位	學歷	
天A 239423	林秋霞	41φ1	陸軍政戰上尉	國防部總政治作戰部	政治作戰學校政治研究所七十七年班入學學員	一、支上尉二級俸 二、按權責任職
玄 537689	林榮裕	4φ21	陸軍政戰中校	國家安全局		一、支中校七級俸 二、按權責任職
天A φφ5138	楊建平	1φφ1	陸軍步兵少校			一、支少校五級俸 二、按權責任職
玄A 13φ332	陳慧中	41φ1	陸軍政戰上尉	聯合警衛安全指揮部		一、支上尉二級俸 二、按權責任職
天 745419	郭鳳城	41φ1	陸軍政戰中校	國防部軍事情報局		一、支中校六級俸 二、按權責任職
宇 191774	李文師	φφ91	陸軍政戰上尉	教育部軍訓處		一、支上尉五級俸 二、按權責任職
天A 24φ484	高小蓬	φφ91	陸軍政戰上尉			一、支上尉六級俸 二、按權責任職

一

右廿七員

第五輯　八軍團四三砲指部檔案

陸軍第八軍團司令部（令）

主辦單位：第一處　本令為人事證明，應妥慎保管　(77)人令（職）字第一四七號

保密區分	
傳遞速度	最速件
處理時限	
前文時間字號	年　月　日　字第　號
受文者	陳福成中校
來文時間字號	年　月　日　字第　號
發文　附件	
發文　日期	中華民國77年7月6日10時發出
發文　字號	(77)道人字〇二六〇三號
發文　駐地	旗山
行文單位　正本	四三砲指部，
行文單位　副本	如說明二
處　監印	

主旨：奉核定砲兵中校陳福成乙員調職，希照辦！

說明：

一、奉總部77.6.29.(77)岡勤字第一二〇五九號令核定：砲兵中校陳福成乙員調職如次：

本件保存年卷號

區分	異動區分	調
	異動代號	KB4
兵籍號碼		地51ϕ487
姓名		陳福成
編制	階級及專長	中校 ϕϕ72
	階級代號	4ϕ
	編制號	ϕ5ϕ2ϕϕ1
軍種及科別		陸軍砲兵
代號		AT 1
現階	階(薪)級	中校六級
	代號	4ϕϕ6
本人專長		12ϕ1
新任	單位名稱	四三砲指部第二科
	代號	141ϕϕ
	職稱	情報官
	代號	2Cϕ2
原任	單位名稱	政治作戰學校政治研究所七十七年班
	職稱	入學學員
生效日期		77.ϕ7 ϕ1
檢查號		1
新進資料		(1) (2) (3) (4) 3
備考		

二、副本抄送總部人三組(4)、總部政一處(4)、第三財勤處(查照),並發本部政一組、政四組、齊志強、第一科(5)、第二科、第三科(4)、兵籍資料室(4)及該員本人(查考或資料登記)。

司令陸軍中將 王文燮

校對:林友慶

陸軍第八軍團司令部（令）

承辦單位：第一處

本令為人事證明，應妥慎保管

(77)人令(職)字第二〇一號

保密區分：

傳遞速度：最速件

原訂時限：

前文時間字號：年 月 日 字第 號

受文者：陳福成中校

來文時間字號：年 月 日 字第 號

發文

日期：中華民國 77年8月24日16時發

字號：(77)道人字第〇三六二七

駐地：旗

附件：

行文單位

正本：四三砲指部(二)

副本：如說明二

主旨：茲核定砲兵中校陳福成等二員調職，希照辦。

說明：

一、茲核定砲兵中校陳福成等二員調職如次：

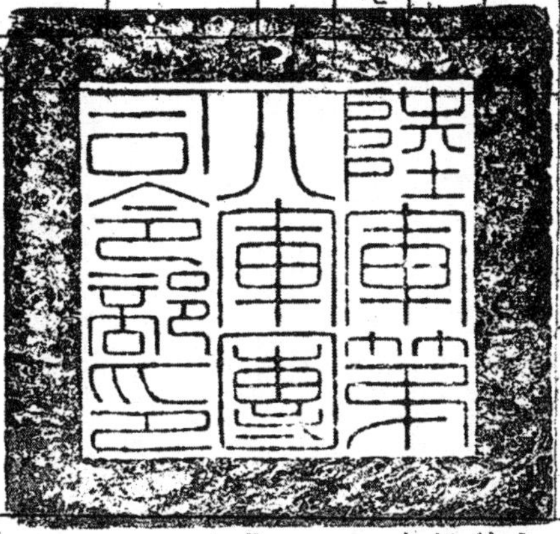

本件保存 年 卷號

區分			
區分	異動區分	調	調
	異動代號	KB3	KB3
兵籍號碼		地51ϕ487	天549239
姓名		陳福成	陳憲雄
編制	階級及專長	中校 12ϕ1	中校 ϕϕ72
	階級代號	4ϕ	4ϕ
	編制號	ϕ1ϕ1ϕϕ1	ϕ5ϕ2ϕϕ1
軍種及科別		陸軍砲兵	海軍陸戰隊
代號		AT 1	MA 2
現階	階級（新）	中校六級	中校七級
	代號	4ϕϕ6	4ϕϕ7
本人專長		12ϕ2	ϕ53ϕ
新任	單位名稱	四三砲指部六〇八營	四三砲指部第二科
	代號	1411ϕ	141ϕϕ
	職稱	營長	情報官
原任	代號	ϕϕ55	2002
	單位名稱	四三砲指部第二科	四三砲指部六〇八營
	職稱	情報官	營長
生效日期		77. ϕ8. 16.	77. ϕ8. 16.
檢查號		2	8
新進資料		(1) (2) (3) (4) 3	(1) (2) (3) (4) 3
備考			

二、副本抄送總部人事署（三組）(2)、第三財勤處（查照）、並發本部政一、四組、齊志強先生、第一處一、三科(4)、兵籍資料室(4)（查考或資料登記）六〇八營及各員本人（照辦）。

司令陸軍中將　王文燮

校對：王魁元

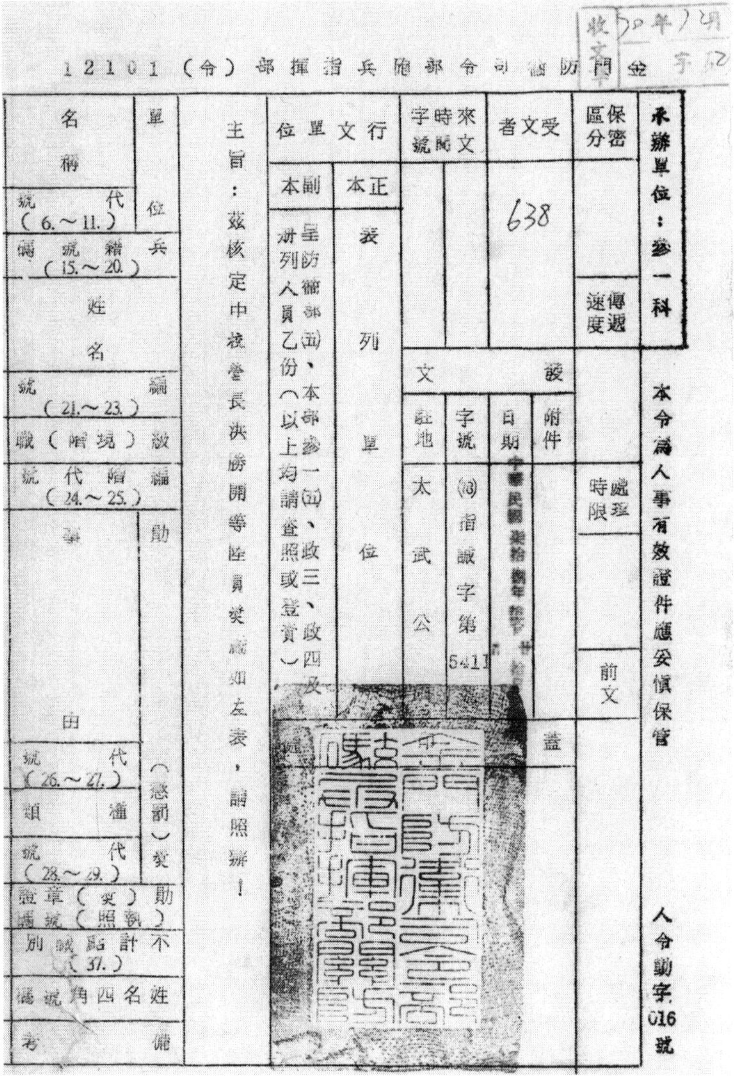

金門防衛司令部砲兵指揮部（令）12101

收文 70年1月 字20

承辦單位：參一科

保密區分

傳遞速度

受文者 638

來文時間字號

行文單位

正本 表列單位

副本 金防衛部(五)、本部參一(五)、政三、政四及冊列人員乙份（以上均請查照或登實）

主旨：茲核定中校營長洪勝開等陸員獎懲如左表，請照辦！

發文

附件

日期 中華民國柒拾[illegible]年[illegible]

字號 (70)指誠字第5411

駐地 太武公

處理時限

前文

蓋

本令為人事有效證件應妥慎保管

人令勤字016號

單位名稱

單位代號（6.～11.）

兵籍號碼（15.～20.）

姓名

編號（21.～23.）

級職（階級）

編階代號（24.～25.）

勳獎（懲罰）事由

代號（26.～27.）

種類

代號（28.～29.）

勳獎章（證照）號碼

不計點數別（37.）

姓名四角號碼

備考

第六輯　金防部砲指部檔案

砲兵六三八營	砲兵六一八營	砲兵六一八營	砲兵六一八營	砲兵六一八營
12140	12130	12130	12130	12130
地 510487	391387	391387	391387	391387
陳福成	洪勝開	洪勝開	洪勝開	洪勝開
005	004	003	002	001
中校營長	中校營長	中校營長	中校營長	中校營長
40	40	40	40	40
督導地面部隊射擊成績優異。	督導一五五榴砲平均妥善率一〇〇%績優。	負責地面部隊射擊鑑測所輔導測驗官認眞盡職。	擔任致遠演習裁判，圓滿達成任務。	擔任七十八年度防區四二砲排基地測驗裁判五次，認眞負責。
7 2	7 2	7 4	7 4	7 4
記功乙次	嘉獎乙次	記功乙次	嘉獎乙次	嘉獎兩次
7 1	8 1	7 1	8 1	8 2
B	B	B	B	B
753153	346877	346877	346877	346877

砲兵六四一營	砲兵六四一營	砲兵六四一營	砲兵六四一營	砲兵六三八營
12150	12150	12150	12150	12140
天815497	天815497	天815497	天815497	地510487
郭世存	郭世存	郭世存	郭世存	陳福成
010	009	008	007	006
中校營長	中校營長	中校營長	中校營長	中校營長
40	40	40	40	40
督導八吋榴砲平均妥善率一〇〇%績優。	擔任致遠演習裁判，圓滿達成任務。	七十九年度上半年主官裝檢獲甲組第一名督導有方。	七十八年度觀測所競賽督導該觀測所獲乙組總成績第一名。	督導一五五榴砲平均妥善率一〇〇%績優。
7 2	7 4	7 2	7 2	7 2
嘉獎乙次	嘉獎乙次	嘉獎乙次	嘉獎乙次	嘉獎乙次
8 1	8 1	8 1	8 1	8 1
B	B	B	B	B
074427	074427	074427	074427	753153

指揮官陸軍少將 戴郁青	高砲六九二連	目標獲得連	目標獲得連	砲兵六四三營	砲兵六四三營
	12105	10009	10009	12160	12160
	玄402367	黃184763	黃184763	玄832784	玄832784
	王建國	徐立華	徐立華	高永彭	高永彭
	015	014	013	012	011
	上尉連長	中尉連長	中尉連長	少校營長	少校營長
	50	50	50	40	40
	平日督導戰備訓練槍砲陣地負責盡職。	七十九年度上半年彈藥庫儲競賽檢查獲乙組第一名，督導有方。	七十九年度上半年主官裝檢獲乙組第一名督導有方。	督導八吋榴砲平均妥善率一〇〇%績優。	七十九年度上半年彈藥庫儲競賽檢查獲甲組第一名，督導有方。
	7 2	7 2	7 2	7 2	7 2
	記功乙次	嘉獎乙次	嘉獎乙次	嘉獎乙次	嘉獎乙次
	7 1	8 1	8 1	8 1	8 1
	B	B	B	B	B
	101560	280044	280044	003042	003042

副本

附加標示：
本令為人事有效證件，應妥慎保管。

金門防衛司令部（令）

保密區分	
傳遞速度	速件
處理時限	
前文時間字號	年 月 日 字第 號
受文者	承
來文時間	年 月 日
來文字號	字第 號
行文單位 正本	砲指部
行文單位 副本	如說明
發文 附件	
發文 日期	中華民國柒拾玖年陸月拾捌日拾柒時發文
發文 字號	(79)維忠字第三四〇七號
發文 駐地	金
蓋印處	

(79)人令（職）字第

主旨：茲核定：砲兵中校陳福成等四員調職如次。請照辦！

本件保存 年 字 卷號

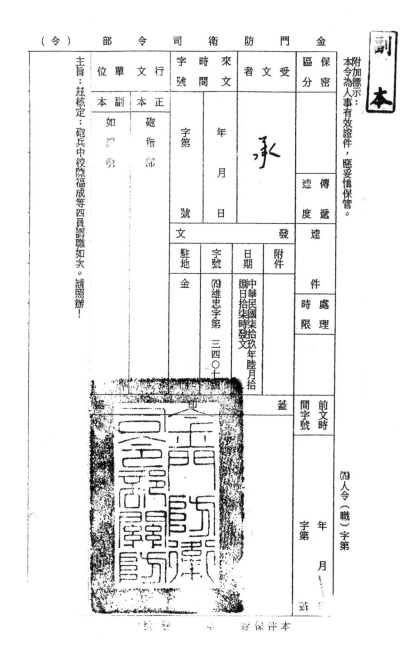

調	調	調	調	因原動異	1	區
KB3	KB3	KB3	KB3	號代動異	2	分
39Ø419	天AØ552Ø7	玄9ØØ711	地51Ø487	碼號籍兵	3	
戴石全	程介生	丁玉林	陳福成	姓名	4	
ØØ9Ø 校中	12Ø1 校中	12Ø1 校中	ØØ9Ø 校中	長專及階編	5	編
4Ø	4Ø	4Ø	4Ø	號代級階	6	
Ø6Ø2ØØ2	Ø1Ø1ØØ1	Ø1Ø1ØØ1	Ø6Ø2ØØ1	號制編	7	制
兵砲軍陸	兵砲軍陸	兵砲軍陸	兵砲軍陸	別科及種軍	8	
(2) AT (1) 1	(2) AT (1) 1	(2) AT (1) 1	(2) AT (1) 1	代號	9	
級五校中	級五校少	級五校少	級八校中	級(薪)階	10	現
4ØØ5	5ØØ5	5ØØ5	4ØØ8	號代	11	階
12Ø1	12Ø1	12Ø1	12Ø1	長專人本	12	
金防部 砲指部 第三科	金防部 砲指部 砲六一 〇營	金防部 砲指部 砲六三 八營	金防部 砲指部 第三科	單位名稱	13	新
121Ø1	1211Ø	1214Ø	121Ø1	號代	14	
官練訓戰作	長營	長營	官練訓戰作	稱職	15	
2FØ3	ØØ55	ØØ55	2FØ3	號代	16	任
金防部 砲指部 砲六一 〇營	金防部 砲指部 第三科	金防部 砲指部 砲六一 八營	金防部 砲指部 砲六三 八營	單位名稱	17	原
長營	官練訓戰作	長營副	長營	稱職	18	任
79.Ø7.Ø1	79.Ø7.Ø1	79.Ø7.Ø1	79.Ø7.Ø1	期日效生	19	
6	Ø	1	2	號查檢	20	
(4) 1 (3) (2) (1)	(4) 1 (3) (2) (1)	(4) 1 (3) (2) (1)	(4) 1 (3) (2) (1)	新進資料	21	
				備	22	

說明：副本抄送陸總部政戰部(3)、陸總部人事署（三組、六組）、聯勤薪餉管制處(2)、第四財勤處、本部一〇七單位、抄發本部政一、四組、第一處（資(2)、休、分、留(2)、考、官、經、計(4)、任、承）、經理組、砲六三八營、砲六一〇營、砲六一八營及冊列本人（以上均請查照或登記資料）。

司令官

陸軍中將 程邦治

校對：呂博

金門防衛司令部（令）

附加標示：本令為人事有效證件，應妥慎保管。

保密區分	
受文者	陳福成中校
傳遞速度	速件
來文時間字號	年　月　日　字第　號
行文單位	正本：砲指部　副本：如說明
處理時限	
發文 駐地	金
發文 字號	(79)維忠字第三四〇七號
發文 日期	中華民國柒拾玖年陸月拾捌日拾柒時發文
附件	
前文時間字號	年　月　字第
蓋處	

主旨：茲核定：砲兵中校陳福成等四員調職如次。請照辦！

區分	1 異動原因	
區分	2 異動代號	
	3 兵籍號碼	
	4 姓名	
編制	5 編階及專長	
編制	6 階級代號	
編制	7 編制號	
	8 軍種及科別	
	9 代號	
現階	10 階（新）級	
現階	11 代號	
	12 本人專長	
新任	13 單位名稱	
新任	14 代號	
新任	15 職稱	
新任	16 代號	
原任	17 單位名稱	
原任	18 職稱	
	19 生效日期	
	20 檢查號	
	21 新進資料	
	22 備	

(79)人令（職）字第

本件保存　年　號

調	調	調	調
KB3	KB3	KB3	KB3
39Ø419	天AØ552Ø7	玄9ØØ711	地51Ø487
蔡石全	程介[illegible]	丁玉林	陳福成
ØØ9Ø 校中	12Ø1 校中	12Ø1 校中	ØØ9Ø 校中
4Ø	4Ø	4Ø	4Ø
Ø6Ø2ØØ2	Ø1Ø1ØØ1	Ø1Ø1ØØ1	Ø6Ø2ØØ1
兵 砲 軍 陸	兵 砲 軍 陸	兵 砲 軍 陸	兵 砲 軍 陸
(2) AT (1) 1	(2) AT (1) 1	(2) AT (1) 1	(2) AT (1) 1
級 五 校 中	級 五 校 少	級 五 校 少	級 八 校 中
4ØØ5	5ØØ5	5ØØ5	4ØØ8
12Ø1	12Ø1	12Ø1	12Ø1
金防部 砲指部 第三科	金防部 砲指部 砲六一 ○營	金防部 砲指部 砲六三 八營	金防部 砲指部 第三科
121Ø1	1211Ø	1214Ø	121Ø1
官練訓戰作	長 營	長 營	官練訓戰作
2FØ3	ØØ55	ØØ55	2FØ3
金防部 砲指部 砲六一 ○營	金防部 砲指部 第三科	金防部 砲指部 砲六一 八營	金防部 砲指部 砲六三 八營
長 營	官練訓戰作	長 營 副	長 營
79.Ø7.Ø1	79.Ø7.Ø1	79.Ø7.Ø1	79.Ø7.Ø1
6	Ø	1	2
(4) 1 (3) (2) (1)	(4) 1 (3) (2) (1)	(4) 1 (3) (2) (1)	(4) 1 (3) (2) (1)

說明：副本抄送陸總部政戰部⑶、陸總部人事署（三組、六組）、聯勤薪餉管制處⑵、第四財勤處、本部一〇七單位、抄送部政一、四組、第一處（資⑵、休、分、留⑵、考、官、經、計⑷、任、承）、經理組、砲六三八營、砲六一〇營、六一八營及冊列本人（以上均請查照或登記資料）。

司令官

陸軍中將 程邦治

校對：呂博

陸軍總司令部令（　　）

保密區分	
受文者	陸軍砲兵學校
來文時間字號	年 月 日 字第 號
行文單位 正本	陸軍各直屬（獨立）部隊（廳、室）、學校、加發本部各署、處、長官部、指揮部、師、旅、營（含獨立營、行業部隊、加發本部各署）
行文單位 副本	本部政戰部第一處、人事署第一、二、三組（照辦）
發文 日期	
發文 字號	(79)洪恭字一一八九七號
發文 駐地	龍潭
附件	
蓋印處	
速別	速件
處理時限	
前文時間字號	年 月 日 字第 號
縮影	要 不要

主旨：修正「國軍軍官志願繼續服現役作業規定」第四條如說明。希照辦！

說明：

一、奉國防部民79.6.25.(79)吉善字第七九六六號令修正。

二、本部人事署79.5.1.印發之「國軍官兵志願留營、入營繼續服現役甄選作業手冊」計達。

三、該手冊第十九頁第四項：年限規定修正為：「軍官志願繼續服現役者，以二至三年為一期，其次數上限由各總部視員額狀況自行訂定。惟以不逾本階現役最大年限為限；其已服現役滿十九年者，特准依『陸海空軍軍官服役條例』第十六條第一項第五款之規定，准其續服現役至滿二十年」。

總司令陸軍二級上將 黃 幸 強

校對：黃 達

本件保存 年 卷號

陳福成

老表 0614.

金門防衛司令部砲兵指揮部（令）

附加標示：第一科

副本

本令為人事有效證件應妥慎保管

(79)人令勛字021號

保密區分	
受文者	陳福成 中校
來文	
行文單位	正本：表列單位 副本：如說明(二)
傳遞速度	
處理時限	
前文	
發文 日期	中華民國柒拾玖年玖月貳日
發文 字號	(79)紓誠字第3835號
發文 附件	12101
發文 地址	太武公園
蓋印	

主旨：茲核定上校副指揮官潘尚武等拾伍員獎勵如表，請照辦！

單位 名稱 代號（6.～11.）	
兵籍號碼（15～20）	
姓名	
編號（21.～23.）	
編級 職（階現）	
編階代號（24～25.）	
勛（懲罰）獎 事由 代號（26.～27.）	
類別 代號（28.～29.）	
勛獎 證章編號（獎照執）	
不計點識別（37）	
姓名四角號碼	
備考	

1 2 1 0 1

防砲組	第四科	參辦室	政戰部	指辦室
12101	12101	12101	12101	12101
天679489	宇049581	玄507397	地366302	天483916
周立人	林鐵[illegible]	胡慧濱	魯湘生	潘尚武
005	004	003	002	001
長組校中	長科前校中	長課參校中	任主校上	官揮指副校上
40	40	30	30	30
協辦固安演習，貫徹責任要求，圓滿達成任務。	協辦固安演習，貫徹責任要求，圓滿達成任務。	襄助督導固安演習，貫徹責任要求，圓滿達成任務。	督導固安演習，貫徹責任要求，圓滿達成任務。	襄助督導固安演習，貫徹責任要求，圓滿達成任務。
75	75	75	72	75
次乙獎嘉	次乙獎嘉	次乙功記	次丙功記	次乙功記
81	81	71	72	71
V	V	V	V	V
770080	448344	425524	273625	320030
	院陸調			

砲兵六一〇營	第二科	政戰部	政戰部	政戰部	政戰部
12110	12101	12101	12101	12101	12101
390419	金391397	玄A142308	地A835242	玄947189	玄A257332
蔡石全	盧平士	唐昌鴻	李明宏	張翼誠	翁明湖
011	010	009	008	007	006
中校前營長	中校前前線官	少校政戰官	少尉前政戰官	中校參謀官	少校前保防官
40	40	50	70	40	50
督導固安演習，貫徹責任要求，圓滿達成任務。	協辦固安演習，貫徹責任要求，圓滿達成任務。	協辦固安演習，貫徹責任要求，圓滿達成任務。	協辦固安演習，貫徹責任要求，圓滿達成任務。	協辦固安演習，貫徹責任要求，圓滿達成任務。	協辦固安演習，貫徹責任要求，圓滿達成任務。
72	75	75	75	75	75
記功乙次	嘉獎兩次	記功乙次	記功乙次	記功乙次	記功乙次
71	82	71	71	71	71
V	V	V	V	V	V
441080	211040	006037	406730	111703	806722
調第三科	調六四一營		調政戰第三連		調前線遣 反報五隊

砲兵六一八營	12130	391387	洪勝爾	012	中校營長	40	督導固安演習，貫徹責任要求，圓滿達成任務。	72	記功乙次	71		V	347977	
砲兵六三八營	12140	地 510487	陳福成	013	中校前營長	40	督導固安演習，貫徹責任要求，圓滿達成任務。	72	記功乙次	71		V	753153	調第三科
砲兵六三九營	12120	玄832959	呂台勝	014	中校前營長	40	督導固安演習，貫徹責任要求，圓滿達成任務。	72	記功乙次	71		V	602368	調第四科
砲兵六四一營	12150	天 815497	郭世存	015	中校前營長	40	督導固安演習，貫徹責任要求，圓滿達成任務。	72	記功乙次	71		V	074440	調第二科

說明：
一、奉國防部七十九年六月七日(79)吉品字第二四六號令辦理。
二、副本送國防部人次室（四處）(1)，總部人五組(2)、人六組(1)，陸作組(1)，防衛部一處(2)，資料室(1)，本部政三、政四(5)，第一科(2)，三軍大學、反情報五遣隊、政戰第三連、第三科（以上均請查照或登資）

指揮官陸軍少將 戴郁青

校對：郝建民

第七輯　砲校檔案

附加標示：本令為人事有效證件，應妥慎保管。(80)人令(職)字第0二七號

陸軍砲兵

保密區分	
傳遞速度	最速件
處理時限	最速件
前文時間字號	年　月　日　字第　號
受文者	陳福成中校
來文時間字號	年　月　日　字第　號
發文日期	中華民國80.3.25.12時發出
發文字號	(80)矜事字第一三八四號
發文駐地	台南永康
附件	
行文單位　正本	總教官室、射擊組、戰術組、目標逵
行文單位　副本	如說明二
蓋印處	

主旨：奉核定砲兵上尉宋開榮等七員調職，希照辦！

說明：

一、奉核定砲兵上尉宋開榮等七員調職如次：

本件保存

訓練指揮部（令）

區分	項目	1	2	3	4	5
區分	1.異動原因	調	調	調	調	調
	2.異動代號	KB3	KB3	KB3	KB3	KB3
	3.兵籍號碼	天A195844	地A1121φ9	宇15φ445	玄A4494φ6	玄644614
	4.姓名	宋開棠	徐博鉦	陳慶龍	洪英元	汪貞林
編制	5.階級及專長	少校 12φ10	少校 12φ20	少校 12φ20	上尉 12φ20	中校 φφ9φ
	6.階級代號	5φ	5φ	5φ	6φ	4φ
	7.編制號	19φ3φφ2	23φ4φφ7	23φ4φφ5	19φ4φ13	φ6φ2φφ1
	8.軍種及科別	陸軍砲兵	陸軍砲兵	陸軍砲兵	陸軍砲兵	陸軍砲兵
	9.代號	AT 1	AT 1	AT 1	AT 1	AT 1
現階	10.階(薪)級	上尉三級	上尉四級	上尉四級	中尉三級	中校九級
	11.代號	6φφ3	6φφ4	6φφ4	7φφ3	4φφ9
	12.本人專長	12φ2	12φ2	12φ2	12φ2	12φ1
新任	13.單位名稱	陸軍砲兵飛彈學校射擊組	陸軍砲兵飛彈學校戰術組	陸軍砲兵飛彈學校戰術組	陸軍砲兵飛彈學校射擊組	金防部砲指部
	14.代號	D187φ1	D187φ1	D187φ1	D187φ1	121φ1
	15.職稱	教官	教官	教官	教官	作訓官
	16.代號	5731	5731	5731	5731	2Fφ3
原任	17.單位名稱	2φ3師812營	234師砲指部	陸軍官校	151師6φ1營砲二連	陸軍砲兵飛彈學校戰術組
	18.職(階級)稱	作戰官	情報官	人事官	副連長	教官
	19.生效日期	仐、三、夬	仐、三、夬	仐、三、夬	仐、三、夬	仐、四、一
	20.檢查號	9	4	3	2	9
	21.新進資料	(1) (2) (3) (4)1	(1) (2) (3) (4)1	(1) (2) (3) (4)1	(1) (2) (3) (4)1	(1) (2) (3) (4)3
	22.備考	奉總部80.3.12(80)烘建字〇三九八九號令辦理	同右	同右	同右	奉總部80.3.15.(80)烘達字〇四四二三號令辦理。

年　卷　號

調	調
KB 3	KB 2
地51ϕ487	玄A731827
隊福成	曾文雄
中校 12ϕ1ϕ	中尉 12ϕ4
4ϕ	7ϕ
23ϕ3ϕϕ1	ϕ8ϕ1ϕϕ1
陸軍砲兵	陸軍砲兵
1 | AT	1 | AT
中校八級	少尉一級
4ϕϕ8	8ϕϕ1
12ϕ1	12ϕ2
陸軍砲兵 飛彈學校 戰術組	陸軍砲兵 飛彈學校 目標迹
D187ϕ1	D187ϕ3
敎官	排長
5731	ϕϕ59
金防部 砲指部	陸官校 預乙班 第二梯
作訓官	學生
仐 四 一	仐 三 夫
2	4
(1) (2) (3) (4) 1	(1) (2) (3) (4) 3
同右	奉總部80.3.15.(80)烘養字〇四三〇八號令辦理

右計七員

二、副本送總部政一處(四)份、聯勤總部財務署、總部人事署三組、陸官校、2ϕ3師、234師、151師、金防部、六一四經補庫、聯勤卅九收支組、發政一科(三)份、政二科、監察室、主計室、資料室(三)份、考核科、計畫科、教材科、人事科(六)份、後勤科、營務組（登記資料、參考、查照）及冊列人員（照辦）。

指揮官陸軍中將　周正之

校對：向金元
繕打：張順好

陸軍砲兵訓練指揮部暨砲兵飛彈學校（令）

附加標示：㈠本令為有效證件妥為保管。㈡權責單位統一編號：(81)人勳令字第φφ六號

保密區分	
傳遞速度	最速件
處理時限	最速件
前文時間字號	
存	年 月 日 第 號

受文者	陳福成 中校
來文時間字號	年 月 日 字第 號
行文單位	正本：表列單位 副本：如說明

發文

發佈單位	日期	字號	駐地
一八七φφ	中華民國81.3.25.16.時發出	(81)矜事字第一二八〇號	台南 永康

蓋印處

主旨：茲核定游清江上校等拾肆員獎勵如次 希照辦！

單位	名稱
	代號（6～11）
兵籍號碼（12～20）	
姓名	
編號（21～23）	
現（階）職級	
現階代號（24～25）	
獎勵（懲罰）	事由
	代號（26～27）
	種類
	代號（28～36）
獎勵（執照）證書號碼	
獎勵點識別（37）	
姓名四角號碼	
備考	

本件保存 年 卷號

戰術組	戰術組	一般組	一般組	通信組
187φ1	187φ1	187φ1	187φ1	187φ1
地510487	玄734359	玄947503	玄644720	地435722
陳福成	曹國豪	羅曉東	吳族輝	游清江
φ φ 5	φ φ 4	φ φ 3	φ φ 2	φ φ 1
中校教官	上校主任教官	中校教官	中校主任教官	上校組長
4 φ	3 φ	4 φ	4 φ	3 φ
參加陸軍協同四十五號演習圓滿達成任務				
7 4	7 4	7 4	7 4	7 4
嘉獎乙次	嘉獎兩次	嘉獎乙次	嘉獎乙次	嘉獎乙次
8 1	8 2	8 1	8 1	8 1
C	C	C	C	C
753153	556φφφ	6φ6454	263897	383531

政教組	政教組	防砲組	戰術組	戰術組
187ϕ1	187ϕ1	187ϕ1	187ϕ1	187ϕ1
玄172928A	玄689831	黃119791	玄017037A	天710544
曾春祥	譚庚欽	朱占財	班[illegible]焚	耿國慶
ϕ 1 ϕ	ϕ ϕ 9	ϕ ϕ 8	ϕ ϕ 7	ϕ ϕ 6
官 教 校 少	官教任主校中	官 教 校 少	官 教 校 少	官 教 校 中
5 ϕ	4 ϕ	5 ϕ	5 ϕ	4 ϕ
		參加陸軍協同四十五號演習圓滿達成任務		
7 4	7 4	7 4	7 4	7 4
次 乙 奬 嘉	次 乙 奬 嘉	次 乙 奬 嘉	次 乙 奬 嘉	次 乙 奬 嘉
8 1	8 1	8 1	8 1	8 1
C	C	C	C	C
8ϕ5ϕ38	6ϕϕϕ87	252164	116499	196ϕϕϕ
政戰人員	政戰人員	空軍人員		

一般組	187Ø1	玄743897	王富生	Ø 1 1	中校體育教官	4 Ø	督導湯山六十號演習各項工作，圓滿達成任務	7 4	嘉獎乙次	8 1		C	1Ø3Ø25	政戰人員
後勤科	187Ø1	玄 089373 A	陳祖耀	Ø 1 2	少校後勤官	5 Ø	督導湯山六十號演習各項工作，圓滿達成任務	7 4	嘉獎乙次	8 1		C	753797	空軍人員
後勤科	187Ø1	玄 407430 A	黃旻瑞	Ø 1 3	上尉工程官	6 Ø	督導湯山六十號演習各項工作，圓滿達成任務	7 4	嘉獎乙次	8 1		C	446Ø19	
訓練處	187Ø1	金391387	洪勝陽	Ø 1 4	中校參謀官	4 Ø	督導湯山六十號演習各項工作，圓滿達成任務	7 4	嘉獎乙次	8 1		C	347977	

說明：副本抄送總部政戰部第一處(三)、人事署(五)六組(一)(每月彙報)、空總人事署(三)、發本部政一科(二)、政二科、監察室、考核科(四)、人事科(四)、資料室(四)、及各員本人(一)均請查照或登記兵籍資料

指揮官 陸軍中將 周正之

校對：王明哲
繕打：邵慧君

第八輯 三軍大學檔案

國防

欄位	內容
附加標示：	
保密區分	
傳遞速度	
處理時限	
前文時間字號	
受文者	陳福成中校
來文時間	八十一年六月四日
來文字號	(81)烘建字九〇〇八號
發文 附件	附冊一份
發文 日期	中華民國八十一年六月廿日十時發文
發文 字號	(81)吉嘉字第七四三四號
發文 駐地	台北
行文單位 正本	各有關單位
行文單位 副本	如說明三
蓋印處	

承辦人：蔣復中 電話：二一一九一三四

（令） 部

主旨：茲核定：三軍大學陸參學院正規班八十二年班錄取丁楨民少校等二四一員（如附册），調訓爲三軍大學入學學員，以八十一年七月四日生效，希照辦！

說明：

一、册列人員限八十一年七月四日0800～1030逕至台北市大直三軍大學報到。

二、受訓期間一律開除底缺，調訓人令按權責發布。

三、副本抄送部、總長辦公室、總政戰部（一、四處）、人事次長室（一、二處一份、三、五處二份）、作戰次長室、介壽館保防指導組、國防管理中心、聯勤財務署、台北資訊站、三軍大學陸軍學院及各員本人（均請查照或登記資料）。

參謀總長海軍一級上將 劉和謙

三軍大學陸軍指揮參謀學院正規班八十二年班錄取人員名冊

單位	級職	姓名	備考
步兵一○四師三三旅	少校監察官	丁楨民	
八軍團第一處	中校動參官	袁哲瑾	
陸軍官校學生連	少校連長	謝克強	
馬防部五七旅	少校副營長	陳明江	
步訓部考核科	少校教參官	李復明	
陸軍官校戰術組	少校教官	陳其撰	
陸軍官校一般組	少校教官	劉華業	
陸軍明德班	少校訓練官	童芳銘	
工兵學校指參組	少校教官	曾寶鈞	
機械化二四九師	少校監察官	陸士忠	
步訓部二考部	少校裁判官	龔奎力	
空特中心訓一營	少校副營長	唐國麟	
機械化二四九師	少校作戰官	周皓瑜	
步兵一○四師步四營	少校作戰官	余水雄	
空特部第二處	中校副處長	秦文台	
馬防部參辦室	少校作連官	李家贛	
步訓部單聯組	少校教官	翁清龍	
步兵一○四師步三營	中校營長	劉振發	

國防部

步兵一五八師四七四旅	中校 副旅長	陳憲彰	
陸軍六二旅步六營	少校 副營長	孔祥瑾	
步兵六二七師步六營	中校 營長	黃光臺	
步兵二三四師參三科	少校 作戰官	栗正傑	
步兵二〇六師步八營	少校 副營長	朱重光	
步兵六二七師參二科	少校 空業官	張新新	
空特部第三處	中校 砲訓官	方 矩	
步兵二三四師參二科	少校 情報官	楊建樹	
步兵二三七師步四營	中校 營長	陳建宏	
陸軍士校參辦室	少校 訓練官	鍾志成	

國防二部

步兵二三七師參一科	少校 動員官	薛芳萬	
澎防部港指部	少校 空運官	蕭天流	
十軍團第三處	少校 作計官	李景隆	
機械化二四九師	少校 作戰官	葉永成	
步兵二二七師三五〇旅	少校 行政官	李延國	
步兵一〇四師步一營	少校 副營長	黃進福	
陸勤部司辦室	中校 行參官	王道平	
步兵二五七師步一營	少校 作戰官	馬順隆	
機械化二四九師	少校 保防官	劉文富	
兵工學校指參組	少校 教官	周起福	

國防三部

陸軍官校戰術組	少校教官	周亞澳
步兵二〇六師參一科	少校人事官	趙建華
步兵二〇三師參三科	少校空業官	鄭明芳
金防部幹訓班	少校隊長	江聰明
憲令部計畫處	少校編裝官	高寧松
步兵一四六師步二營	少校副營長	卯明富
步兵二七師步六營	少校副營長	黃嘵聰
教育部軍訓處	中校教官	李建重
步訓部一般組	少校教官	蕭冬健
步兵二九二師步六營	少校副營長	徐孝忠

陸軍官校一般組	少校教官	黃德明
陸總人事署第二組	少校人事官	潘漢庭
步兵一〇四師參三科	少校作戰官	阮春潭
步兵二〇六師六一六旅	中校副旅長	齊治平
步兵三〇二師步七營	少校副營長	張漢平
澎防部第一處	少校人事官	戴相熙
步訓部一考部	少校裁判官	朱家斗
步兵二〇六師參三科	少校作戰官	戴學文
八軍團第三處	少校人計官	郭瑞祥
步兵二三七師三八〇旅	少校情報官	莊國華

陸軍六二旅步六營	少校 營長	藍旻虎
步訓部二考部	少校 裁判官	馮力行
步兵一二七師三八〇旅	中校 副旅長	李天祥
步兵二〇三師六〇七旅	少校 保防官	蔣争光
步兵一六八師五〇三旅	少校 監察官	陳朝煌
六軍團第四處	少校 後參官	符國琦
步兵二〇三師六〇九旅	中校 副旅長	杜榮超
警總總辦室	少校 行參官	張允沛
花防部第三處	中校 作訓官	李台新
機械化二四九師	少校 行政官	彭兆堂

國防部 四

步訓部兵器組	少校 教官	歐亞平
金防部幹訓班	少校 教參官	王吉輝
步兵三三三師九九八旅	少校 後勤官	徐海國
國防部副參謀總長室	少校 作參官	孟慶宇
空特中心訓練處	少校 訓練官	邵光來
步兵二六九師八〇五旅	少校 後勤官	楊繼成
步兵一四八師參三科	少校 作參官	王漢雲
教育部軍訓處	中校 教官	黃漢樑
警總警備學校	少校 人參官	張竹為
澎防部步七營	少校 作戰官	經義海

衛勤學校行政處	少校行參官	白長明
政戰學校軍科部	少校教官	陳史溱
六軍團戰智組	少校判讀官	司誠正
步兵一五一師步六營	少校副營長	彭錦堂
步兵一二七師三八〇旅	少校保防官	王孟剛
陸軍官校學一二連	少校連長	吳膺禮
機械化二四九師	少校行政官	蔡行健
陸總人事署第二組	少校人事官	曹志宏
機械化二四九師	中校營長	吳遠里
中正預校學三三連	少校連長	王寶貴

國防五部

步訓部戰術組	少校教官	馬健羣
陸軍士校戰術組	少校教官	程念慈
步兵三二師參一科	少校行政官	郭憲武
十軍團第三處	中校般參官	房昱
步訓部一般組	少校教官	蒲建守
步兵二〇六師六一八旅	少校監察官	林志帆
花防部第三處	少校作參官	畢康明
陸軍八六旅人事科	中校科長	衛金生
步兵二三六師幹訓班	少校隊長	謝佐中
步兵二三六師六七八旅	中校作戰官	張毓鑾

馬防部五七八旅	少校副營長	李宗允
中正預校校辦室	少校訓練官	王振華
步訓部戰術組	少校教官	徐林治國
步兵一六八師步一營	少校作戰官	邱天來
馬防部五七九旅	少校副營長	程兆儀
步兵一○四師步九營	少校副營長	田肇州
步兵二六九師步三營	少校營長	高耀武
步兵二○三師步四營	少校作戰官	鄭英豪
陸軍九五旅七五一營	少校副營長	胡靖民
陸軍六四旅支援營	少校副營長	李世緯

國防六部

陸軍八六旅七六二營	少校副營長	劉禮信
步訓部二考部	少校裁判官	顧俊康
機械化二四九師	少校戰車官	蔣東亮
馬防部六九砲指部	少校情報官	陳傑文
陸軍八六旅一六一營	少校副營長	鄧正萍
澎防部戰車七○三營	少校訓練官	歐萬強
澎防部戰車七七營	少校副營長	劉嘉德
機械化二四九師	少校副營長	張孟剛
陸軍七三旅一三一營	少校副營長	劉立心
裝訓部訓練處	少校訓練官	陳耀椿

金防部戰車群	少校後勤官	陳泰華	
陸軍六四旅七四一營	少校營長	王鐘智	
教育部軍訓處	少校教官	詹慶臨	
裝訓部訓練處	少校訓練官	陳應驗	
砲訓部兵器組	少校教官	王道順	
砲訓部人事科	少校人事官	潘貴隆	
步兵二九二師砲指部	中校營長	陳俊仲	
金防部砲指部	少校副營長	馬至二	
飛指部六〇八群	中校副指揮官	郭乾泰	
空特部第一處	少校人參官	趙文義	

國防七部

金防部砲指部	中校營長	李澎安	
砲訓部戰術組	少校教官	王明哲	
飛指部六六二營	少校作戰官	王安國	
陸總人事署第一組	少校行政官	徐衍璞	
砲訓部一般組	少校教官	黃先勇	
砲訓部砲訓中心	中校裁判組長	黃福業	
金防部三考部	中校裁判官	王大政	
步兵二〇六師砲指部	少校副營長	孫謹杓	
三軍大學戰院教務組	少校訓練官	張卓宏	
砲訓部戰術組	中校教官	陳福成	

陸總作戰署	中校作戰官	樊瑞川	
陸軍官校教辦室	少校教參官	史浩誠	
步兵三〇二師九〇六旅	少校監察官	閻惠五	
陸軍官校一般組	少校教官	劉華山	
金防部砲指部	少校副營長	邵士豪	
砲訓部射擊組	少校教官	許賡霖	
金防部砲指部	少校營長	劉汝棣	
花防部砲八三七營	少校副營長	李樂樺	
花防部砲八四〇營	中校營長	蘇誠維	
步兵二〇四師砲指部	少校副營長	丘詩仁	

國防部

陸總人事署	少校人參官	王瑞麟	
機械化二四九師	中校副指揮官	葉宗承	
步兵二五八師砲指部	少校副營長	楊世仲	
陸總作戰署	少校史政官	邊繼邦	
步兵二三六師參二科	少校情報官	馬國麟	
步兵二五七師砲指部	少校副營長	歐國南	
步兵二二六師砲指部	中校營長	張泰棋	
花防部砲八三八營	中校營長	王傳照	
步兵二六九師砲指部	中校作戰官	劉美琳	
八軍團四三砲指部	少校副營長	王國章	

六軍團二砲指部	少校副營長	曾祥文	
步兵二八四師砲指部	中校作戰官	李季寮	
步訓部一考部	少校裁判官	沈屏海	
六軍團參四處	中校後參官	汪克成	
馬防部砲指部	少校政戰官	詹照印	
總政戰部政訓會	少校政參官	劉紹華	
機械化一〇九師	少校監察官	張基成	
陸勤部兵工署	少校輔導長	柏清榮	
國防部警衛隊	少校保防官	王文允	
六軍團第三砲指部	少校保防官	許添源	

國防部

金防部二考部	少校裁判官	陳天斯	
陸勤部政戰部	少校政參官	紀進福	
機械化二四九師	少校政參官	李健生	
陸勤部經理署	少校政戰官	李昌明	
陸總福利處	少校政戰官	余立雲	
陸總福利處	少校政戰官	劉清華	
步兵一〇四師政戰隊	少校隊長	葉鴻彬	
警總北市團管區	少校政戰官	林火順	
機械化二四九師	少校輔導長	蔡文嘉	
步兵二四六師砲指部	少校輔導長	邱順得	

國防部 一〇

教育部軍訓處	少校教官	沙平垠
三軍大學政戰部	少校政參官	丘仁祥
機械化二四九師	少校勤員官	蔣太亢
陸勤部工兵署	少校副庫長	蔡振義
步兵二九二師工兵營	少校副營長	許展銘
政戰學校付政處	少校管產官	林永旺
工兵學校計畫科	少校教參官	林有孝
陸勤部工兵署	中校主任	杜建民
步訓部二考部	少校裁判官	周如明
裝訓部裝部中心	少校裁判官	王保台
聯警部警衛安全組	中校副小組長	葉春田
八軍團第四後指部	少校後勤官	王世宗
陸軍九五旅支援營	中校營長	馬保祿
十軍團五三工兵六群	少校副營長	王其輝
機械化一〇九師	少校副營長	邴建辰
步訓部軍聯組	少校教官	謝其翔
步訓部軍聯組	少校教官	翁鎰揮
統指部南指部	中校中隊長	方夏明
步兵三七師通信營	少校通參官	葉火木
陸軍通基處	中校所長	陳明德

國防二部

警總後勤處	少校編審官	許克勤
陸軍通基處	少校修護官	黃金城
統指部中樞部	中校中隊長	郭大凱
陸勤部通信署	少校人參官	王潤身
馬防部通信營	少校副營長	李俊雄
陸勤部後管中心	少校資管官	李盛豪
通信學校行政處	少校通補官	傅正華
運輸兵學校鐵運組	少校教官	張道衡
車勤會三大隊	中校中隊長	胡少英
八軍團第四後指部	中校運參官	張克勝
陸勤部運輸署	少校運輸官	張平悅
陸勤部運輸署	少校鐵運官	劉宋福
六軍團第三後指部	中校副組長	杜雄明
陸勤部運輸署	少校鐵運官	顧嘉谿
運輸兵學校空運組	少校教官	趙玉桂
運輸兵學校大隊部	少校隊長	凌生銓
化學兵學校教務處	少校參謀官	楊智忠
化學兵處第一組	中校化參官	張紹德
化學兵學校警務處	少校參謀官	李應鏵
化學兵學校化驗所	少校主任	賴國柱

陸軍航空指揮部	少校教官	陳銘同
陸軍航空指揮部	少校教官	張重玖
陸軍航空指揮部	中校組長	井延淵
陸軍航空指揮部	少校作戰官	王龍單
金防部後指部	少校副營長	陳萬單
十軍團九二兵工群	少校副營長	鍾湘台
陸勤部經理署	少校經補官	鍾延翔
憲兵三三一營	少校副營長	李震亞
憲令部警務處	少校憲兵官	吳豫州
憲兵學校	少校教官	蔡偉誠

國防三部

憲兵二〇三指揮部	中校分組長	馬駿芳
憲訓中心第三營	少校副營長	任晚質
總務局汽車大隊	少校中隊長	洪輝樹
憲訓中心	中校組長	黃瑞鏞
陸戰隊司令部	少校副營長	黃銘仁
陸戰隊司令部	少校補給官	錢逸君
國防部計畫次長室	上校系分官	汪為超
國防部電訊發展室	少校偵測長	陳家源
國防部電訊發展室	少校偵測長	黃武皇
國防部軍事情報局	中校特情官	林偉

中科院政戰部	少校警衛官	董天龍
國防部軍事情報局	少校諮情官	陳明知
陸總計畫署第五組	上校組長	傅雋顥

右三四員

國防三部

陸軍砲兵訓練指揮部（令）

附加標示：本令為人事有效證件 應妥慎保管。 (81)人令（職）字第〇四〇號

保密區分	
傳遞速度	
處理時限	
前文時間字號	
受文者	陳福成中校
來文時間字號	年 月 日 字第 號
發文 日期	中華民國81年6月30日
發文 字號	(81)矜事字第三三九八號
發文 駐地	台南永康
附件	
行文單位 本本	砲部中心、總教官室、兵器組、戰術組、一般組
行文單位 副本	加說明二

蓋印處

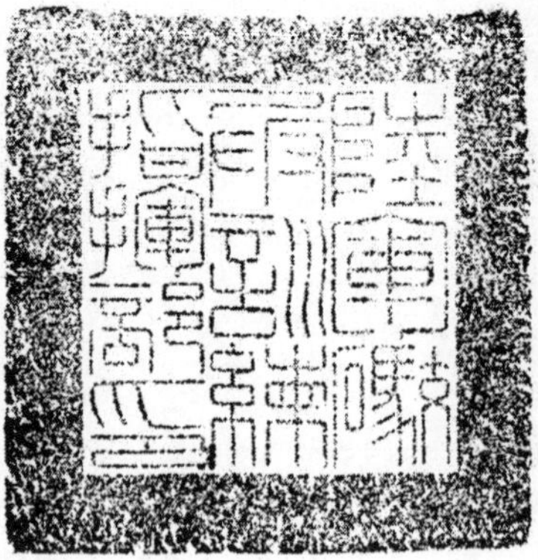

主旨：奉核定砲兵中校黃福業等六員調職，希照辦！

說明：

一、奉核定砲兵中校黃福業等六員調職如次：

本件保存年　卷號

調	調	調	調	調	因原動異1	區分
KB4	KB4	KB4	KB4	KB4	號代動異2	
地 510487	馬 853199	地 797788	玄A 178296	天A 051069	碼號籍兵3	
成福陳	順道王	哲明王	隆貴潘	業福黃	姓名 4	
校中	校少	校中	校中	校中	長專及級階 5	編制
40	40	40	40	40	號代級階6	
					號制編7	
兵砲軍陸	兵砲軍陸	兵砲軍陸	兵砲軍陸	兵砲軍陸	別科及種軍8	
AT 1	AT 1	AT 1	AT 1	AT 1	號代9	
級十校中	級四校少	級四校少	級五校少	級八校中	級(薪)階10	現階
4010	5004	5004	5005	4008	號代11	
1201	1202	1202	1202	1201	長專人本12	
年班陸三 班八院軍 十正大 二規學	年班陸三 班八院軍 十正大 二規學	年班陸三 班八院軍 十正大 二規學	年班陸三 班八院軍 十正大 二規學	年班陸三 班八院軍 十正大 二規學	單位名稱 13	新任
					號代14	
員學學入	員學學入	員學學入	員學學入	員學學入	稱職15	
					號代16	
部訓陸 戰練軍 術指砲 組揮兵	部訓陸 兵練軍 器指砲 組揮兵	心部訓陸 砲練軍 部指砲 中揮兵	部訓陸 兵練軍 器指砲 組揮兵	心部訓陸 砲練軍 部指砲 中揮兵	單位名稱 17	原任
官教	官教	官戰作	官教	長組判裁	稱(級階)職18	
81. 7. 4.	81. 7. 4.	81. 7. 4.	81. 7. 4.	81. 7. 4.	期日效生19	
2	2	2	7	2	號查檢20	
(4) (3) (2) (1) 10	(4) (3) (2) (1) 10	(4) (3) (2) (1) 10	(4) (3) (2) (1) 10	(4) (3) (2) (1) 10	料資進新21	
同右	二一 砲O軍奉81王同 指三團調7 員 部師二十1 於右	同右	同右	令一建6 奉 辦七字25總 理O一60部 號O烘81	備考 22	

調	
KB4	
玄A 178356	
許寶霖	右計六員
中校	
4∅	
陸軍砲兵	
AT 1	
少校五級	
5∅∅5	
12∅2	
三軍大學陸院正規班八十二年班	
入學學員	
陸軍砲兵訓練指揮部一般組	
教官	
81. 7. 4.	
2	
(1) (2) (3) (4) 1∅	
事總部81 6 25 6D洪建字一○一七○號令辦理	

二、副本送總部政一處（四）份、聯勤總部留守署、總部人事署三組、三軍大學、十軍團、二〇三師、六一四經補庫、聯勤卅七、卅九收支組、發政一科（三）、政二科、監察室、主計、資料室（三）份、考核、計劃、教材科、人事科十五份、後勤科、營務組（登記資料、參考、査照、）及冊列人員（照辦）。

指揮官兼校長陸軍中將周正之

237

三軍大學

副本

本令為人事有效證件，應妥慎保管。

(81)人令（職）字第一二八號 承辦人：林本原 電話：六二二○六五

保密區分	
傳遞速度	最速件
處理時限	最速件
前文時間字號	年 月 日 字第 號
縮影	要 / 不要

受文者	陳福成中校
來文時間字號	年 月 日 字第 號
發文日期	中華民國八十一年七月八日十六時發出
發文字號	(81)尊中字第二三三五號
發文駐地	台北市大直
附件	

行文單位	
正本	陸軍學院(七)、戰院、政戰部
副本	如說明二

主旨：茲核定陸軍步兵少校高寧松等二四一員調職。請照辦！

說明：

一、茲核定陸軍步兵少校高寧松等二四一員調職如次：

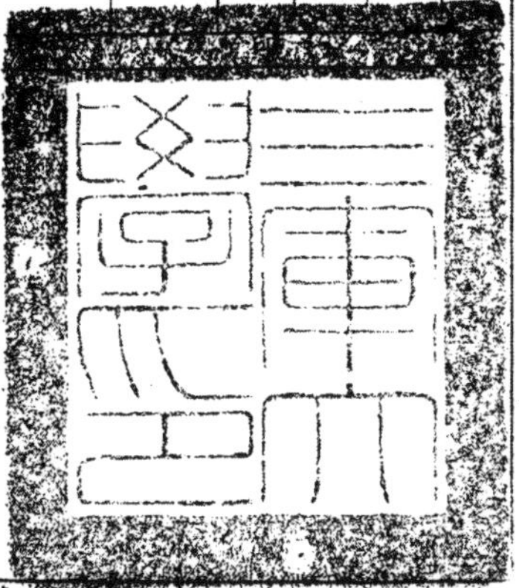

區分	項目	
	1. 異動原因	
	2. 異動代號	
	3. 兵籍號碼	
	4. 姓名	
編制	5. 階級及專長	
	6. 階級代號	
	7. 編制號	
	8. 軍種及科別	
	9. 代號	
現階	10. 階（薪）級	
	11. 代號	
	12. 本人專長	
新任	13. 單位名稱	
	14. 代號	
	15. 職稱	
	16. 代號	
原任	17. 單位名稱	
	18. 職稱（階級）	
	19. 生效日期	
	20. 檢查號	
	21. 新進資料	
	22. 備註	

本件保存 年 卷號

（令）

調				
KB3				
地 787331	天 745733	地Aφ588φ1	地 64φ198	玄 947433
高寧松	李建璽	孟慶宇	黃溪樑	陳史漆
陸軍步兵				
(1) 1 (2) IN	(1) 1 (2) IN	(1) 1 (2) IN	(1) 1 (2) IN	(1) 1 (2) IN
少校四級	中校十級	少校五級	中校九級	中校三級
5φφ4	4φ1φ	5φφ5	4φφ9	4φφ3
三軍大學陸軍指參學院正規班民八二年班				
φ6115				
入學學員				
5Sφ4				
憲令部計畫處	教育部軍訓處	國防部副參謀總長室	教育部軍訓處	政戰學校軍科部軍事系
編裝官	教官	作參官	教官	教官
民仝七四				
(1) (2) (3) (4)	(1) (2) (3) (4)	(1) (2) (3) (4)	(1) (2) (3) (4)	(1) (2) (3) (4)

一、奉國防部81.6.20.(81)吉嘉字第七四三四號令核定調訓。
二、支薪單位：φ六一一六。

玄 7815ϕ9	天A14ϕ419	天 71ϕ499	地 797788	玄Aϕ92465
郭乾泰	趙文義	李澎安	王明哲	王安國
(1) 1 (2) AT	(1) 1 (2) AT	(1) 1 (2) AT	(1) 1 (2) AT	(1) 1 (2) AT
中校七級	少校二級	中校七級	少校四級	少校四級
4ϕϕ7	5ϕϕ2	4ϕϕ7	5ϕϕ4	5ϕϕ4
陸軍防空飛彈指揮部六〇八群	陸軍特空部第一處	金防部砲指部六一八營	陸軍砲訓部戰術組	陸飛指部六六二營
副指揮官	人參官	營長	人事官	幕僚兼排長
(1) (2) (3) (4)	(1) (2) (3) (4)	(1) (2) (3) (4)	(1) (2) (3) (4)	(1) (2) (3) (4)

陸軍

三軍大学 陸軍指參

入

民

一、奉國防部81.6.20.(81)吉嘉字第七四三四號令核定調訓。

二、支薪單位：ϕ六一一六。

					渊
					KB4
地 51φ487	玄A161638	玄 832814	天Aφ51φ69	玄Aφ72854	天A1φ161φ
成 福 陳	杓 謹 孫	政 大 王	業 福 黄	勇 先 黄	璞 衍 徐
			兵	砲	單
(2) AT (1) 1	(2) AT (1) 1	(2) AT (1) 1	(2) AT (1) 1	(2) AT (1) 1	(2) AT (1) 1
級 十 校 中	級 五 校 少	級 六 校 中	級 八 校 中	級 四 校 少	級 三 校 少
4φ1φ	5φφ5	4φφ6	4φφ8	5φφ4	5φφ3
				年 班	班民八二 學院正規 陸軍指參
					φ6115
				員	學 学
					5Sφ4
陸軍 砲訓部 戰術組	陸軍 二〇六師 八二四營	金防部 三考部	陸軍 砲訓部 砲訓中心	陸軍 一一七師 四六八營	陸總部 人事署 第一組
官 教	長 營 副	官 判 裁	長 組	長 營 副	官 政 行
				四	七 尘
(4) (3) (2) (1)	(4) (3) (2) (1)	(4) (3) (2) (1)	(4) (3) (2) (1)	(4) (3) (2) (1)	(4) (3) (2) (1)

調

KB4

天A15φφφ4	天A2φ4138	地435873	天A12597φ	天A1φ1699
鍾湘台	鍾延翔	傅篤顯	黃銘仁	錢逸君
陸軍兵工	陸軍財務	陸軍砲兵	海軍陸戰隊	
(1) 1 (2) OD	(1) 1 (2) FI	(1) 1 (2) AT	(1) 1 (2) MA	(1) 1 (2) MA
少校五級	少校四級	上校七級	校三級	少校三級
5φφ5	5φφ4	3φφ7	5φφ3	5φφ3
三軍大學陸軍指參學院止規班民八二年班				
φ6115				
入學學員				
5Sφ4				
陸軍十軍團九二兵工群	陸勤部經理署第一組	陸總部計畫署第五組	陸戰隊司令部	陸戰隊司令部
副營長	經補官	組長	副營長	補給官
民 仝 七 四				
(1) (2) (3) (4)	(1) (2) (3) (4)	(1) (2) (3) (4)	(1) (2) (3) (4)	(1) (2) (3) (4)

一、奉國防部81.6.20.(81)嘉吉字第三七四四號令核定調訓。

二、支薪單位：六六一φ六。

二、副本抄送國防部副總長辦公室、總政戰部、警衛隊、聯警部、總務局、計次室、中科院、軍情局、電訊發展室、統一通信指揮部、政戰學校、教育部軍訓處、中央作業組、台北收支處、台北資訊站（陸、海軍、警備）總部、（憲兵、海軍陸戰隊）司令部、本校政一(二)、二、三、四組、教務處、主計室及冊列人員各乙份、人事科十份（以上均請查照或登記資料）。

校長海軍二級上將 葉昌桐

校對：黃千嘉
監印：李玉清

三軍大學陸軍

附加標示：㈠本令為人事有效證件，應妥善保管。
㈡權責單位統一編號：(82)獎懲（官）字φφ7號

保密區分：

傳遞速度：

處理時限：

前文時間字號：年 月 日 字第 號

電話：六二二九四四

承辦人：梁秉忠

受文者：陳福成中校

來文時間字號：年 月 日 字第 號

發文

附件	日期	字號	駐地
	48-53 中華民國82年2月3日	54-58 (82)尊際字第φ48號	台北大直

行文單位

正本：學員班

副本：校部人事科㈢、國防部人次室（四處）、中央作業組、陸總人資組、台北資訊站、本院政戰室㈡、各員（以上均請查照或登記資料）

蓋印處

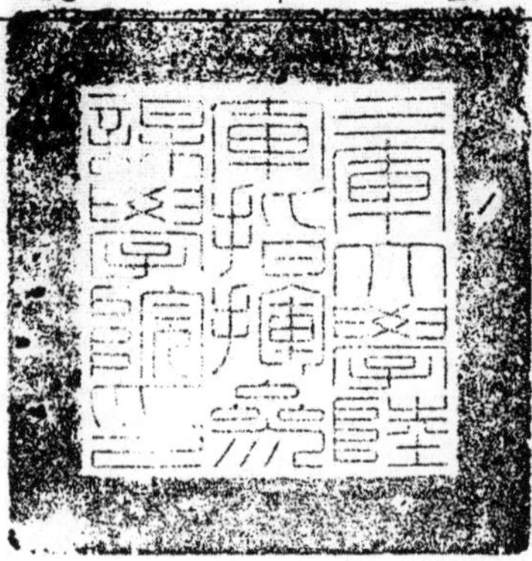

主旨：茲核定 曹祥炎少校 等拾伍員 獎勵 如左表，希照辦。

指揮參謀學院　（令）　（φ6115）

單位名稱	學員班	〃	〃	〃
單位代號（7.－11.）	φ6116	φ6116	φ6116	φ6116
兵籍號碼（12.－19.）	馬853φ21	天A15φφφ4	黃112649	地763526
姓名	曹祥炎	鍾湘台	陳天斯	李景隆
編號（21.－23.）	φφ1	φφ2	φφ3	φφ4
級職	少校學員	〃	〃	〃
編階代號（24－25）	5φ	5φ	5φ	5φ
獎勵（懲罰）事由	執行文宣工作（績點達66分）表現優異。	執行文宣工作（績點達30分）表現優異。	執行文宣工作（績點達30分）表現優異。	執行文宣工作（績點達27分）表現優異。
代號（26.－27.）	74	74	74	74
種類	記功兩次	記功乙次	記功乙次	嘉獎兩次
代號（32.－36.）	7　　　　2	7　　　　1	7　　　　1	8　　　　2
勳（獎）章證書（執照）號碼				
獎點識別（37.）	C	C	C	C
姓名四角號碼（75.－80.）	55389φ	82364φ	751φ42	4φ6φ77
備考				

〃	〃	〃	學員班
φ6116	φ6116	φ6116	φ6116
宇149214	地787331	玄Aφ3φ999	宇137697
林火順	高寯松	謝其翔	經義海
φφ8	φφ7	φφ6	φφ5
〃	〃	〃	少校學員
5φ	5φ	5φ	5φ
同右	同右	同右	執行文宣工作（績點滿10分）表現優良。
74	74	74	74
嘉獎乙次	嘉獎乙次	嘉獎乙次	嘉獎乙次
8 1	8 1	8 1	8 1
C	C	C	C
449φ21	φφ3φ48	φ44487	218φ38

〃	〃	〃	〃	〃
ø6116	ø6116	ø6116	ø6116	ø6116
地621225	黃131341	玄A1419øø	玄A13ø416	天A1ø17ø3
劉必棟	余立雲	歐亞平	董天龍	蕭冬健
ø13	ø12	ø11	ø1ø	øø9
〃	中校學員	〃	〃	〃
4ø	4ø	5ø	5ø	5ø
同右	同右	同右	同右	同右
74	74	74	74	74
嘉獎乙次	嘉獎乙次	嘉獎乙次	嘉獎乙次	嘉獎乙次
8 1	8 1	8 1	8 1	8 1
C	C	C	C	C
723345	8øøø1ø	771ø1ø	441øø1	442725

學員班	〃	
ϕ6116	ϕ6116	
天71ϕ499	地51ϕ487	
李澎安	陳福成	
ϕ14	ϕ15	
中校學員	中校學員	
4ϕ	4ϕ	
執行文宣工作（績點滿10分）表現優良。	同右	
74	74	
嘉獎乙次	嘉獎乙次	
8 1	8 1	
C	C	
4ϕ323ϕ	753153	
		院長陸軍中將 王繩果

三軍大學陸指揮謀學院（令）

附加標示：(一)本令為人事有效證件，應妥善保管。(二)檔責單位統一編號：(82)獎懲(官)字ф二八號

保密區分	
傳遞速度	
處理時限	
前文時間字號	年 月 日 字第 號
受文者	陳福成
來文時間字號	年 月 日 字第 號
發文 附件	48-53
發文 日期	中華民國八十二年五月四日
發文 字號	54-58 (82)尊際字第一九七號
發文 駐地	台北大直
行文單位 正本	學員班
行文單位 副本	國防部人次室(四處)、中央作業組、台北資訊站、陸軍總部人事資料組、校部人事科(三)、政戰室(一)、教行組(三)、各員(以上均請查照或登記資料)
蓋印處	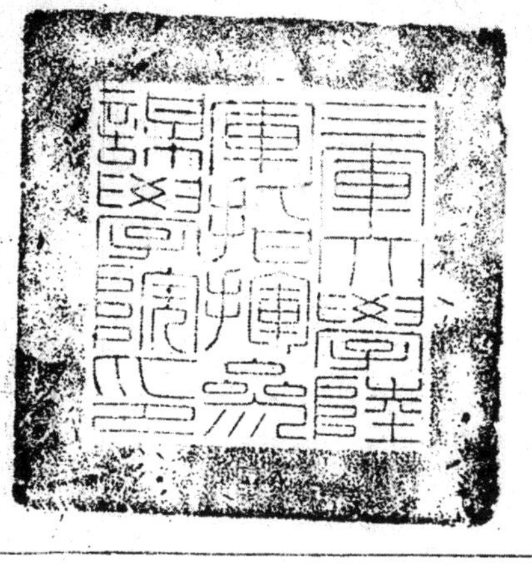

電話：六二二九四四
承辦人：梁秉忠

主旨：茲核定謝其翔少校等二十二員獎勵如左表，希照辦。

單位	名稱
	代號(7—11)
兵籍號碼(12—19)	
姓名	
編號(21—23)	
級職	
編階代號(24—25)	
勛獎(懲罰)	事由
	代號(26—27)
	種類
	代號(32—36)
勛獎(執照)章證書號碼	
獎點示別(37)	
姓名四角號碼(75—8ф)	
備考	

(ϕ6115)

學員班	學員班	學員班	學員班
ϕ6116	ϕ6116	ϕ6116	ϕ6116
馬853021	黃112649	地Aϕ28297	玄Aϕ3ϕ999
曹祥炎	陳天斯	柑清榮	謝其翔
ϕ ϕ 4	ϕ ϕ 3	ϕ ϕ 2	ϕ ϕ 1
員學校中軍陸	員學校少軍陸	員學校少軍陸	員學校少軍陸
4ϕ	5ϕ	5ϕ	5ϕ
執行文宣工作(績點達31分)表現優異。	執行文宣工作(績點達48分)表現優異。	執行文宣工作(績點達1ϕ分)表現優異。	執行文宣工作(績點達18分)表現優異。
74	74	74	74
次壹功記	次壹功記	次壹獎嘉	次壹獎嘉
7| | | |1	7| | | |1	8| | | |1	8| | | |1
C	C	C	C
55389ϕ	751ϕ42	443599	ϕ44487

學員班	學員班	學員班	學員班	學員班
φ6116	φ6116	φ6116	φ6116	φ6116
玄Aφ82296	天Aφ74311	黃131341	玄A1419φφ	天A114817
鍾志成	周如明	余立雲	歐亞平	蔡行健
φ φ 9	φ φ 8	φ φ 7	φ φ 6	φ φ 5
陸軍少校學員	陸軍少校學員	陸軍中校學員	陸軍少校學員	陸軍少校學員
5φ	5φ	4φ	5φ	5φ
執行文宣工作（績點達12分）表現優異。	執行文宣工作（績點達1φ分）表現優異。	執行文宣工作（績點達2φ分）表現優異。	執行文宣工作（績點達24分）表現優異。	執行文宣工作（績點達1φ分）表現優異。
74	74	74	74	74
嘉獎壹次	嘉獎壹次	嘉獎兩次	嘉獎兩次	嘉獎壹次
8 1	8 1	8 2	8 2	8 1
C	C	C	C	C
824φ53	774667	8φφφ1φ	771φ1φ	442125

學員班	學員班	學員班	學員班	學員班
ϕ6116	ϕ6116	ϕ6116	ϕ6116	ϕ6116
地763526	玄A245343	地621225	天A1ϕ1659	黃111679
李景隆	劉文富	劉必棟	戴相熙	彭錦堂
ϕ 1 4	ϕ 1 3	ϕ 1 2	ϕ 1 1	ϕ 1 ϕ
陸軍少校學員	陸軍少校學員	陸軍中校學員	陸軍少校學員	陸軍少校學員
5ϕ	5ϕ	4ϕ	5ϕ	5ϕ
執行文宣工作（績點達13ϕ分）表現優異。	執行文宣工作（績點達18分）表現優異。	執行文宣工作（績點達14分）表現優異。	執行文宣工作（績點達14分）表現優異。	執行文宣工作（績點達1ϕ分）表現優異。
74	74	74	74	74
大功壹次	嘉獎壹次	嘉獎壹次	嘉獎壹次	嘉獎壹次
6｜｜｜｜｜1	8｜｜｜｜｜1	8｜｜｜｜｜1	8｜｜｜｜｜1	8｜｜｜｜｜1
C	C	C	C	C
4ϕ6ϕ77	72ϕϕ3ϕ	723345	434677	42869ϕ

學員班	學員班	學員班	學員班
φ6116	φ6116	φ6116	φ6116
地435873	玄A13φ416	玄A4311φ3	玄Aφ3φ954
傅篤顯	董天龍	邱順得	李世緯
φ 1 8	φ 1 7	φ 1 6	φ 1 5
員學校上軍陸	員學校中軍陸	員學校少軍陸	員學校少軍陸
3φ	4φ	5φ	5φ
執行文宣工作（績點達1φ分）表現優異。	執行文宣工作（績點達1φ分）表現優異。	執行文宣工作（績點達93分）表現優異。	執行文宣工作（績點達1φ分）表現優異。
74	74	74	74
次壹獎嘉	次壹獎嘉	次壹功大	次壹獎嘉
8　　　1	8　　　1	6　　　1	8　　　1
C	C	C	C
238861	441φφ1	772126	4φ4425

	學員班	學員班	學員班	學員班
	φ6116	φ6116	φ6116	φ6116
	地51φ487	地A166248	天A15φφφ4	天A14φ419
	陳福成	龔奎力	鍾湘台	趙文義
	φ 2 2	φ 2 1	φ 2 φ	φ 1 9
	陸軍中校學員	陸軍少校學員	陸軍少校學員	陸軍少校學員
	4φ	5φ	5φ	5φ
院長陸軍中將王鍾果	執行文宣工作（績點達3φ分）表現優異。	執行文宣工作（績點達37分）表現優異。	執行文宣工作（績點達33分）表現優異。	執行文宣工作（績點達1φ分）表現優異。
	74	74	74	74
	記功壹次	記功壹次	記功壹次	嘉獎壹次
	7 1	7 1	7 1	8 1
	C	C	C	C
	753153	φ14φ4φ	82364φ	49φφ8φ

三軍大學陸軍指揮參謀學院（令）

副本

附加標示：(一)本令為人事有效證件，應妥善保管。

(二)權責單位統一編號：(82)獎懲(官)字〇三三號

- 保密區分：
- 傳遞速度：最速件
- 處理時限：
- 前文時間字號：年 月 日 字第 號

電話：六二二二九四四
承辦人：梁秉忠

- 受文者：陳福成
- 來文時間字號：年 月 日 字第 號

發文

附件	日期	字號	駐地
	48-53	54-58	台
	中華民國八十二年五月十二日	(82)尊際字第二〇五號	北大直

行文單位

- 正本：學員班
- 副本：國防部人次室(四處)、中央作業組、台北資訊站、陸軍總部人事資料組、校部人事科(三)、政戰室(二)、教行組(三)、各員(以上均請查照或登記資料)

蓋印處

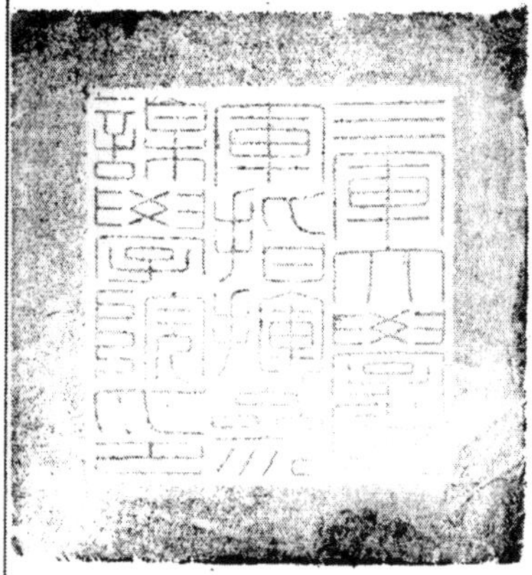

主旨：茲核定馬國麟少校等四十九員獎勵如左表，希照辦。

- 單位：名稱；代號（7—11）
- 兵籍號碼（12—19）
- 姓名
- 編號（21—23）
- 級職
- 編階代號（24—25）
- 勛（懲罰）獎：事由；代號（26—27）；種類；代號（32—36）
- 勛獎章（執照）證書號碼
- 獎點識別（37）
- 姓名四角號碼（75—8φ）
- 備考

(ϕ6115)

學員班	學員班	學員班	學員班
ϕ6116	ϕ6116	ϕ6116	ϕ6116
黃117621	金389432	玄A14192ϕ	玄A1ϕ3563
趙建華	李等察	翁鋌揮	馬國麟
ϕ ϕ 4	ϕ ϕ 3	ϕ ϕ 2	ϕ ϕ 1
員學校少軍陸	員學校中軍陸	員學校少軍陸	員學校少軍陸
5ϕ	4ϕ	5ϕ	5ϕ
參加三千公尺跑步測驗，協助體力差同學跑畢全程，為團體爭取榮譽。	期中兵棋推演擔任演習師長，表現優異，足堪嘉許。	抱病參加校部三千公尺跑步測驗，精神可佩。	平日勤敏好學，熱心公益，獲選該班勤學楷模代表。
74	74	74	74
次 壹 獎 嘉	次 壹 獎 嘉	次 壹 獎 嘉	次 壹 獎 嘉
8 1	8 1	8 1	8 1
C	C	C	C
491544	4ϕ883ϕ	8ϕ8757	716ϕϕ9

學員班	學員班	學員班	學員班	學員班
ϕ6116	ϕ6116	ϕ6116	ϕ6116	ϕ6116
天A129355	天71ϕ499	天A1ϕ9ϕ33	玄A147134	天A1ϕ161ϕ
張基成	李澎安	吳豫州	蔣太元	徐衍璞
ϕ ϕ 9	ϕ ϕ 8	ϕ ϕ 7	ϕ ϕ 6	ϕ ϕ 5
陸軍少校學員	陸軍中校學員	陸軍少校學員	陸軍少校學員	陸軍少校學員
5ϕ	4ϕ	5ϕ	5ϕ	5ϕ
負責期中兵棋推演之場地佈置，任勞任怨圓滿達成任務。	利用晨間及課餘，輔導同學從事語言進修，對讀書風氣之蔚成極具表現。	輔導同學學習電腦，成效良好，且平日熱心公益。	參加三千公尺跑步測驗，協助體力差同學跑畢全程，為團體爭取榮譽。	多次捐血助人不為人知，於血荒期間，鼓勵同學挽袖捐血熱心感人。
74	74	74	74	74
嘉獎壹次	嘉獎壹次	嘉獎壹次	嘉獎壹次	嘉獎壹次
8 1	8 1	8 1	8 1	8 1
C	C	C	C	C
114453	4ϕ323ϕ	261732	444ϕ1ϕ	282112

學員班	學員班	學員班	學員班	學員班
ϕ6116	ϕ6116	ϕ6116	ϕ6116	ϕ6116
地Aϕ78766	天A12597ϕ	天A1ϕ9ϕ88	天A195654	天833667
鄭明芳	黃銘仁	王孟剛	葉火木	楊繼成
ϕ 1 4	ϕ 1 3	ϕ 1 2	ϕ 1 1	ϕ 1 ϕ
陸軍少校學員	海軍少校學員	陸軍少校學員	陸軍少校學員	陸軍少校學員
5ϕ	5ϕ	5ϕ	5ϕ	5ϕ
期中兵棋推演負責演習經過要圖之製作，獲輔導教官嘉許，認真盡職，表現優異。	犧牲休閒時間，輔導同學戰術課程，對同學戰術素養之提進，極具貢獻。	主動為南部同學服務，購買假日返鄉車票熱心公益，負責任表現優異。	參加三千公尺跑步測驗，抱病全程參予，精神可佩，表現優異	恪遵各項規定，生活規律，認真學習課業，循規蹈矩表現良好
74	74	74	74	74
嘉獎壹次	嘉獎壹次	嘉獎壹次	嘉獎壹次	嘉獎壹次
8 1	8 1	8 1	8 1	8 1
C	C	C	C	C
876744	448721	1ϕ1772	449ϕ4ϕ	462253

學員班	學員班	學員班	學員班	學員班
φ6116	φ6116	φ6116	φ6116	φ6116
玄A13φ353	宇φ9394φ	天A2φ4138	宇1377φ1	玄9φφ825
蔣東亮	徐海國	鍾延翔	陸士忠	吳遠里
φ 1 9	φ 1 8	φ 1 7	φ 1 6	φ 1 5
陸軍少校學員	陸軍少校學員	陸軍少校學員	陸軍少校學員	陸軍中校學員
5φ	5φ	5φ	5φ	4φ
利用課餘時間製作投影片，為同學簡介機械化師編裝及特性，成效良好。	多次捐血助人不為人知，於各大節日前均發起捐款送孤　之活動，熱心感人。	恪遵各項規定，生活規律，熱心公益，循規蹈矩表現良好。	利用課餘時間，廣蒐資料，為同學簡介機械化師編裝及特性，成效良好。	期中兵棋推演擔任演習師長，及協助同學進入演習狀況，認真負責表現良好。
74	74	74	74	74
嘉獎壹次	嘉獎壹次	嘉獎壹次	嘉獎壹次	嘉獎壹次
8 | | | | 1	8 | | | | 1	8 | | | | 1	8 | | | | 1	8 | | | | 1
C	C	C	C	C
445φφφ	28386φ	821287	744φ5φ	26346φ

學員班	學員班	學員班	學員班	學員班
ϕ6116	ϕ6116	ϕ6116	ϕ6116	ϕ6116
地683143	金862827	玄Aϕ65997	黃136ϕϕ6	天Aϕ55344
陳銘同	張允沛	徐林治 國	邱天來	程念慈
ϕ 2 4	ϕ 2 3	ϕ 2 2	ϕ 2 1	ϕ 2 ϕ
陸軍少校學員	陸軍中校學員	陸軍少校學員	陸軍少校學員	陸軍少校學員
5ϕ	4ϕ	5ϕ	5ϕ	5ϕ
主動製作有關陸航編裝、特性及戰術之幻燈、投影片，使同學受益良多。	期中兵棋推演作業精，發言中肯，獲輔導官嘉許，表現良好。	於二月三日在寢室廁所內拾獲皮夾乙只，不為所動立刻送還同學，足堪嘉許。	平日樂於助人且熱心公益，主動修復多項公物，表現良好。	任區隊長期間任勞任怨，熱心公益，負責盡職，表現優異。
74	74	74	74	74
嘉獎壹次	嘉獎壹次	嘉獎壹次	嘉獎壹次	嘉獎壹次
8 ｜ ｜ ｜ ｜ 1	8 ｜ ｜ ｜ ｜ 1	8 ｜ ｜ ｜ ｜ 1	8 ｜ ｜ ｜ ｜ 1	8 ｜ ｜ ｜ ｜ 1
C	C	C	C	C
758777	11233ϕ	28336ϕ	771ϕ4ϕ	268ϕ8ϕ

學員班	學員班	學員班	學員班	學員班
06116	06116	06116	06116	06116
玄A322416	宇150937	天797210	天A101699	黃111675
歐萬強	王潤身	馬駿芳	錢逸君	張道衡
0 2 9	0 2 8	0 2 7	0 2 6	0 2 5
陸軍少校學員	陸軍少校學員	陸軍中校學員	海軍少校學員	陸軍中校學員
50	50	40	50	40
負責期中兵棋推演之圖表製作，任勞任怨圓滿達成任務。	經常參予助人活動，熱心公益，服務熱忱，表現良好。	任區隊長期間任勞任怨，熱心公益，負責盡職，表現優異。	經常參予助人活動，熱心公益，服務熱忱，表現良好。	任區隊長期間任勞任怨熱心公益負責盡職，定考前輔導同學戰術課程，表現優異。
74	74	74	74	74
嘉獎壹次	嘉獎壹次	嘉獎壹次	嘉獎壹次	嘉獎壹次
8│　│　│　│1	8│　│　│　│1	8│　│　│　│1	8│　│　│　│1	8│　│　│　│1
C	C	C	C	C
774413	103727	717344	833717	113821

學員班	學員班	學員班	學員班	學員班
ϕ6116	ϕ6116	ϕ6116	ϕ6116	ϕ6116
金8619ϕ6	天Aϕ65656	天A14ϕ419	地A2389ϕ8	天Aϕ55346
蕭天流	杜建民	趙文義	黃武皇	田肇州
ϕ 3 4	ϕ 3 3	ϕ 3 2	ϕ 3 1	ϕ 3 ϕ
陸軍少校學員	陸軍中校學員	陸軍少校學員	陸軍少校學員	陸軍少校學員
5ϕ	4ϕ	5ϕ	5ϕ	5ϕ
經常參予助人活動，熱心公益，服務熱忱，表現良好。	任區隊長期間任勞任怨，熱心公益，負責盡職，表現優異。	期中兵棋推演擔任砲兵指揮官，協助同學進入演習狀況，認真負責表現良好。	經常參予助人活動，熱心公益，服務熱忱，表現良好。	多次捐血助人不為人知，於血荒期間，鼓勵同學挽袖捐血熱心感人。
74	74	74	74	74
嘉獎壹次	嘉獎壹次	嘉獎壹次	嘉獎壹次	嘉獎壹次
8| | | |1	8| | | |1	8| | | |1	8| | | |1	8| | | |1
C	C	C	C	C
441838	441577	498884	441326	603832

學員班	學員班	學員班	學員班	學員班
ϕ6116	ϕ6116	ϕ6116	ϕ6116	ϕ6116
天A149848	玄Aϕ72854	地A166248	天A15ϕϕϕ4	玄A172167
栗正傑	黃光勇	龔奎力	鍾湘台	賴國柱
ϕ 3 9	ϕ 3 8	ϕ 3 7	ϕ 3 6	ϕ 3 5
陸軍中校學員	陸軍少校學員	陸軍少校學員	陸軍少校學員	陸軍中校學員
4ϕ	5ϕ	5ϕ	5ϕ	4ϕ
期中兵棋推演擔任參三科長，並協助同學進入演習狀況，認真負責表現良好。	平日勤敏好學，熱心公益，獲選該班勤學楷模代表。	經常參予助人活動，熱心公益，服務熱忱，表現良好。	經常參予助人活動，熱心公益，服務熱忱，表現良好。	經常參予助人活動，熱心公益，服務熱忱，表現良好。
74	74	74	74	74
嘉獎壹次	嘉獎壹次	嘉獎壹次	嘉獎壹次	嘉獎壹次
8 1	8 1	8 1	8 1	8 1
C	C	C	C	C
1ϕ1ϕ25	442417	ϕ14ϕ4ϕ	82364ϕ	576ϕ4ϕ

學員班	學員班	學員班	學員班	學員班
ϕ6116	ϕ6116	ϕ6116	ϕ6116	ϕ6116
地A121987	玄Aϕ9245ϕ	玄A161638	玄A141949	玄A121228
紀進福	顧嘉谿	孫護杓	丁楨民	王道平
ϕ 4 4	ϕ 4 3	ϕ 4 2	ϕ 4 1	ϕ 4 ϕ
陸軍中校學員	陸軍少校學員	陸軍少校學員	陸軍少校學員	陸軍中校學員
4ϕ	5ϕ	5ϕ	5ϕ	4ϕ
經常參予助人活動，熱心公益，服務熱忱，表現良好。	恪遵各項規定，生活規律，認真學習各項課程，循規蹈矩表現良好。	經常參予助人活動，熱心公益，服務熱忱，表現良好。	經常參予助人活動，熱心公益，服務熱忱，表現良好。	任區隊長期間任勞任怨，熱心公益，負責盡職，表現優異。
74	74	74	74	74
嘉獎壹次	嘉獎壹次	嘉獎壹次	嘉獎壹次	嘉獎壹次
8||||1	8||||1	8||||1	8||||1	8||||1
C	C	C	C	C
273ϕ31	314ϕ28	12ϕ447	1ϕ3177	1ϕ381ϕ

院長陸軍中將王[illegible]果	學員班	學員班	學員班	學員班	學員班
	ф6116	ф6116	ф6116	ф6116	ф6116
	玄A141957	玄Aф551ф2	389777	黃135123	地51ф487
	余水雄	方矩	陳建宏	江聰明	陳福成
	ф 4 9	ф 4 8	ф 4 7	ф 4 6	ф 4 5
	陸軍少校學員	陸軍中校學員	陸軍中校學員	陸軍少校學員	陸軍中校學員
	5ф	4ф	4ф	5ф	4ф
	負責韓籍學員生活及學業輔導，認真盡職，表現良好。	恪遵各項規定，生活規律[illegible]責運動短褲之採購表現良好。	任區隊長期間任勞任怨，熱心公益，負責盡職，表現優異。	經常參予助人活動，熱心公益，服務熱忱，表現良好。	期中兵棋推演擔任演習師長，及協助同學進入演習狀況，認真負責表現良好。
	74	74	74	74	74
	嘉獎壹次	嘉獎壹次	嘉獎壹次	嘉獎壹次	嘉獎壹次
	8 1	8 1	8 1	8 1	8 1
	C	C	C	C	C
	8ф124ф	фф8141	75153ф	311667	753153

副本

附加標示：

花東防衛司令部

陸軍總司令部（令）

保密區分：密

傳遞速度：最速件

處理時限：最速件

前文時間字號：

受文者：陳福成中校

來文時間字號：年 月 日 字第 號

發文 附件：名冊乙份
日期：中華民國捌拾貳年陸月拾肆日
字號：(82)烘建字0八六二九號
駐地：龍潭

行文單位 正本：正字發行加發本部政戰部、人事、作戰、計畫、後勤署
副本：如說明三

主旨：核定：三軍大學陸院民八十二年班畢業學員張毓鎏中校等二一二員分配（如附冊一、二），按權責任職，以82.6.19.生效。希照辦！

說明：

一、奉國防部82.6.10.(82)吉嘉字第六一五六號令辦理。

二、冊內人員凡運用戰、陸院83年班入學學員及本部核定開缺之退前職訓人員遺缺，自82.6.19.至82.7.3.暫以待命軍官啣資；另各單位管制職缺，自文到後即予解除。

三、副本抄送總統府第二局、國防部督察部、人次室、作次室、三軍大學、政戰學校、軍管部、陸軍學院(五)、本部政戰部、人事署（(三)(五)、六組）、工兵、通電、運輸、兵工、軍醫署、化兵處、航指部、莒指部、第二六九、一一七、一二七、二五七、一五一、二九二、一四六、二三四、二0六、三0二、一五八、三三三、二二六、一0四、二八四師、第九五、六四、八六、四二旅及冊列人員（分請查照、登記或照辦）。

總司令陸軍二級上將 陳 廷 寵

蓋印處

承辦人：劉嘉生 電話：三三一二七五

年 月 日 字第 號

縮影 要 不要

本件保存 年 卷 號

附冊一

三軍大學陸院八十二年班畢業學員分配名冊

受分配單位	原任單位職務	軍種科別階級	姓名兵號	生效日期	經管指導	俸級	備考
二六九師八〇五旅		陸軍步兵中校	張毓鋆 玄七三四一七二		中校副旅長	中校九級	
二六九師八〇七旅		陸軍步兵中校	齊治平 天七九六九四三		中校副旅長	中校九級	
一二七師三七九旅		陸軍步兵中校	李天祥 玄九一七一五八		中校副旅長	中校八級	
一一七師三五〇旅		陸軍步兵中校	杜榮超 宇〇五〇二二九		中校副旅長	中校七級	
二五七師七七一旅		陸軍步兵中校	房昱 黃〇九二六四八		中校副旅長	中校七級	
花防部砲指部		陸軍砲兵中校	陳福成 地五一〇四八七		中校副指揮官	中校十一級	
三六化兵群		陸軍化學、中校	賴國柱 玄A一七二一六七		中校副指揮官	中校四級	
通校		陸軍通信少校	王潤身 宇一五〇九三七		中校中隊長	少校六級	

空特部特情隊	三軍大學陸軍指揮參謀學院正規班八十二年班學員	陸軍步兵少校	唐國麟 地A104782	82 6 19	中校中隊長	少校三級	
四二運輸群四〇二營		陸軍運輸中校	杜雄明 玄832756		中校營長	中校七級	
一五一師步三營		陸軍步兵中校	王吉輝 玄900701		中校營長	中校五級	
一五八師步六營		陸軍步兵中校	王道平 玄A121228		中校營長	中校四級	
二五七師步七營		陸軍步兵中校	陳史溱 玄947433		中校營長	中校四級	
二六九師步三營		陸軍步兵少校	楊繼成 天833667		中校營長	少校七級	
二九二師步三營		陸軍步兵少校	張新新 黃104488		中校營長	少校七級	
馬防部		陸軍步兵中校	徐海國 宇093940		中校營長	中校七級	
一四六師步一營		陸軍步兵中校	黃德明 玄947432		中校營長	中校六級	
金防部砲六四一營		陸軍砲兵中校	王瑞麟 玄947539		中校營長	中校四級	
二三四師工兵營		陸軍工兵中校	王世宗 地702605		中校營長	中校四級	
一四六師步二營		陸軍步兵少校	吳廣禮 玄A030982		中校營長	少校六級	

受分配單位	原任單位職務	軍種科別階級	姓名兵號	生效日期	經管指導	俸級	備考
花防部步七營		陸軍步兵少校	彭錦堂 黃一一一六七九		中校營長	少校六級	
二九二師步一營		陸軍步兵少校	朱家斗 地A一一二一二〇		中校營長	少校六級	
二〇六師步三營		陸軍步兵少校	楊建樹 玄A〇一七〇四六		中校營長	少校六級	
二六九師步九營		陸軍步兵少校	符國琦 黃一一一六七七		中校營長	少校六級	
二三四師步五營		陸軍步兵少校	李景隆 地七六三五二六		中校營長	少校六級	
三〇二師砲一二〇六營		陸軍砲兵少校	丘詩仁 宇〇八四〇三〇		中校營長	少校六級	
廿一砲指部六〇九營		陸軍砲兵少校	孫謹杓 玄A一六一六三八		中校營長	少校六級	
獨立九五旅七五二營		陸軍裝甲少校	胡靖民 天A〇二七七一七		中校營長	少校六級	

獨立六四旅七四二營	三軍大學陸軍指揮參謀學院正規班八十二年班學員	陸軍裝甲少校	李世緯 玄A030954	82 6 19	中校營長	少校六級
二九二師戰車營		陸軍裝甲中校	陳應驗 金860902		中校營長	中校三級
馬防部		陸軍步兵少校	曹志宏 天A195651		中校營長	少校五級
馬防部		陸軍步兵少校	周皓瑜 天A187249		中校營長	少校五級
一一七師步六營		陸軍步兵少校	王漢雲 天A074298		中校營長	少校五級
三三三師砲一三二九營		陸軍砲兵少校	黃先勇 玄A072854		中校營長	少校五級
馬防部		陸軍砲兵少校	王道順 馬853199		中校營長	少校五級
二二六師砲九〇四營		陸軍砲兵少校	馬國麟 玄A103562		中校營長	少校五級
六軍團砲六一二營		陸軍砲兵少校	王習章 天A074317		中校營長	少校五級
馬防部		陸軍砲兵少校	王安國 玄A092465		中校營長	少校五級
二六九師一〇七六營		陸軍砲兵少校	沈屏海 天A064761		中校營長	少校五級
金防部		陸軍裝甲少校	劉嘉德 黃117619		中校適職	少校五級

受分配單位	原任單位職務	軍種科別階級	姓名兵號	生效日期	經管指導	俸級	備考
花防部戰車營		陸軍裝甲少校	陳耀椿 黃一三九六八九		中校營長	少校五級	
三九化兵群三九〇化兵營		陸軍化學少校	楊智忠 玄A一五四一八五		中校營長	少校四級	
三三化兵群三四〇化兵營		陸軍化學中校	李應鏵 地A一七五八五一		中校營長	中校三級	
一〇四師步一〇九營		陸軍步兵少校	龔奎力 地A一六六二四八		中校營長	少校七級	
一一七師步一三營		陸軍步兵中校	袁哲瑾 地A一〇九五五二		中校營長	中校五級	
馬防部		陸軍步兵少校	黃曉聰 玄A一九〇三八六		中校營長	少校六級	
獨八六裝旅步一六一營		陸軍步兵少校	彭兆堂 天A一九三四三〇		中校營長	少校六級	
九二兵工群九〇一工營		陸軍兵工少校	鍾湘台 天A一五〇〇〇四		中校營長	少校六級	

一六八師步三營	三軍大學陸軍指揮參謀學院正規班八十二年班學員	陸軍步兵少校	李家贛 玄A一四五八二五	82 6 19	少校副營長	少校四級	
三三三師步五營		陸軍步兵少校	蕭冬健 天一〇一七〇三		少校副營長	少校四級	
一五一師步五營		陸軍步兵少校	白長明 玄A一四七一一一		少校副營長	少校四級	
救指部步一營		陸軍步兵少校	周亞澳 天A〇八八五一二		少校副營長	少校四級	
二一〇師		陸軍步兵少校	江聰明 黃一三五一二三		少校副營長	少校四級	
二四九師裝步一八四營		陸軍步兵少校	蔡行健 天A一一四八一七		少校副營長	少校四級	
一二七師步三營		陸軍步兵少校	薛芳萬 金八六三〇四八		少校副營長	少校四級	
二〇六師步八營		陸軍步兵少校	戴學文 玄A一三〇三〇九		少校副營長	少校四級	
一四六師步五營		陸軍步兵少校	歐亞平 玄A一四一九〇〇		少校副營長	少校四級	
機二四九師砲九九三營		陸軍砲兵少校	歐國南 金八六五八七〇		少校副營長	少校四級	
花防部砲八四〇營		陸軍砲兵少校	李榮輝 金八六二八二四		少校副營長	少校三級	
九一兵工群九八七庫		陸軍工兵少校	陳萬枝 地A三二七八〇九		中校庫長	少校五級	

受分配單位	原任單位職務	軍種科別階級	姓名兵號	生效日期	經管指導	俸級	備考
六〇一經供處		陸軍經理少校	鍾延翔 A二〇四一三八		中校課長	少校五級	
二〇三師參三科		陸軍步兵中校	陳憲彰 黃〇九〇八二二		中校科長	中校八級	
二三四師參四科		陸軍步兵中校	黃光臺 玄八三二九二五		中校科長	中校七級	
一〇九師參一科		陸軍步兵中校	劉振發 宇〇七二七六九		中校科長	中校五級	
獨立六四旅作戰科		陸軍裝甲少校	顧駿康 地七六三四九四		中校科長	少校六級	
一〇四師政三科		陸軍步兵少校	陳朝煌 地A一八二六三六		中校科長	少校五級	
二二六師政三科		陸軍步兵少校	林志帆 地七九三〇二二		中校科長	少校五級	
獨立九五旅		陸軍砲兵少校	楊世仲 地A〇一六七五九		中校科長	少校五級	

獨立八六旅作戰科	三軍大學陸軍指揮參謀學院正規班八十二年班學員	陸軍裝甲少校	劉禮信 馬八五三一九六	82 6 19	中校科長	少校五級	
獨立六四旅後勤科		陸軍裝甲少校	陳傑文 玄A〇八二三〇五		中校科長	少校五級	
通校		陸軍砲兵中校	樊瑞川 玄七三四三二七		中校適職	中校九級	
工兵署		陸軍工兵中校	馬保祿 玄九〇〇七〇二		中校適職	中校五級	
空特部		陸軍步兵中校	藍爰虎 天A一四九八四一		中校適職	中校三級	
金防部		陸軍砲兵少校	曹祥炎 馬八五三〇二一		中校適職	少校六級	
工校		陸軍工兵少校	謝其翔 玄A〇三〇九九九		中校適職	少校六級	
二〇六師		陸軍步兵少校	田肇州 天A〇五五三四六		中校適職	少校五級	
二四九師		陸軍步兵少校	經義海 宇一三七六九七		中校適職	少校五級	
二四九師		陸軍步兵少校	陸士忠 宇一三七七〇一		中校適職	少校五級	
砲訓部		陸軍砲兵少校	王明哲 地七九七七八八		中校適職	少校五級	
機一〇九師三戰群		陸軍裝甲少校	鄧正萍 天A〇二五八三二		中校適職	少校五級	

第4頁

受分配單位	原任單位職務	軍種科別階級	姓名兵號	生效日期	經管指導	俸級	備考
八軍團工兵群		陸軍工兵少校	王其輝 玄A〇八二三一九		中校適職	少校五級	
工訓中心		陸軍工兵少校	周如明 天A〇七四三一一		中校適職	少校五級	
士校		陸軍步兵少校	戴相熙 天A一〇一六五九		少校適職	少校四級	
步訓部		陸軍裝甲少校	陳泰華 地A一八二八八〇		少校適職	少校三級	
二〇六師		陸軍步兵少校	邱明富 黃一四一一六〇		中校適職	少校六級	
工兵署		陸軍工兵中校	杜建民 天A〇六五六五六		中校適職	中校八級	
一四六師參一科		陸軍砲兵少校	邵士豪 玄A二七九七一二		少校人事官	少校四級	
工校行政處		陸軍工兵少校	許展銘 玄A一一一〇〇九		中校人參官	少校七級	

人事署第三組	三軍大學陸軍指揮參謀學院正規班八十二年班學員	陸軍步兵中校	高耀武 宇〇九三九三九	82 6 19	中校人參官	中校四級	
金防部第三處		陸軍步兵少校	周起福 馬八五三一九五		中校作參官	少校五級	
人事署第三組		陸軍砲兵少校	徐衍璞 天A一〇一六一〇		中校人參官	少校四級	
花防部第三處		陸軍工兵少校	王保台 玄A〇八一二二二		中校工參官	少校五級	
馬防部工兵組		陸軍工兵少校	邴建辰 地七七六二九四		中校工參官	少校五級	
空特部第三處		陸軍砲兵少校	趙文義 天A一四〇四一九		少校化參官	少校三級	
二〇三師六〇八旅		陸軍步兵少校	劉文富 玄A二四五三四三		少校行政官	少校四級	
二九二師		陸軍步兵少校	鄭明芳 地A〇七八七六六		少校行政官	少校四級	
金防部砲指部第三科		陸軍砲兵中校	蘇誠維 天A〇一六一二七		中校作訓官	中校七級	
花防部第三處		陸軍步兵少校	陳明江 黃一三九六八六		中校作訓官	少校五級	
澎防部第三處		陸軍步兵少校	蕭天流 金八六一九〇六		中校作訓官	少校五級	
金防部砲指部		陸軍砲兵中校	黃福業 天A〇五一〇六九		中校作訓官	中校九級	

受分配單位	原任單位職務	軍種科別階級	姓名兵號	生效日期	經管指導	俸級	備考
通信署第二組		陸軍通信中校	陳明德 金八六〇六七三		中校作參官	中校五級	
計畫署第三組		陸軍砲兵中校	張泰祺 玄A〇二九三九一		中校作參官	中校七級	
馬防部第三處		陸軍砲兵中校	劉美玠 玄八三二八九七		中校作參官	中校七級	
六軍團第三處		陸軍步兵少校	趙建華 黃一一七六二一		中校作參官	少校五級	
十軍團第三處		陸軍步兵少校	鍾志成 玄A〇八二二九六		中校作參官	少校五級	
一二七師參三科		陸軍步兵少校	葉永成 玄A〇八二三〇六		中校作參官	少校五級	
十軍團第三處		陸軍步兵少校	程念慈 天A〇五五三四四		中校作參官	少校五級	
一五八師參三科		陸軍步兵少校	李延國 玄A一五四一六九		中校作參官	少校四級	

作戰署第二組	三軍大學陸軍指揮參謀學院正規班八十二年班學員	陸軍砲兵少校	邊興邦 天A一〇一六三〇	82 6 19 中校作參官	少校四級
計畫署第三組		陸軍步兵中校	衛金生 天A〇七一三六〇	中校作戰官	中校五級
航指部第三科		陸軍砲兵少校	陳銘同 地六八三一四三	少校作戰官	少校八級
一二七師三七九旅		陸軍步兵中校	曾寶鈞 天八三三七二八	中校作戰官	中校四級
三三三師九九九旅		陸軍步兵中校	栗正傑 天A一四九八四八	中校作戰官	中校三級
二八四師		陸軍步兵少校	翁清龍 玄A〇一〇七〇六	中校適職	少校六級
二〇三師六〇八旅		陸軍步兵少校	陳其摽 金三九〇九七四	中校作戰官	少校六級
二〇三師六〇七旅		陸軍步兵中校	阮春潭 地七六三五六二	中校作戰官	中校三級
一六八師五〇三旅		陸軍步兵中校	孟慶宇 地A〇五八八〇一	中校作戰官	中校三級
三後部四一運輸群		陸軍運輸中校	張道衡 黃一一一六七五	中校作戰官	中校三級
二八四師八五〇旅		陸軍步兵少校	徐林治國 玄A〇六五九九七	中校作戰官	少校五級
空特部第三處		陸軍步兵少校	孔祥瑾 地A〇二四六六五	中校作戰官	少校四級

受分配單位	原任單位職務	軍種科別階級	姓名兵號	生效日期	經管指導	俸級	備考
六軍團第三處		陸軍步兵少校	司誠正 地A〇八四五八二		少校作戰官	少校四級	
二〇三師參二科		陸軍步兵少校	鄭英豪 地A一〇四七七七		少校情報官	少校三級	
二〇三師參三科		陸軍步兵少校	馮力行 地A一〇四七九八		少校作戰官	少校三級	
四五一運指部第一組		陸軍運輸中校	張平悅 玄A一五四二六五		中校作戰官	中校五級	
十軍團通信組		陸軍通信少校	黃全城 地A一六六三〇五		中校作戰官	少校五級	
一二七師砲指部		陸軍砲兵少校	許實霖 玄A一七八三五六		中校作戰官	少校六級	
計畫署		陸軍砲兵上校	傅篤顯 地四三五八七三		上校待命軍官	上校八級	
金防部第二處		陸軍步兵少校	馬健群 天A二〇六九五一		少校空參官	少校四級	

三軍大學陸軍指揮參謀學院正規班八十二年班學員

82 6 19

陸勤部作計處	陸軍砲兵中校	葉宗民 宇〇九二九九二	中校後參官	中校八級
後勤署第二組	陸軍砲兵中校	王傳照 天A〇八四六二九	中校後參官	中校五級
航指部督察室	陸軍步兵少校	張重玖 玄A〇〇四〇三四	少校飛安官	少校九級
計畫署第二組	陸軍砲兵中校	李澎安 天七一〇四九九	中校般參官	中校八級
二三四師	陸軍步兵中校	謝佐中 玄A一八二九〇六	中校適職	中校三級
金防部第三處	陸軍步兵少校	徐孝忠 地A〇二四六六三	中校般參官	少校五級
澎防部計畫組	陸軍步兵少校	邱天來 黃一三六〇〇六	少校訓練官	少校三級
澎防部戰七〇三群	陸軍裝甲少校	歐萬強 玄A三二二四一六	少校訓練官	少校四級
二二六師參一科	陸軍步兵少校	劉華業 黃一二八八二五	少校動員官	少校四級
一一七師參三科	陸軍砲兵中校	史浩誠 玄A〇三七八四〇	中校參謀官	中校三級
八軍團砲指部第二科	陸軍砲兵少校	劉華山 天A〇二七七〇五	中校參謀官	少校六級
二〇六師參三科	陸軍步兵少校	朱重光 天A〇六四七六五	中校參謀官	少校五級

受分配單位	原任單位職務	軍種科別階級	姓名兵號	生效日期	經管指導	俸級	備考
步訓部二考部		陸軍步兵少校	畢崇明 玄A〇五四二二一		中校參謀官	少校五級	
二〇六師參三科		陸軍步兵少校	王振華 天A〇五五三四五		中校參謀官	少校五級	
後勤署第一組		陸軍步兵少校	程兆儀 玄A一五四二〇二		中校參謀官	少校四級	
八軍團第二處		陸軍砲兵少校	張卓宏 天A一四〇二七〇		中校情參官	少校六級	
八軍團第二處		陸軍步兵少校	謝克強 玄A一一一一一三		少校情參官	少校三級	
三〇二師參二科		陸軍步兵少校	郭憲武 天A〇六四七七三		少校情報官	少校四級	
二〇六師六一七旅		陸軍步兵少校	馬順隆 宇一四九〇四六		少校情報官	少校四級	
一五一師		陸軍步兵少校	余水雄 玄A一四一九五七		少校情報官	少校四級	

十軍團第三處	三軍大學陸軍指揮參謀學院正規班八十二年班學員	陸軍步兵少校	李復明 天A一四九八三六	82 6 19	中校教參官	少校六級	
步校校辦室		陸軍運輸少校	顧嘉鎔 玄A〇九二四五〇		中校教參官	少校五級	
陸官校考核科		陸軍步兵少校	蔣爭光 黃一二四三七六		少校教參官	少校四級	
一〇九師砲指部		陸軍通信少校	翁鉦揮 玄A一四一九二〇		少校通信官	少校四級	
金防部通信組		陸軍通信少校	傅正華 天A〇二五七八一		中校通參官	少校六級	
一一七師參三科		陸軍通信少校	李盛豪 天A二〇四一四八		中校通參官	少校五級	
通信署第二組		陸軍通信少校	李俊雄 地A三〇七〇三一		中校無工官	少校六級	
二考部		陸軍步兵中校	陳建宏 三八九七七七		中校裁判官	中校五級	
步訓部二考部		陸軍步兵少校	童芳銘 黃一二二〇〇八		中校裁判官	少校五級	
砲訓部砲部中心		陸軍砲兵少校	馬至二 地A〇五八五四二		少校裁指官	少校四級	
六軍團第三處		陸軍裝甲少校	劉立心 宇一三七六六九		中校裝作官	少校五級	
計畫署兵棋中心		陸軍通信少校	葉火木 天A一九五六五四		中校資分官	少校五級	

受分配單位	原任單位職務	軍種科別階級	姓名兵號	生效日期	經管指導	俸級	備考
空特部		陸軍運輸中校	張克勝 玄九〇〇六六〇		中校運參官	中校五級	
四五二運指部第組		陸軍運輸少校	劉宋福 地A〇七八五五二		少校運輸官	少校四級	
四六二運指部第組		陸軍運輸少校	趙玉桂 玄A一三〇三一二		少校運輸官	少校四級	
空特部政三科		陸軍步兵少校	丁禎民 玄A一四一九四九		少校監察官	少校四級	
三〇二師政三科		陸軍砲兵少校	閻惠五 玄A一五四二一五		少校監察官	少校四級	
二六九師政三科		陸軍步兵少校	張基成 天A一二九三五五		少校監察官	少校三級	
金防部第三處		陸軍步兵少校	郭瑞祥 玄A〇九二四五二		中校編裝官	少校五級	
工兵署第一組		陸軍工兵少校	蔡振義 金八六〇六七九		中校編參官	少校五級	

八軍團第三處	三軍大學陸軍指揮參謀學院正規班八十二年班學員	陸軍步兵少校	蒲建宇 玄A一四七一三二	82 6 19	少校編裝官	少校四級
計畫署第四組		陸軍裝甲少校	蔣東亮 玄A一三〇三五二		中校編裝官	少校四級
航指部基訓中心		陸軍政戰中校	井延淵 玄八六七九六四		中校戰飛官	中校九級
衛校般參組		陸軍步兵中校	李台新 宇〇〇五二四五		中校組長	中校十一級
運校水運組		陸軍運輸中校	胡少英 玄八七九〇三〇		中校組長	中校九級
航指部飛教組		陸軍航空少校	王龍軍 地五九八三四二		少校教官	少校十級
空特中心山突組		陸軍步兵中校	邵光奕 玄A〇七六八〇二		中校教官	中校四級
裝訓部研發室		陸軍裝甲少校	張孟剛 金八六二五八一		中校教官	少校六級
陸官校戰術組		陸軍步兵少校	黃進福 地A〇八四九八四		中校教官	少校五級
衛校指參組		陸軍步兵少校	莊國華 天A一六四六一〇		中校教官	少校五級
工校指參組		陸軍工兵少校	林有孝 地A〇二四六三五		中校教官	少校五級
衛校般參組		陸軍步兵少校	王孟剛 天A一〇九〇八八		少校教官	少校四級

第9頁

受分配單位	原任單位職務	軍種科別階級	姓名兵號	生效日期	經管指導	俸級	備考
步校戰術組		陸軍步兵少校	張漢平 地A〇七〇三一九		少校教官	少校四級	
步校戰術組		陸軍步兵少校	李宗元 玄A一三〇三八一		少校教官	少校四級	
工校		陸軍工兵少校	蔣太元 玄A一四七一三四		少校教官	少校四級	
運校鐵運組		陸軍運輸少校	凌生銓 玄A一六一六四一		少校教官	少校三級	
化校一般組		陸軍化學中校	張紹德 宇〇八三九五九		中校教官	中校八級	
空特中心戰術組		陸軍步兵中校	秦文臺 天八三二三九四		中校教官	中校九級	
空特中心戰術組		陸軍步兵中校	方矩 玄A〇五五一〇二		中校教官	中校九級	
陸官戰術組		陸軍步兵少校	潘漢庭 天A二八〇三四五		少校教官	少校四級	

砲校兵器組	三軍大學陸軍指揮參謀學院正規班八十二年班學員	陸軍砲兵中校	潘貴隆 玄A一七八二九六	82 6 19	中校教官	中校三級	
十軍團		陸軍政戰中校	丘仁祥 玄A〇六六〇二四		中校適職	中校五級	
空特部		陸軍政戰少校	葉鴻彬 玄A一四七一八七		中校適職	少校七級	
六軍團		陸軍政戰中校	劉紹軍 天A一〇七七〇四		中校適職	中校四級	
金防部		陸軍政戰中校	李健生 玄A一四六五八一		中校適職	中校四級	
金防部		陸軍政戰中校	劉清華 地A一一二一五六		中校適職	中校三級	
八軍團		陸軍政戰少校	李百明 玄A二二三四三三		中校適職	少校五級	
八軍團		陸軍政戰少校	陳天斯 黃一一二六四九		中校適職	少校七級	
十軍團		陸軍政戰中校	紀進福 地A一二一九八七		中校適職	中校五級	
本部政五處		陸軍政戰中校	余立雲 黃一三一三四一		中校待命軍官	中校三級	
二四九師政四科		陸軍政戰少校	蔡文嘉 地A二七二七八〇		少校保防官	少校四級	
獨立四十二旅		陸軍政戰少校	許添液 地A四三九〇九八		少校保防官	少校三級	

受分配單位	原任單位職務	軍種科別階級	姓名	兵號	生效日期	經管指導	俸級	備考
八軍團	三軍大學陸軍指揮參謀學院正規班八十二年班學員	陸軍政戰少校	邱順得	玄A四三一一〇三	82 6 19	少校政戰官	少校二級	
本部政一處		陸軍政戰少校	黨照印	宇一四八九八九		少校政戰官	少校四級	
十軍團		陸軍政戰少校	柑清榮	地A〇二八二九七		少校政戰官	少校四級	
			右203員					

三軍大學陸院八十二年班畢業學員分配名冊

附件二

受分配單位	原任單位職務	軍種科別階級	姓名兵號	生效日期	經管指導	俸級	備考
政戰學校	三軍大學陸軍指揮參謀學院正規班八十二年班學員	中校教官	汪克成 玄七三四三六九	82 6 19	中校教官	中校九級	
總統府第二局		中校參謀官	郭乾泰 玄七八一五〇九		中校參謀官	中校八級	
三軍大學		中校教官	吳遠里 玄九〇〇八二五		中校教官	中校五級	
國防部督察部		中校參謀官	王鍾智 地七七七五三九		中校參謀官	中校四級	
國防部作次室		中校參謀官	劉必棟 地六二一二二五		中校參謀官	中校三級	
作次室		中校參謀官	李等察 金八三九四三二		中校參謀官	中校七級	
人次室		中校參謀	王大政 玄八三二八一四		中校參謀	中校七級	
人次室		中校參謀	陳俊仲 三八九七六八		中校參謀	中校六級	
軍管區部本部		少校侍從官	王實貴 天A一四〇三七一		少校侍從官	少校三級	
			右9員				

三軍大學（令）

附加標示：本令為人事有效證件，應妥慎保管。

保密區分：

傳遞速度：最速件

處理時限：最速件

前文時間字號：(82)人令（職）字第○七三號 年 月 日

縮影：要 不要

受文者：陳福成中校

來文時間字號：年 月 日 字第 號

發文

日期：中華民國八十二年六月十五日十六時卅分發

字號：(82)尊中字第一九五三號

駐地：台北市大直

附件：一

行文單位

正本：陸院、電腦兵棋中心、研編室

副本：如說明二

主旨：茲核定陸軍上校汪為超等二四一員任職分配，請照辦！

說明：

一、茲核定陸軍上校汪為超等二四一員任職分配如次：

區分	項目
	1. 異動原因
	2. 異動代號
	3. 兵籍號碼
	4. 姓名
編制	5. 階級及專長
	6. 階級代號
	7. 編制號
	8. 軍種及科別
	9. 代號
現階	10. 階（薪）級
	11. 代號
	12. 本人專長
新任	13. 單位名稱
	14. 代號
	15. 職稱
	16. 代號
原任	14. 單位名稱
任	18. 職稱（級階）
	19. 生效日期
	20. 檢查號
	21. 新進資料
	備註

承辦人：林本原 電話：六二二○六五

本件保存 年 卷號

〃	〃	分配	任	任
			KB2	KB2
天A12598ϕ	地 549695	玄 7815ϕ9	玄 9ϕϕ825	地 559364
王文元	葉春田	郭乾泰	吳遠里	汪為超
				上校 T1Gϕ3
				3ϕ
				ϕ8Bϕ1ϕϕ1
陸軍政戰	陸軍工兵	陸軍砲兵	陸軍步兵	陸軍砲兵
(1) 1 (2) PW	(1) 1 (2) AN	(1) 1 (2) AT	(1) 1 (2) IN	(1) 1 (2) AT
少校三級	中校十一級	中校八級	中校五級	上校五級
5ϕϕ3	4ϕ11	4ϕϕ8	4ϕϕ5	3ϕϕ5
〃	聯合警衛安全指揮部	總統府第二局	三軍大學研編室	三軍大學電腦兵棋中心技術研究發展組
			ϕ61ϕ1	ϕ61ϕ1
			待命軍官	系統分析研究教官
			2A93	5686
〃	〃	〃	〃	三軍大學陸參學院正規班82年班
〃	〃	〃	〃	入學學員
民全六九	民全六九	民全六九	民全六九	民全六九
(1) (2) (3) (4)	(1) (2) (3) (4)	(1) (2) (3) (4)	(1) (2) (3) (4)	(1) (2) (3) (4)
〃	〃	奉國防部82.6.11.(82)吉嘉字第六一五七號令核定	一、同前 二、最大年限自畢業之日起管制三年役期	一、奉國防部82.6.11.(82)吉嘉字第六一五七號令核定 二、管制役期至85.8.27.

〃	〃	〃	〃	分配
天796943	玄734172	地795574	宇Ø22837	玄A271688
齊治平	旅毓鎏	方夏明	郭大凱	陳家源
〃	陸軍步兵	〃	〃	陸軍通信兵
(1) 1 (2) IN	(1) 1 (2) IN	(1) 1 (2) SC	(1) 1 (2) SC	(1) 1 (2) SC
中校九級	中校九級	中校七級	中校九級	少校五級
4ØØ9	4ØØ9	4ØØ7	4ØØ9	5ØØ5
〃	陸軍總部	〃	國防部統一通信指揮部	國防部電訊發展室
〃	〃	〃	〃	三軍大学陸参学院正規班82年班
〃	〃	〃	〃	入学学員
〃	〃	〃	〃	民全六九
(1) (2) (3) (4)	(1) (2) (3) (4)	(1) (2) (3) (4)	(1) (2) (3) (4)	(1) (2) (3) (4)
〃	奉國防部82.6.11.(82)吉嘉字第六一五六號令核定	〃	〃	奉國防部82.6.11.(82)吉嘉字第六一五七號令核定

〃	〃	〃	〃	〃
玄A172167	地 51φ487	黃 φ92648	宇 φ5φ229	玄 917156
柱 國 賴	成 福	陳 昱 房	超 榮 杜	祥 大 李
兵學化軍陸	兵 砲 軍 陸	〃	〃	〃
(2) CM (1) 1	(2) AT (1) 1	(2) IN (1) 1	(2) IN (1) 1	(2) IN (1) 1
級 四 校 中	級 十一 校 中	級 七 校 中	級 七 校 中	級 八 校 中
4φφ4	4φ11	4φφ7	4φφ7	4φφ8
〃	〃	〃	〃	〃
〃	〃	〃	〃	〃
〃	〃	〃	〃	〃
〃	〃	〃	〃	〃
(4) (3) (2) (1)	(4) (3) (2) (1)	(4) (3) (2) (1)	(4) (3) (2) (1)	(4) (3) (2) (1)
〃	〃	〃	〃	〃

五

配分	黃131341	余立雲	陸軍政戰	(1) 1 (2) PW	中校三級	4φφ3	陸軍總部	三軍大學陸參學院正規班82年班學員 入學 民八二六九	(1)(2)(3)(4)	奉國防部82.6.11.(82)吉嘉字第一五六六號令核定
〃	地A27278φ	蔡文嘉	〃	(1) 1 (2) PW	少校四級	5φφ4	〃	〃 〃 民八二六九	(1)(2)(3)(4)	〃
〃	地A439φ98	許添浚	〃	(1) 1 (2) PW	少校三級	5φφ3	〃	〃 〃 民八二六九	(1)(2)(3)(4)	〃
〃	玄A4311φ3	邱順得	〃	(1) 1 (2) PW	少校三級	5φφ3	〃	〃 〃 民八二六九	(1)(2)(3)(4)	〃
〃	宇148989	黨照印	〃	(1) 1 (2) PW	少校四級	5φφ4	〃	〃 〃 民八二六九	(1)(2)(3)(4)	〃
〃	地Aφ28297	柑清榮	〃	(1) 1 (2) PW	少校四級	5φφ4	〃	〃 〃 民八二六九	(1)(2)(3)(4)	〃

二、副本抄送總統府第二局、教育部軍訓處、部長辦公室、聯指部、警察部、人次室、作次室、軍情局、電展室、統指部、軍管區司令部、政戰學校、中央作業組、台北收支處、台北資訊站、（陸、海軍）總部、（憲兵、海軍陸戰隊）司令部。本校政一(二)、二、三、四組、教務處、總務科、主計室及冊列人員各乙份、人事科十份（以上均請查照或登記資料）。

校長海軍二級上將葉昌桐

校對：黃千嘉
監印：李玉清

廿五

第九輯　花東防衛司令部檔案

花東防衛司令部指砲部 32130（令）

承辦單位：參一

附加標示：本人令為人事有效命令，應妥慎保管

人令勳官字第 020 號

年　月　日字第　號

保密區分	
受文者	副指揮官陳福成中校
來文時間字號	年　月　日　字第　號
傳遞速度	
發文 日期	八十二年七月二十三日
發文 字號	(82)揮身字第725號
附件	
駐地	花蓮南美崙
處理速度	
行文單位 正本	冊列單位
行文單位 副本	如說明
前文時間字號	
蓋印處	

主旨：茲核定陳福成中校等陸員獎勵案，如左列，希照辦！

單位 名稱	代號	兵籍號碼	姓名	編號	現(階)級職	編階代號	勳(懲)獎 事由	代號(一)	種類	代號(一)	勳(獎)章證書(執照)號碼	獎記點識別	姓名四角號碼	備考

砲指部	砲指部	砲指部	砲指部	砲指部
32130	32130	32130	32130	32130
玄 900754	玄 900754	天A114878	天A114878	地 510487
王文海	王文海	楊緒鐸	楊緒鐸	陳福成
005	004	003	002	001
中校前作戰官	中校前作戰官	中校處長	中校處長	中校副指揮官
40	40	40	40	40
協助綜理械彈特別清點全般事宜，成效卓著。	負責指導協調八十二年度各項助割事宜，圓滿達成任務。	協助綜理械彈特別清點全程事宜，成效卓著。	負責指導協調八十二年度各項助割事宜，圓滿達成任務。	八十三年度防衛部衛哨勤務示範，督導八三七圓滿達成任務。
74	74	72	72	72
嘉獎乙次	嘉獎兩次	嘉獎乙次	嘉獎兩次	嘉獎乙次
81	82	81	82	81
C	C	C	C	C
100038	100038	462486	462486	753173
已調三一九師	已調三一九師			

砲指部	32130	天A480720	李鴻志	006	上尉連絡官	60	督導八三七營衛哨勤務示範，暨承辦固安作戰計畫附件之繕校，負責盡職。	74	記功乙次	71		C	403240
砲八三七營	32133	玄 947596	胡國政	007	中校營長	40	執行衛哨勤務示範，負責盡職。	72	嘉獎乙次	81		C	476011
砲八三八營	32136	地 717571	李志堯	008	中校營長	40	支援六二八旅八十二年度基訓，恪盡職責，順利完成任務。	74	嘉獎乙次	81		C	404040

說明：副本抄送總部人五組(1)，人六組(1)，三一九師(1)，司令部第一處(2)，政三科(1)，政四科(1)，資料室(1)，終端台(1)，本部參一(1)，政三(1)，政四(1)，砲八三七營(1)，砲八三八營(1)及冊列個人（以上均請查照或發賞）。

指揮官 陸軍砲兵上校 路復國

花東防衛司令部砲指部

承辦單位：參一

附加標示：本人令為人事有效命令，應妥慎保管

人令勤官字第0二八號

保密區分	受文者	來文時間字號	行文單位
	副指揮官陳福成中校	年　月　日　字第　號	正本：表列單位 副本：如說明

傳遞速度	發文			
	文號	日期	字號	駐地
	32130	八十二年九月十二日	衛身字第902號	斗六大埔

處理速度

前文時間字號：年　月　日　字第　號

蓋印處

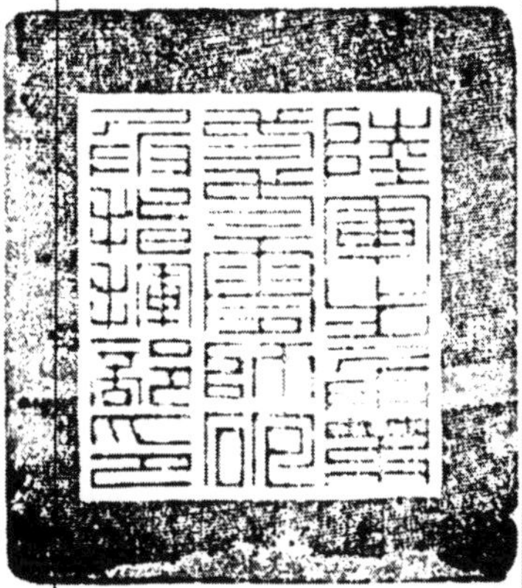

主旨：茲核定陳福成中校等陸員獎勵如次，希照辦！

單位 名稱	砲指部
單位 代號（6—）	32130
兵籍號碼（12—2）	地 510487
姓名	陳福成
編號	001
級職（現階）	中校副指揮官
編階代號（24—25）	40
勳（懲罰）獎 事由	負責督導本部八十三年度基地訓練機動全般事宜，圓滿達成任務。
勳（懲罰）獎 代號（—）	72
勳（懲罰）獎 種類	嘉獎乙次
勳（懲罰）獎 代號（—）	81
勳（獎）章證書（執照）號碼	
獎記點識別（37）	C
姓名四角號碼	753173
備考	

（令） 32130

砲本連	砲八四〇營	砲八三八營	砲指部	砲指部
32130	32142	32136	32130	32130
地A473125	玄 947402	地 717571	玄A178345	天A114878
張永定	梁大同	李志堯	黃裕隆	楊緒驛
006	005	004	003	002
上尉連長	中校營長	中校營長	少校作戰官	中校處長
50	40	40	40	40
負責砲本連基地訓練機動全般事宜，圓滿達成任務。	負責砲八四〇營基地訓練機動全般事宜，圓滿達成任務。	負責砲八三八營地基地訓練機動全般事宜，圓滿達成任務。	負責督導本部機動鐵運事宜，認真負責，圓滿達成任務。	負責督導本部八十三年度基地訓練機動單紀安全事宜，認真負責，圓滿達成任務。
74	74	74	74	72
嘉獎乙次	嘉獎乙次	嘉獎乙次	嘉獎乙次	嘉獎乙次
81	81	81	81	81
C	C	C	C	C
713030	334077	404040	443877	462486

說明：副本抄送總政戰部政一(1)，總部人五組(1)，人六組(2)，司令部第一處(5)，政三科(1)，政四科(1)，資料室(1)，本部參一(1)，政三(1)，政四(1)，終端台(1)，及冊列個人（以上鈞請查照或登資）。

指揮官 陸軍砲兵上校 路復國

校對：鍾曜任

花東防衛司令部砲

承辦單位：參一

保密區分	受文者	來文時間字號	行文單位	
	副指揮官陳福成中校	年月日 字第 號	正本：表列單位	副本：如說明

傳遞速度	發文			
	文號	日期	字號	駐地
	32130	八十二年十月十五日	(82)律身字第985號	斗六大埔

處理速度

前文時間字號：年月日 字第 號

主旨：茲核定陳福成中校等捌員獎勵如次，希照辦！

蓋印處

單位	名稱
	代號(6—)
兵籍號碼(12—2)	
姓名	
編號	
級（現階）職	
編階代號(24—25)	
勳（懲罰）獎	事由
	代號(—)
	種類
	代號(—)
勳（獎）章證書（執照）號碼	
獎記點識別(37)	
姓名四角號碼	
備考	

附加標示：本人令為人事有效命令，應妥慎保管

人令勳官字第〇二七號

(令)　32130　部　指

砲指部	砲指部	砲指部	砲指部	砲指部
32130	32130	32130	32130	32130
地A957886	玄A468163	玄A178345	天A114878	地 510487
林仁淙	翁俊男	黃裕隆	楊緒鐸	陳福成
005	004	003	002	001
官勤後尉少	官信通尉上	官戰作校少	長處校中	官揮指副校中
50	50	40	40	40
負責督導普測駕駛組認真負責，且個人普測成績優異，成效卓著。	負責普測通信組輔導事宜，認真負責，圓滿達成任務。	負責計畫、執行普測全般事宜，任勞任怨，圓滿達成任務。	負責督導普測全般事宜及軍紀安全維護，認真負責圓滿達成任務。	督導普測全般事宜，負責盡職，圓滿達成任務。
74	74	74	72	72
次乙獎嘉	次乙獎嘉	次乙獎嘉	次乙獎嘉	次乙獎嘉
81	81	81	81	81
B	C	C	C	C
442133	802360	443877	462486	753173

砲八三八營	32136	地 717571	李志堯	006	中校營長	40	負責普測戰術組輔導及測地組全程督導，任勞任怨圓滿達成任務。	72	嘉獎乙次	81		C	404040	
砲八四〇營	32142	玄 947402	梁大岡	007	中校營長	40	負責督導砲八四〇營普測全般事宜，認真負責圓滿達成任務。	72	嘉獎丙次	82		C	334077	
砲本連	32130	地A473125	張永定	008	上尉連長	50	負責督導砲本連普測全般事宜，認真負責，獲本梯次南岸連級普測成績第一名。	72	嘉獎丙次	82		C	113030	

說明：副本抄送總部人五組(1)，人六組(2)，司令部第一處(5)，政三科(1)，政四科(1)，資料室(1)，本部參一(1)，政三(1)

砲八三七營(1)，砲八三七營(1)，終端台(1)，、（以上均請查照或登資）。

指揮官 陸軍砲兵上校 路復國

校對：鍾曜任

花東防衛司令部（令）

副本

附加標示：

保密區分：

傳遞速度：

處理時限：

前文時間字號：　年　月　日　字第　號

承辦人：邱振良　電話：望都一〇二

受文者：第三處編成中校

來文時間：　年　月　日

來文字號：　字第　號

發文

附件：晉支人員名冊

日期：中華民國捌拾貳年拾貳月廿貳日

字號：(82)崙信字第七五〇四號

駐地：花蓮美崙

蓋印

行文單位

正本：兩種發行

副本：如說明項(二)

主旨：核定本部八十三年元月份軍官俸級人員（如附冊），以83.1.1.生效。請照辦！

說明：

一、冊列人員如於83.1.1.晉任上階，於晉任命令發佈時直接予以換敘新階俸級。

二、副本抄送陸總部人事署、聯勤總部薪給組、第三，第三一〇五八收支組，發本部第一處(二)本部連，資料室及冊列個人（照辦）。

司令官陸軍中將畢　丹

花東防衛司令部八十三年元月份軍官俸級晉支人員名冊

晉支級別	姓名	代號
上校十一級晉上校十二級：1員	皮鎖麟	天569093
上校九級晉上校十級：2員	雷光旦	天525724
	柯劍介	玄689384
上校八級晉上校九級：2員	譚遠生	地437563
	陳京弟	玄733961
上校七級晉上校八級：7員	路復國	天653229
	劉北辰	天648898
	林曉	玄689732
	鄭祥強	玄781914
	張德安	玄927626
	洪曉輝	地600923
	張功炳	地633367
上校五級晉上校六級：1員	林務瑞	玄879034

上校四級晉上校五級：1員

- 李榮元 地717449
- 謝平章 玄947248

中校十一級晉中校十二級：4員

- 李安平 宇085467
- 梁煥乾 天597584
- 陳福成 地510487
- 邱[illegible]松 玄831519

中校十級晉中校十一級：1員

- 徐智堅 黃109176

中校九級晉中校十級：10員

- 許玉文 金389515
- 許武輝 玄817372
- 馮建國 地717281
- 孫永勝 宇085660
- 陳復松 A001515
- 凄遠眺 黃093512
- 陳廣明 天679521
- 陳膺泰 玄A012541
- 吳文政 玄A051516
- 曾明肇 黃109974

- 天A 龔大立 797134
- 玄A 林秋金 203343

少校七級晉少校八級：1員

- 玄 潘冬生 017722

少校六級晉少校七級：8員

- 玄A 黃裕隆 178345
- 玄A 陳嘉文 041261
- 天A 郭勵聖 034803
- 黃 鍾玉山 131342
- 玄A 竺台勇 182757
- 黃 彭傑堂 111679
- 宇 蕭作凡 084051
- [illegible]文鴻 131335

少校五級晉少校六級：8員

- 玄A 王[illegible]吉 024664
- 黃 陳永生 139875
- 宇 魯岩義 184660
- 黃 陳明江 139686
- 黃 陳耀楷 139689
- 宇 許尚群 137695
- 宇 歐陽仁 195448
- 玄A [illegible]保台 081222

少校四級晉少校五級：16員

江聰明	黃	135123
楊瑜幸	天A	109105
李明華	天A	114839
周立中	天A	125969
于文豪	天A	109096
顧繼英	地A	166421
何彥輝	天A	280349
賴振昌	天A	294866
張儒賢	玄A	305780
鄒家驹	天A	245382
顧國禮	黃	125540
黃鼎容	玄A	130337
崔保彩	黃	147196
逯茂渡	地A	331693
王玉河	玄A	294032
李守正	天A	355805

少校三級晉少校四級：18員

劉文安	黃	144613
卜振良	玄A	111128
余宏賢	黃	154542
孫福成	玄A	173712
劉漢傑	黃	131133
方宗漢	天A	101647
陳忠義	天A	282566
韓崇華	黃	161001
鄭爾徽	地A	112098
黃泰絃	天A	285636
李榮輝	金	862864
黃祥偉	黃	131147
吳道明	宙	004766
陳宗猶	天A	149943
許有杰	黃	158406
陳川飛	宇	149022
鐘瑞文	黃	158408

少校二級晉少校三級：25員

胡欽福	黃	161707
江文祿	地A	138875
施定原	天A	140318
呂立偉	天A	140365
錢豈華	宇	184525
許代忠	地A	454899
程仲恩	黃	165901
吳中南	地A	153530
林源彬	黃	142403
楊世禮	地A	182649
鄒勵志	玄A	355872
施純仁	宙	021204
廖哲輝	地A	314297
郝豐蔭	黃	173199

第十輯 軍訓教官與台灣大學檔案

附加標示：

國防部（令）

保密區分	
傳遞速度	速件
處理時限	
前文時間字號	
受文者	陳福[illegible]校
來文時間	八十三年一月廿四日
來文字號	台(83)軍字第四〇七三號
發文附件	名冊及調訓規定
發文日期	中華民國八十三年二月三日十時發文
發文字號	(83)吉嘉字第〇九四〇號
發文駐地	台北市
行文單位正本	陸軍總司令部
行文單位副本	教育部（軍訓處）政戰學校（教育處）陸軍第六、八軍團司令部、金門防衛部、總政治作戰部（一、四處）人事次長室（三處六份）及冊列各員（均查照）

蓋印處

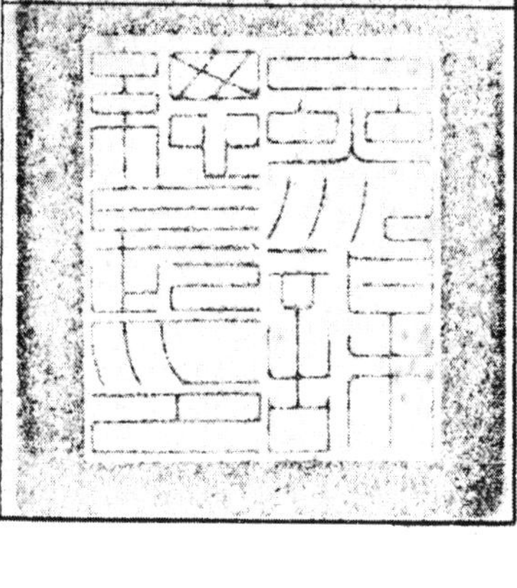

承辦人：劉五崑
電話：二一一九二二五

主旨：茲核准：管鐵芳少校等一四一員如附冊，參加軍訓教官班四十八期職前講習，有關規定事項如附件，希照辦！

說明：管員等一四一員均係八十三年度軍訓教官甄選錄取人員，請於民國八十三年二月廿日上午九至十一時至政戰學校報到，參加職前講習。

參謀總長海軍一級上將 劉 和 謙

附件

軍訓教官班第四十八期職前講習調訓規定

一、講習對象：八十三年度甄選錄（備）取之現（備）役軍官。
二、講習時間：自八十三年二月二十一日起至八十三年三月十九日止，共計四週。
三、報到時間：八十三年二月二十日（星期日）上午九時至十一時。
四、報到地點：台北北投政治作戰學校。
五、規定事項：
㈠受訓人員先蒐集試講科目有關資料，試講科目如附錄。
㈡受訓期間非有重大事故外，一律不得請假。
㈢病假時數，不得超過全期教育時數四分之一。
㈣凡調訓人員，於訓練期間因意志不堅而退訓者，負責償還本次訓練全期所需個人成本費用。
㈤講習合格人員，依學校出缺狀況由教育部向國防部申請核准後分配，介派學校服務。
六、行政事項：
㈠報到時繳交主副食二十八日份，備役軍官免繳。
㈡攜帶物品：
1. 攜帶軍種冬季軍常（便）服、大盤帽、夾克、長袖軍便服、領帶、黑皮鞋、雨衣、白色運動褲、白色球鞋、個人用品及盥洗用具等（不帶面盆、口杯），備役軍官之軍服，由軍訓處協調政戰學校支援。
2. 繳交一吋半身脫帽光面照片八張。
3. 軍人身份補給證（備役軍官帶國民身份證）及私章。

4.體格檢查表乙份（四級以上軍醫院檢查）或最近之年度軍官健康檢查紀錄冊，備役軍官近一個月內公立醫院體檢證明。

5.繳驗調訓命令。

(三)旅費：受訓人員報到及歸建旅費，由原服務單位酌情核發（備役軍官自理）。

(四)交通：於台北車站乘坐往北投、淡水線客運汽車， 至復興崗站下車即達。

(五)報到時應注意服裝與儀容之整理。

七、附錄：

教育部軍訓處軍訓教官班第四十八期薦選總、主任教官試講科目表（以八十二年版高中軍訓新課本爲主）

(一)學生安全教育
(二)軍隊生活規範
(三)軍事院校簡介
(四)民防常識
(五)軍隊衛生
(六)行軍訓練
(七)台海戰役
(八)地圖閱讀
(九)方位判定與方向維持
(十)學生兵役實務
(十一)國軍教戰總則
(十二)陸海空軍軍人讀訓

教育部軍訓處八十二年度軍訓教官甄選錄取人員名冊<<< 陸軍單位 >>> 頁次：一

單位	級職	姓名	准考證號	分發地區	備考
陸總部總司令辦公室第一組	中校行參官	管鐵芳	一0五八	(北 區)	
陸總部反情報隊	中校副隊長	吳勝偉	一0六0	(北 區)	
陸總部福利處	中校監察官	陳俊成	一0六二	(東 區)	
陸總部情報署	中校參謀官	韓玉明	一0六四	(北 區)	
陸軍 兵工整備發展中心儲備庫	中校處長	史忠勇	一0六五	(中 區)	
陸總部作戰署	中校政參官	湯新民	一0六八	(北 區)	
陸軍 陸勤部化學兵處	中校參謀官	董世榮	一0六九	(北 區)	
陸總部後勤署	中校後參官	王傳照	一0七二	(基宜區)	
陸總部後勤署	中校後參官	洪瑞家	一0七三	(北 區)	
陸軍 六軍團第三後指部	中校監察官	張健斌	一0七五	(北 區)	

教育部軍訓處八十二年度軍訓教官甄選錄取人員名冊<<陸軍單位>> 頁次：二

單位	級職	姓名	准考證號	分發地區	備考
陸軍 第五後指部台中兵保廠	中校處長	張肇欽	一0七六	(中區)	
陸總部後勤署	中校後參官	卓瑞光	一0七七	(中區)	
陸軍 四一運輸群	中校處長	林福全	一0七九	(北區)	
陸軍 第五後指部運輸組	中校副組長	陳大衛	一0八0	(中區)	
陸軍 陸勤部	中校政參官	吳章國	一0八一	(中區)	
陸軍 運輸署四六運指部	中校副組長	吳萬倉	一0八五	(北區)	
陸總部政二處	上尉政戰官	曾玉惠	一0八八	(北區)	
陸軍 十軍團第三處作戰科	中校空業官	黃崑志	一0八九	(南區)	
陸軍 花防部六二八旅	中校處長	黃順慶	一0九0	(東區)	
陸軍 莒光指揮部第一科	中校科長	王旭升	一0九二	(北區)	

教育部軍訓處八十二年度軍訓教官甄選錄取人員名冊<<< 陸軍單位 >>>　頁次：三

單位	級職	姓名	准考證號	分發地區	備考
陸軍　花防部第三處	中校副處長	陳福成	一0九七	(北　區)	
陸軍　莒光指揮部砲兵營	中校營長	李先鋒	一一00	(北　區)	
陸軍　裝甲八六旅戰車七六一營	中校營長	王百波	一一0七	(中　區)	
陸軍　三0二師九0六旅	中校副旅長	陳憲彰	一一一二	(東　區)	
馬防部政二科	中校	萬嘉瑩	一一一四	(南　區)	
陸軍　獨立五一旅戰車七一一營	中校營長	王志豪	一一一九	(北　區)	
陸軍　三0二師步九營	中校營長	萬覺非	一一二0	(北　區)	
陸軍　一二七師政三科	中校	李正興	一一二三	(中　區)	
陸軍　二四九師工兵營	中校營長	莫綠洲	一一二六	(北　區)	
陸軍　二三四師	中校科長	周澄傑	一一二七	(南　區)	

教育部軍訓處八十二年度軍訓教官甄選錄取人員名冊<<< 陸軍單位 >>> 頁次：四

單位	級職	姓名	准考證號	分發地區	備考
陸軍 二三四師七00旅	中校副旅長	邱國徽	一一二八	(北區)	
陸軍 二六九師支援營	中校組長	駱鳳圖	一一三二	(北區)	
陸軍 二九二師八七四旅	中校處長	葉克明	一一三三	(北區)	
陸軍 二六九師八0六旅步五營	中校營長	康興國	一一三七	(北區)	
陸軍 二0六師政一科	中校科長	劉宜長	一一三八	(北區)	
陸軍 二0六師砲指部	中校處長	萬健中	一一四二	(北區)	
陸軍 一五一師政二科	中校科長	莊生陽	一一四七	(北區)	
陸軍 二0六師砲八二一營	中校營長	常安陸	一一五0	(北區)	
陸軍 衛勤學校行政處	中校副處長	梁永屏	一一五二	(北區)	
陸軍 兵工學校學指參部	中校教官	吳遠萬	一一五三	(北區)	

教育部軍訓處八十二年度軍訓教官甄選錄取人員名冊<<< 陸軍單位 >>>

頁次：五

單位	級職	姓名	准考證號	分發地區	備考
陸軍 士官學校政二科	中校科長	劉慶宣	一一五五	(北區)	
陸軍 兵工學校總隊部學員二隊	中校隊長	魏華興	一一五七	(北區)	
陸軍 運輸兵學校	中校教官	周紹衡	一一五八	(北區)	
陸軍 士官學校	中校主任教官	曹泰平	一一五九	(北區)	
陸軍 通校政一科	中校科長	劉啓賢	一一六0	(北區)	
陸軍 台北兵工保修廠	中校處長	孫宏達	一一六二	(北區)	
陸軍 通校政教組	中校教官	劉義興	一一六三	(南區)	
陸軍 陸勤部兵工署第一彈藥庫	中校處長	楊進雄	一一六五	(北區)	
陸軍 作戰研督會法制室	少校法制官	黃珮勛	一二二一	(南區)	
陸總部總司令辦公室連絡室	少校外連官	沈光隆	一二二七	(南區)	

教育部軍訓處八十二年度軍訓教官甄選錄取人員名冊<<< 陸軍單位 >>> 頁次：六

單位	級職	姓名	准考證號	分發地區	備考
陸總部計劃署兵棋中心	中校程式官	曾漢全	一二二八	（南 區）	
陸總部武獲室	少校保防官	吳鴻禧	一二三一	（北 區）	
陸總部情報署第一組	少校行參官	范樹宗	一二三二	（中 區）	
陸總部政戰部第一處	少校政參官	黃英士	一二三三	（北 區）	
陸總部藝工大隊電影隊	少校隊長	袁之信	一二三四	（中 區）	
陸勤部軍報社	少校政戰官	張龍飛	一二三七	（北 區）	
陸總部政戰部第一處	少校政參官	傅鎮國	一二三八	（南 區）	
陸總部藝工大隊國劇隊	少校組長	吳重安	一二三九	（北 區）	
陸軍 反情報隊第四分遣組	少校副組長	劉興中	一二四二	（中 區）	
陸軍 八0四總醫院	少校保防官	曾修彥	一二四三	（北 區）	

教育部軍訓處八十二年度軍訓教官甄選錄取人員名冊<<< 陸軍單位 >>> 頁次：七

單位	級職	姓名	准考證號	分發地區	備考
陸總部保修署	少校	田餘存	一二四四	(北區)	
陸總部軍法處	少校主任書記官	劉豐彰	一二四六	(南區)	
陸總部保修署工基處	少校	林進源	一二四七	(中區)	
金防部政五組	中校	洪篤全	一二四八	(北區)	
陸軍運輸署四六運指部	少校運輸官	梁慶仁	一二四九	(南區)	
陸軍明德訓練班	少校訓練官	宋琪	一二五0	(北區)	
陸軍六軍團二一砲指部六0九營	中校營長	孫謹杓	一二五一	(北區)	
陸軍十軍團第一處	少校人事官	杜增福	一二五五	(南區)	
陸軍防指部六六八營	少校副營長	萬億	一二五六	(東區)	
陸軍獨立六二旅	少校監察官	丘應讚	一二五七	(南區)	

教育部軍訓處八十二年度軍訓教官甄選錄取人員名冊<<< 陸軍單位 >>>

頁次：八

單位	級職	姓名	准考證號	分發地區	備考
陸軍 六軍團二一砲指部第二科	中校情報官	廖志強	一二五八	(北區)	
陸軍 十軍團	中校保防官	劉雲華	一二五九	(中區)	
陸軍 獨立六二旅	少校保防官	江達洋	一二六一	(北區)	
陸軍 莒光指揮部政三科	少校監察官	匡世祥	一二六二	(中區)	
陸軍 反共救國軍指揮部政二科	少校政戰官	林惠揚	一二六三	(北區)	
陸軍 一０四師三一二旅	少校情報官	李春宏	一二六七	(北區)	
六軍團二一砲指部	少校	任中平	一二七六	(北區)	
陸軍 二九二師政二科	中校參謀官	李德旺	一二七七	(北區)	
陸軍 運輸兵學校	少校監察官	張嘉範	一二八一	(北區)	
陸軍 化學兵學校	少校保防官	鄭翰祥	一二八四	(北區)	

教育部軍訓處八十二年度軍訓教官甄選錄取人員名冊<<< 陸軍單位 >>> 頁次：九

單位	級職	姓名	准考證號	分發地區	備考
陸軍 八0五總醫院	少校監察官	賈孝儀	一二九0	(東 區)	
陸軍 工基處	少校政戰官	邱素蓮	一三一七	(中 區)	
陸軍 一五一師四五三旅步一營	中校營長	張世照	一三四二	(中 區)	
陸軍 裝甲兵學校政教組	中尉教官	姜芸清	一三五七	(北 區)	
陸軍 反共救國軍指揮部	中校參謀官	黃瑞建	一三六六	(中 區)	
陸軍 通校班總隊	中校大隊長	王潤身	一三六八	(北 區)	
陸總部計劃署資訊中心	上尉程式官	蔡清嵐	一三七七	(北 區)	
陸軍 化學兵學校	中尉教官	吳曉慧	一四0五	(北 區)	
陸勤部軍醫署政戰部	少校政參官	吳湘慧	一四0九	(北 區)	
陸軍 一五八師四七三旅	中校副旅長	陳開恩	一四一六	(北 區)	

教育部軍訓處八十二年度軍訓教官甄選錄取人員名冊<<< 陸軍單位 >>> 頁次：一0

單位	級職	姓名	准考證號	分發地區	備考
第四區後指部	中校組長	陳世華	二00九	(南區)	
陸軍 一四六師四三六旅	中校副旅長	張任宏	二0一0	(北區)	
陸軍 一四六師砲五八四營	中校營長	蕭光華	二0一三	(北區)	
陸軍 一一七師參一科	中校科長	丁志鵬	二0一四	(北區)	
陸軍 一一七師參二科	中校科長	高敦雄	二0一五	(北區)	
陸軍 一一七師砲四六七營	中校營長	儲作孝	二0一六	(北區)	
陸軍 三三三師九九八旅	中校處長	郭文仁	二0一九	(南區)	
陸軍 獨立九五旅戰車七五一營	中校營長	黃春偉	二0二0	(南區)	
空特部第四處	中校運參官	張克勝	二0二一	(北區)	
陸軍 二五七師七六九旅	中校副旅長	熊瀚斌	二0二八	(北區)	

教育部軍訓處八十二年度軍訓教官甄選錄取人員名冊<<< 陸軍單位 >>> 頁次：一一

單位	級職	姓名	准考證號	分發地區	備考
陸軍二五七師七七一旅	中校處長	袁家華	二0三一	(北區)	
步校士官大隊	中校大隊長	汪源清	二0三三	(南區)	
步校教務處計劃科	中校科長	林金利	二0三四	(北區)	
步校教務處考核科	中校科長	黃鈞	二0三五	(北區)	
步校政教組	中校教官	蘇哲彬	二0三六	(北區)	
砲訓部	中校科長	張志漪	二0三七	(北區)	
工兵學校	中校科長	翁福大	二0三九	(南區)	
工兵學校	中校教官	吳永祥	二0四一	(南區)	
獨立六四旅戰車四七二營	少校副營長	陳偉驊	二0九九	(北區)	
空特部政一科	中校政參官	葉鴻彬	二一0一	(南區)	

教育部軍訓處八十二年度軍訓教官甄選錄取人員名冊<<< 陸軍單位 >>>

頁次：一一二

單位	級職	姓名	准考證號	分發地區	備考
空特部政一科	少校政戰官	胡厚祥	二一0二	(南區)	
陸軍 官校軍訓部	少校教官	陳行健	二一0四	(南區)	
陸軍 官校專指部	少校教參官	張達星	二一0五	(中區)	
砲校戰術組	少校教官	陳仲晟	二一0六	(南區)	
砲訓部	少校監察官	吳國君	二一0七	(南區)	
澎防部政二科	少校隊長	張漢端	二一一0	(北區)	
澎防部後指部政戰部	少校保防官	王永樂	二一一一	(外島)	
澎防部戰車七0三群	少校後勤官	胡家俊	二一一二	(北區)	
陸勤部四五運指部第二組	少校副組長	傅國祥	二一五九	(北區)	
陸勤部運輸署四五運指部	少校保防官	王夢麟	二一六0	(北區)	

教育部軍訓處八十二年度軍訓教官甄選錄取人員名冊<<< 陸軍單位 >>>

頁次：一三

單位	級職	姓名	准考證號	分發地區	備考
陸軍 二0三師	少校情報官	毛儀成	二一六四	(南 區)	
八軍團三九化兵群	少校政戰官	陳世平	二一八七	(北 區)	
第五後指部六一五補給庫	中校	陶大智	二一九一	(北 區)	
陸軍官校行政處後勤科	中校	劉喜璋	二二0四	(南 區)	
陸軍 砲校防砲組	少校教官	羅吉安	二二一七	(中 區)	
五四工兵群五二八營工三連	中尉副連長	邱博文	二二三九	(北 區)	
砲校政教組	上尉教官	趙玫倫	二二四二	(南 區)	
陸軍 一五八師四七四旅第九營	少校副營長	方明道	二二五0	(南 區)	
金防部後指部四一0運輸營	中校營長	楊家聲	三00二	(北 區)	
金防部砲指部第三科	中校作訓官	李寬裕	三00五	(南 區)	

教育部軍訓處八十二年度軍訓教官甄選錄取人員名冊<<< 陸軍單位 >>> 頁次：一四

單位	級職	姓名	准考證號	分發地區	備考
金防部第三處	中校工參官	陳成棋	三00九	（外島）	
陸軍 一二七師三八0旅	中校處長	曾春祥	三0一二	（北區）	
金防部後指部四七運輸群	中校副指揮官	邱文源	三0一三	（北區）	
陸軍 一五八師四七三旅	中校作戰官	孫瀛寶	三0一四	（中區）	
陸軍 一五八師四七四旅	中校副旅長	李夷昌	三0一五	（南區）	
陸軍 二八四師八五二旅	中校副旅長	邱彩興	三0一八	（北區）	
金防部參辦室	少校參謀官	高永財	三0二六	（中區）	
陸軍 一五八師政二科	中校政參官	陳鴻昌	三0二八	（南區）	
陸軍 二八四師砲指部	中校作戰官	王　磐	三0三0	（中區）	
陸軍 二八四師八五0旅	中校作戰官	徐林治國	三0三一	（北區）	

教育部軍訓處八十二年度軍訓教官甄選錄取人員名冊《陸軍單位》

頁次：一五

單位	級職	姓名	准考證號	分發地區	備考
陸軍二八四師政三科	少校監察官	羅聖峰	三0三二	（北區）	

合計《陸軍單位》：一四一員

保存年限	
檔號	

教育部（令）

速別：最速件

密等：

解密條件：公布後解密／附件抽存後解密／年月日自動解密

受文者：陳富成教官

行文單位：
正本：冊列新任單位
副本：如說明二

批示：

擬辦：

蓋印：

發文：
日期：中華民國八十三年四月二十日
字號：台(83)軍017191
附件：附件隨文

主旨：茲核定陸軍步兵少校唐瑞和等三十三員介派如附冊，並自八十三年四月十六日起生效。請查照。

說明：

一、准國防部八十三年三月三十日(83)吉嘉字第二五六九二五七〇號令副本辦理。

三、副本（含附册）抄送國防部人事參謀次長室二份（三處、中央作業組）、台北資訊站、總政治作戰部、陸、空軍總司令部、軍訓處十份暨册列各員。

部長郭為藩

軍訓處處長謝元熙決行

派 介	派 介	派 介	派 介	因原動異1	區
KB4	KB3	KB4	KB3	號代動異2	分
地 51Ø487	天AØ55355	宇 15Ø937	天A1Ø1616	碼 號 籍 兵3	
陳福成	劉亦哲	王潤身	唐瑞和	姓 4 名	
3A34 校 中	3A34 校 中	3A34 校 中	3A34 校 少	長專及級階5	編
4Ø	4Ø	4Ø	5Ø	號代級階6	
5ØAAØ1ØØ1	5ØAAØ1ØØ1	5ØAAØ1ØØ1	5ØAAØ1ØØ1	號 制 編7	制
兵 砲 軍 陸	職 政 軍 陸	兵信通 軍 陸	兵 步 軍 陸	(2)別科及(1)種軍8	
AT1	PW1	SC1	IN1	號 代9	
級 二十 校 中	級 六 校 中	級 四 校 中	級 五 校 少	級(薪)階10	現
4Ø12	4ØØ6	4ØØ4	5ØØ5	號 代11	階
3A34	3A34	3A34	3A34	長 專 人 本12	
國立臺灣大學	國立臺灣大學	國立臺灣大學	國立臺灣大學	單位名稱 13	新
Ø47Ø1	Ø47Ø1	Ø47Ø1	Ø47Ø1	號 代14	
官 教 訓 軍	官 教 訓 軍	官 教 訓 軍	官 教 訓 軍	稱 職15	
5u21	5u21	5u21	5u21	號 代16	任
教官班四十八期	教官班四十八期	教官班四十八期	教官班四十八期	單位名稱 17	原
員 學	員 學	員 學	員 學	稱 職18	任
八三 四 十六	八三 四 十六	八三 四 十六	八三 四 十六	期日效生19 日月年	
				號 查 檢20	
				料 資 進 新21	
				備 22 考	

派 介	派 介	派 介	派 介	派 介
KB3	KB4	KB4	KB4	KB4
玄A322986	天 79697Ø	天A224825	玄 741228	宇 323776
顧淑女（女）	葉克明	彭清樹	洪瑞家	吳曉慧（女）
3A34 校 少	3A34 校 中	3A34 校 中	3A34 校 中	3A34 尉 上
5Ø	4Ø	4Ø	4Ø	6Ø
14BAØ1ØØ1	14BAØ1ØØ1	12AAØ1ØØ1	12AAØ1ØØ1	5ØAAØ1ØØ1
戰 政 軍 陸	戰 政 軍 陸	戰 政 軍 陸	兵 步 軍 陸	戰 政 軍 陸
PW1	PW1	PW1	IN1	PW1
級 四 校 少	級 十 校 中	級 五 校 中	級 十 校 中	級 一 尉 上
5ØØ4	4Ø1Ø	4ØØ5	4Ø1Ø	6ØØ1
3A34	3A34	3A34	3A34	3A34
私立淡江大學	私立淡江大學	國立海洋大學	國立海洋大學	國立臺灣大學
Ø47Ø1	Ø47Ø1	Ø47Ø1	Ø47Ø1	Ø47Ø1
官 教 訓 軍	官 教 訓 軍	官 教 訓 軍	官 教 訓 軍	官 教 訓 軍
5u21	5u21	5u21	5u21	5u21
教官班四十八期	教官班四十八期	教官班四十八期	教官班四十八期	教官班四十八期
學員	學員	學員	學員	學員
八三 四 十六	八三 四 十六	八三 四 十六	八三 四 十六	八三 四 十六

派　介	派　介	派　介	派　介	派　介
KB4	KB4	KB3	KB4	KB3
天A1Ø8988	金 39Ø981	宇 Ø93143	黃 1Ø4495	天AØ76Ø84
駱鳳圖	陳成棋	蘇秉松	楊進雄	黃凌雲
3A34 校 中	3A34 校 中	3A34 校 中	3A34 校 中	3A34 校 中
4Ø	4Ø	4Ø	4Ø	4Ø
17GAØ1ØØ1	11GAØ1ØØ1	11GAØ1ØØ1	5ØEAØ1ØØ1	5ØBBØ1ØØ1
理 經 軍 陸	兵 工 軍 陸	戰 政 軍 陸	戰 政 軍 陸	理 經 軍 陸
QM1	EN1	PW1	PW1	QM1
級 五 校 中	級 四 校 中	級 九 校 中	級 九 校 中	級 十 校 中
4ØØ5	4ØØ4	4ØØ9	4ØØ9	4Ø1Ø
3A34	3A34	3A34	3A34	3A34
私立元培醫事技術專科學校	私立復興工商專科學校	私立復興工商專科學校	國立台北工業專科學校	私立文化大學
Ø47Ø1	Ø47Ø1	Ø47Ø1	Ø47Ø1	Ø47Ø1
官 教 訓 軍	官 教 訓 軍	官 教 訓 軍	官 教 訓 軍	官 教 訓 軍
5u22	5u22	5u22	5u22	5u21
教官班四十八期	教官班四十八期	教官班四十八期	教官班四十八期	教官班四十八期
學員	學員	學員	學員	學員
八三 四 十六	八三 四 十六	八三 四 十六	八三 四 十六	八三 四 十六

派　介	派　介	派　介	派　介	派　介
KB4	KB4	KB4	KB4	KB4
玄A24Ø442	天AØ84629	宇 137761	黃 122Ø2Ø	玄 83271Ø
吳湘慧（女）	王傳熙	萬健中	陶大智	吳遠萬
3A34 校 少	3A34 校 中	3A34 校 中	3A34 校 中	3A34 校 中
5Ø	4Ø	4Ø	4Ø	4Ø
17DAØ1ØØ1	11EAØ1ØØ1	14GJØ1ØØ1	5ØGBØ1ØØ1	17GAØ1ØØ1
戰 政 軍 陸	兵 砲 軍 陸	戰 政 軍 陸	戰 政 軍 陸	兵 步 軍 陸
PW1	AT1	PW1	PW1	IN1
級 五 校 少	級 六 校 中	級 六 校 中	級 七 校 中	級 八 校 中
5ØØ5	4ØØ6	4ØØ6	4ØØ7	4ØØ8
3A34	3A34	3A34	3A34	3A34
私立中華工學院	國立宜蘭農工專科學校	私立淡水工商管理專科學校	私立光武工業專科學校	私立元培醫事技術專科學校
Ø47Ø1	Ø47Ø1	Ø47Ø1	Ø47Ø1	Ø47Ø1
官 教 訓 軍	官 教 訓 軍	官 教 訓 軍	官 教 訓 軍	官 教 訓 軍
5u21	5u22	5u22	5u22	5u22
教官班四十八期	教官班四十八期	教官班四十八期	教官班四十八期	教官班四十八期
員　學	員　學	員　學	員　學	員　學
八三 四 十六	八三 四 十六	八三 四 十六	八三 四 十六	八三 四 十六

右計三十三員

派 介	派 介	派 介	派 介
KB4	KB4	KB4	KB4
宇 148956	黃 117633	金 86Ø877	地A669386
王永樂	黃順慶	林文林	姜芸濟（女）
3A34 校 少	3A34 校 中	3A34 校 中	3A34 尉 上
5Ø	4Ø	4Ø	6Ø
6ØEBØ1ØØ1	35CAØ1ØØ1	72KAØ1ØØ1	21GBØ1ØØ1
戰 政 軍 陸	戰 政 軍 陸	戰 政 軍 陸	戰 政 軍 陸
PW1	PW1	PW1	PW1
級 五 校 少	級 六 校 中	級 九 校 中	級 一 尉 上
5ØØ5	4ØØ6	4ØØ9	6ØØ1
3A34	3A34	3A34	3A34
專科學校 高雄海事 國立	師範學院 台東 國立	高級中學 馬祖 國立	專科學校 親民工業 私立
Ø47Ø1	Ø47Ø1	Ø47Ø1	Ø47Ø1
官 教 訓 軍	官 教 訓 軍	官 教 訓 軍	官 教 訓 軍
5u22	5u21	5u23	5u22
四十八期 教官班	四十八期 教官班	四十八期 教官班	四十八期 教官班
員 學	員 學	員 學	員 學
十六 四 八三	十六 四 八三	十六 四 八三	十六 四 八三

權責單位： 國 防 部　　　　製表編號： 000125　　　製表日期：中華民國 85 年 01 月 09 日

批	示

擬	辦

累功換章人		
	單位	教育部軍訓處本部
	級職	陸軍中 校 AT
	兵籍號碼	地 510487
	姓名	陳 福 成
	四角號碼	753153 04701 001 21

累積功過次數	獎勵	次數	懲罰	次數
	大功	0	大過	0
	記功	6	記過	1
	嘉獎	21	申誡	9
	餘記點	0		

核定發給獎金		
	種類	弼亮甲種獎章　照准　840045
	執照號碼	*****

累功換獎資料

以前曾頒獎章

項次	名稱
1	一星寶星獎章
2	景風甲種獎章

獎懲

項次	編號	種類	發佈單位	日期	文號	編階	事由	備考
1	005	嘉獎壹次	12000	750401	01791號	中校	一般功績	
2	005	嘉獎壹次	06201	760311	00012號	中校	一般功績	
3	025	記功壹次	06201	760615	00041號	中校	一般功績	
4	010	記功壹次	06200	761017	(76)偉華06341號	中校	一般功績	
5	007	記功壹次	06201	770620	00041號	中校	一般功績	
6	002	嘉獎壹次	06201	770620	00042號	中校	一般功績	
7	008	記功壹次	14100	780614	(78)樹親00514號	中校	一般功績	
8	013	記功壹次	12101	790906	03835號	中校	一般功績	
9	008	嘉獎壹次	12101	791009	04364號	中校	一般功績	
10	009	嘉獎貳次	12101	791009	04364號	中校	領導績效	
11	012	嘉獎壹次	12101	800121	00295號	中校	一般功績	
12	013	嘉獎壹次	12101	800121	00295號	中校	一般功績	
13	005	嘉獎壹次	18700	810325	01280號	中校	一般功績	
14	015	嘉獎壹次	06115	820203	(82)專際00048號	中校	一般功績	
15	022	記功壹次	06115	820504	(82)專際00197號	中校	一般功績	
16	045	嘉獎壹次	06115	820512	(82)專際00205號	中校	一般功績	
17	001	嘉獎壹次	32130	820723	00725號	中校	一般功績	
18	001	嘉獎壹次	32130	820910	00899號	中校	一般功績	
19	001	嘉獎壹次	32130	820911	00902號	中校	一般功績	
20	001	嘉獎壹次	32130	821015	00985號	中校	一般功績	
21	002	嘉獎貳次	17500	830519	03227號	中校	一般功績	
22	010	嘉獎壹次	17500	830519	03236號	中校	一般功績	
23	014	嘉獎壹次	04701	831212	(83)人令02039號	中校	一般功績	
24	023	嘉獎壹次	04701	840505	(84)軍發00686號	中校	一般功績	
25	016	嘉獎壹次	04701	841122	(84)軍發01769號	中校	一般功績	
26	001	記過壹次	14100	771215	(77)樹親01279號	中校	怠忽職守	
27	007	申誡貳次	14100	780117	(78)樹親00038號	中校	其他違紀	
28	001	申誡壹次	14100	780301	(78)樹親00189號	中校	怠忽職守	
29	004	申誡貳次	14100	780301	(78)樹親00189號	中校	怠忽職守	
30	004	申誡壹次	14100	780301	(78)樹親00190號	中校	怠忽職守	
31	001	申誡壹次	14100	780701	(78)樹親00542號	中校	其他違紀	
32	006	申誡壹次	12101	790403	01480號	中校	怠忽職守	
33	001	申誡壹次	12101	790906	03849號	中校	領導疏失	

主旨：核定陸軍中校陳福成累功換發獎章如表列希照辦。

發文單位			
駐地	文號	日期	
台北市愛國東路一〇二號六樓	(85)軍發字第501972號	中華民國捌拾伍年貳月拾貳日	
核轉單位			
駐地	文號	日期	
覆文單位			
國防部			
駐地	文號	日期	
台北市	(85)易日字第3499號	民國85年3月6日 10	

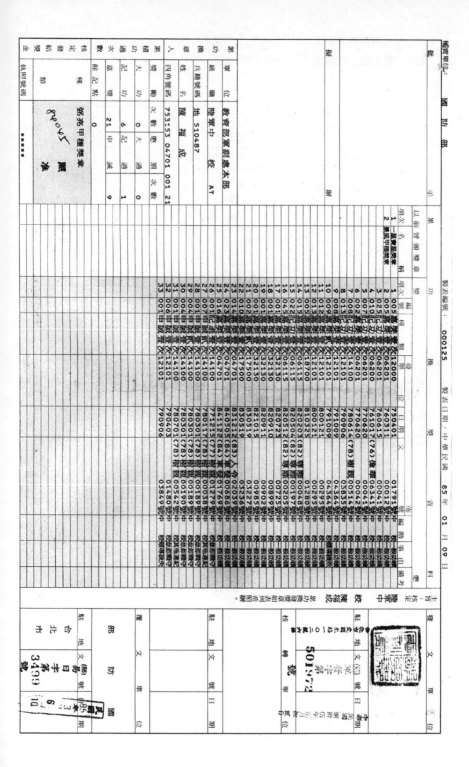

應視同密件保管

編號 020

任官令

茲核定

區分	兵籍號碼	姓名	軍種	官科	官階					
晉任	宇 050155	易昌隆	海軍		上校	校	86	[illegible]	1	國家安全局
晉任	宇 093083	吳堅平	空軍		上校	校	86	1	[illegible]	國家安全局
晉任	玄A 103213	沈陸湘	空軍		上	校	86	1	[illegible]	國[illegible]
晉任	天 710486	閻太原	陸軍	步兵	上	[illegible]	[illegible]	[illegible]	[illegible]	[illegible]
晉任	天 841378	吳元俊	陸軍	步兵	上校	中校	86	1	1	教育部軍訓處
晉任	地 559362	江長順	陸軍	步兵	上校	中校	86	1	1	教育部軍訓處

第一頁

編號 020

晉任	黃 081926	廖聰智	陸軍	步兵	上校	中校	86	1	1	教育部軍訓處
晉任	天 648856	張寶勝	陸軍	步兵	上校	中校	86	1	1	教育部軍訓處
晉任	A 001517	王順海	陸軍	政治作戰	上校	中校	86	1	1	教育部軍訓處
晉任	天A 055371	徐芃	陸軍	政治作戰	上校	中校	86	1	1	教育部軍訓處
晉任	宇 185006	韓秀利	陸軍	政治作戰	上校	中校	86	1	1	教育部軍訓處
晉任	地 633371	潛健群	陸軍	政治作戰	上校	中校	86	1	1	教育部軍訓處
晉任	玄A 092755	張建中	陸軍	政治作戰	上校	中校	86	1	1	教育部軍訓處
晉任	玄 831514	林怡忠	陸軍	政治作戰	上校	中校	86	1	1	教育部軍訓處
晉任	玄 831536	陳德川	陸軍	政治作戰	上校	中校	86	1	1	教育部軍訓處
晉任	玄 947080	林榮趁	陸軍	政治作戰	上校	中校	86	1	1	教育部軍訓處

第二頁

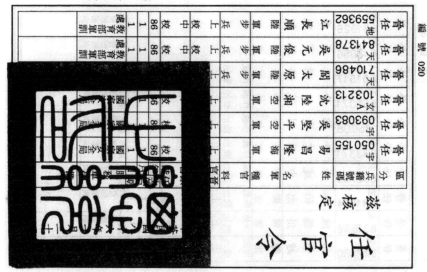

編號 020

晉任	玄 831424	廖德智	陸軍	政治作戰	上校	中校	86	1	1	教育部軍訓處
晉任	天 796970	葉克明	陸軍	政治作戰	上校	中校	86	1	1	教育部軍訓處
晉任	玄 947226	康倫桂	陸軍	政治作戰	上校	中校	86	1	1	教育部軍訓處
晉任	玄 689742	朱至善	陸軍	砲兵	上校	中校	86	1	1	教育部軍訓處
晉任	宇 022814	宋文棋	陸軍	砲兵	上校	中校	86	1	1	教育部軍訓處
晉任	地 510487	陳福成	陸軍	砲兵	上校	中校	86	1	1	教育部軍訓處
晉任	玄A 025000	陳宜文	陸軍	通信兵	上校	中校	86	1	1	教育部軍訓處
晉任	天 746107	李銘慈	陸軍	通信兵	上校	中校	86	1	1	教育部軍訓處
晉任	地 598050	馮鎮歐	陸軍	工兵	上校	中校	86	1	1	教育部軍訓處
晉任	玄 781370	楊家聲	陸軍	運輸兵	上校	中校	86	1	1	教育部軍訓處

第三頁

編號 020

晉任	地A 025034	范鏤楨	海軍	陸戰隊	上校	中校	86	1	1	教育部軍訓處
晉任	天 747930	柯雷雨	海軍		上校	中校	86	1	1	教育部軍訓處
晉任	玄 644455	許義順	空軍		上校	中校	86	1	1	教育部軍訓處
晉任	宇 005394	喬定康	空軍		上校	中校	86	1	1	教育部軍訓處
晉任	地A 064251	楊仁聲	陸軍	軍法	上校	中校	86	1	1	國防部部長辦公室

合計 三一員

總統 李登輝

副總統兼行政院院長 連戰

國防部部長 蔣仲苓

參謀總長陸軍一級上將 羅本立

第四頁

保存年限

檔號

教育部（令）

速別：最速件

密等：

解密條件：

受文者：如行文單位

行文單位
正本：臺灣省政府教育廳、臺北市政府教育局、高雄市政府教育局、部屬有關學校
副本：如說明三

批示：

擬辦：

蓋印：

發文
日期：中華民國捌拾陸年壹月拾捌日
字號：台(86)軍字第八六〇〇一四〇三號
附件：附件隨文

主旨：茲核定陸軍中校王順海等九十七員晉任上、中、少校，換敘名冊如附件，均自八十六年一月一日生效，請　查照。

說明：

一、准國防部人事參謀次長室八十五年十二月二十四日(85)易旭字第二四

陳孫成　軍訓室

86年1月30日

二四0號函辦理。

二、王員等晉任事宜由本部統一辦理。

三、副本（含附冊）抄送國防部人事參謀次長室（三處及中央作業組）、陸、海、空軍總司令部、憲兵司令部、聯勤二0二廠資訊室、本部人事處、軍訓處五份。

軍訓處處長宋文決行

擬：

升	升	升	因 原 動 異1	區
KBP	KBP	KBP	號 代 動 異2	分
地A025034	地 510487	宇 022814	碼 號 籍 兵3	
范鍹楨	陳福成	宋文棋	姓 名	4
3A72 校 上	3A72 校 上	3A72 校 上	長專及級階 5	編
30	30	30	號 代 級 階 6	
			號 制 編 7	制
			(2) (1) 別 科 及 種 軍	8
			號 代	9
級七 校上	級七 校上	級七 校上	級 (薪) 階10	現
3007	3007	3007	號 代11	階
			長 專 人 本	12
學 所 教 育 校 屬 部	學 所 教 育 校 屬 部	學 所 教 育 校 屬 部	單位名稱 13	新
04701	04701	04701	號 代14	
			稱 職 15	
			號 代16	任
逢甲大學 學 所 教 育 校 屬 部	台灣大學 學 所 教 育 校 屬 部	金門聯絡處 學 所 教 育 校 屬 部	單位名稱 17	原
			稱(級 階)職 18	任
0 0 八 一 一 六	0 0 八 一 一 六	0 0 八 一 一 六	期 日 效 生	19
			號 查 檢	20
			料 資 進 新	21
級 中校十二 原階爲	級 中校十二 原階爲	級 中校十二 原階爲	備 註	22

升	升	升	升
KBP	KBP	KBP	KBP
天A055371	天 710486	玄 644455	天 747930
徐芃	閻太原	許義順	柯雷雨
3A72 校 中	3A72 校 中	3A72 校 上	3A72 校 上
40	40	30	30
級五 校上	級七 校上	級七 校上	級七 校上
3005	3007	3007	3007
學所教育校屬部	學所教育校屬部	學所教育校屬部	學所教育校屬部
04701	04701	04701	04701
中國工商專 學所教育校屬部	華夏工商專 學所教育校屬部	台灣師大 學所教育校屬部	台灣師大 學所教育校屬部
0一 0一 八六	0一 0一 八六	0一 0一 八六	0一 0一 八六
級 中校九 原階爲	級 中校十二 原階爲	級 中校十二 原階爲	級 中校十二 原階爲

教育部軍訓處（令）（§47§1）

附加標示：一、本令為人事有效證件應妥慎保管。二、權責單位統一編號人令勛字第598號。

保密區分	受文者	來文時間字號	行文單位	
			正本	副本
			列冊各單位（學校）	國防部人事參謀次長室中作組、憲兵司令部東區隊終端站 陸軍、海軍、空軍總司令部、憲兵司令部、冊列縣市聯絡處、冊列各員、（一份）、教育部軍訓處、教育廳軍訓室（二份）

傳遞速度：

發文

駐地	文號	日期	附件
	56—60	49-55	
教育部軍訓處 台北市愛國東路一〇二號六樓	(87)軍發字第87145572號	中華民國捌拾柒年拾貳月拾捌日	

處理時間：

前文時間字號：

蓋印處

主旨：茲核定陸軍上校陳福成等十四員獎勵如左表，希照辦。

承辦人：蕭澄任
電話：02-23934101

單位名稱	
單位代號	7—11
兵籍號碼	12—21
姓名	
編號	22—24
級職	
編階代號	25—26
勛獎（懲罰）事由	
代號	27—28
種類	
代號	33—37
勛獎（章）證書執照號碼	
獎點識別	38
姓名四角號碼	75—86
備考（註記各員服務學校海、空軍、憲兵）	

<PAG: 1>

教育部軍訓處	教育部軍訓處	教育部軍訓處	教育部軍訓處	教育部軍訓處	教育部軍訓處	教育部軍訓處
04701	04701	04701	04701	04701	04701	04701
A100259933	E100939976	F122082164	A104631486	H101245985	Q120128503	L102162441
李滋原	谷祖盛	呂天福	李文師	胡木藜	陳國慶	陳福成
007	006	005	004	003	002	001
海工中校軍訓教官	陸政上校主任教官	陸政少校軍訓教官	陸政中校軍訓教官	陸政中校主任教官	海航中校軍訓教官	陸砲上校主任教官
3 2	3 1	3 3	3 2	3 1	3 2	3 1
辦理新編課程軍事戰史領域修編作業負責盡職	辦理新編課程軍事戰史領域修編作業負責盡職	辦理新編課程兵學理論領域修編作業負責盡職	辦理新編課程兵學理論領域修編作業負責盡職	辦理新編課程兵學理論領域修編作業負責盡職	辦理新編課程國家安全領域修編作業負責盡職	辦理新編課程國家安全領域修編作業負責盡職
7 4	7 4	7 4	7 4	7 4	7 4	7 4
嘉獎乙次	嘉獎乙次	嘉獎乙次	嘉獎乙次	嘉獎乙次	嘉獎乙次	嘉獎乙次
8 1	8 1	8 1	8 1	8 1	8 1	8 [illegible]
C	C	C	C	C	C	C
403871	803753	601031	400021	474044	756000	75315[illegible]
(海軍)部屬中國文化大學	部屬中國文化大學	部屬國立政治大學	部屬國立政治大學	部屬國立政治大學	(海軍)部屬國立台灣大學	部屬國立台灣大學

右計：十四員

單位名稱	單位代號 7—11	兵籍號碼 12—21	姓名	編號 22—24	級職	編階代號 25—26	獎勵事由	代號 27—28	獎勵（懲罰）種類	代號 33—37	獎勵執照（章）證書號碼	38 獎點識別	姓名四角號碼 75—80	備考（註記各員服務學校海、空軍、憲兵）
教育部軍訓處	04701	A110977439	尹文泉	008	空軍中校軍訓教官	32	辦理新編課程軍事戰史領域修編作業負責盡職	74	嘉獎乙次	81		C	170026	部屬（空軍）世新大學
教育部軍訓處	04701	G101068736	葉克明	009	陸政上校主任教官	31	辦理新編課程軍事知能領域修編作業負責盡職	74	嘉獎乙次	81		C	444067	部屬 私立東海大學
教育部軍訓處	04701	B221022144	楊豔秋（女）	010	陸政中校軍訓教官	32	辦理新編課程軍事知能領域修編作業負責盡職	74	嘉獎乙次	81		C	462729	部屬 私立東海大學
教育部軍訓處	04701	K121361393	查士民	011	陸步中校軍訓教官	32	辦理新編課程軍事知能領域修編作業負責盡職	74	嘉獎乙次	81		C	404077	部屬 私立東海大學
教育廳軍訓室	04702	T120168153	項台民	012	海軍中校軍訓教官	32	辦理新編課程國防科技領域修編作業兼小組長負責盡職	74	嘉獎兩次	82		C	112377	彰化縣（海軍）省立彰化高中
教育廳軍訓室	04702	N122654282	郭樵聰	013	陸砲中校軍訓教官	32	負責召集新編課程國防科技領域及修撰彙整工作負責盡職	74	嘉獎兩次	82		C	074016	台北縣 私立僑泰工家
教育廳軍訓室	04702	L120360516	馮棟煌	014	陸憲少校軍訓教官	33	辦理新編課程國防科技領域修編作業負責盡職	74	嘉獎乙次	81		C	314596	台中縣（憲兵）私立青年中學

<PAG: 2>

處長 宋文

教育部　函

機關地址：台北市中山南路五號
傳真：〇二—二三九七六九三九

受文者：陳福成教官

速別：最速件
密等及解密條件：
發文日期：中華民國捌拾捌年壹月廿柒日
發文字號：台（八八）軍字第八八〇一〇六二〇號
附件：

主旨：茲核定陸軍上校吳　聰等二十二員退伍（如名冊），均以冊列日期二十四時生效，請查照。

正本：台灣省政府教育廳、台北市政府教育局、台灣大學、台北商專、高苑技術學院、正修工專
副本：公務人員住宅及福利委員會、聯勤總部留守署第五組、高雄縣聯絡處、陳福成、吳　聰、陳裕禎、李士中、軍訓處（六份）（均含附件）

部長林清江

依分層負責規定
授權單位主管決行

教育部軍訓處八十八年二月份核定退伍軍官名冊

官位		吳璁	陳福成	陳裕禎
官位	軍種	陸軍	陸軍	陸軍
	官科	政戰	砲兵	步兵
	官階	上校	上校	上校
俸級	區分	十一級	九級	二十級
姓名	兵籍號碼	吳璁 R102557 9914	陳福成 L102116 2441	陳裕禎 V110046 2161
專長號碼		3A72	3A72	3A72
原屬單位及職務		台北市國立台北商業專科學校 主任教官	台北市國立台灣大學 主任教官	高雄縣私立高苑技術學院 主任教官
出生日期		37年6月5日	41年6月15日	41年2月29日
退伍原因		年限退伍	年限退伍	年限退伍
退伍除役後住址及所隸管區		臺北縣中和市景平路二四一巷八二弄二八之一號 景福里007鄰 (02)29443868 臺北縣團管部	台北市萬盛街七四之五號二樓 萬盛里008鄰 (02)29328790 台北市團管部	臺南縣新化鎮太平街一五0巷一三九號 協興里012鄰 (06)5985865 臺南縣團管部
服役年資	本階	4年2月	2年1月	5年1月
	全年資	26年6月	23年5月7日	23年5月7日
退伍生效日期		88年2月28日	88年2月1日	88年2月1日
(原)兵籍號碼		玄689837	地510487	黃077221
核定退伍發文字號		國防部人次室 88.1.27易旭字第二七八四號	國防部人次室 88.1.27易旭字第二七八四號	國防部人次室 88.1.27易旭字第二七八四號
備考		支領：退休俸 72.7.1參加福利互助	支領：退休俸 83.4.16參加福利互助	支領：退休俸 78.8.1參加福利互助

陸軍	陸軍	陸軍	陸軍
步兵	政戰	政戰	工兵
中校	中校	中校	中校
十二級	十二級	十二級	十一級
吳吉發 P102446 2458	王鳳書 S220117 4267	葉承恕 A104772 4762	杜厚名 E100060 7004
3A72	3A72	3A34	3A34
台北市私立高級薇閣中學 主任教官	台北市市立中山女子高級中學 主水教官	台北市市立內湖高級工業學校 軍訓教官	台北市私立高級景文中學 軍訓教官
44年9月26日	45年2月7日	44年11月19日	46年1月20日
年限退伍	年限退伍	年限退伍	年限退伍
台北市北投區中和街四九三巷九弄二號三樓 智仁里014鄰 (02)28910619 台北市團管部	台北縣新店市黎明路一六三巷八號一樓 明城里030鄰 (02)22130821 台北縣團管部	台北市內湖區陽光街一九二巷一八弄一一號一樓 紫陽里012鄰 (02)27973891 台北市團管部	台北市木新路三段二四三巷一弄三號三樓 樟新里037鄰 (02)29362776 台北市團管部
7年2月日	6年2月日	4年2月日	4年2月日
23年11月日	20年4月日	20年4月日	20年3月日
88年2月28日	88年2月28日	88年2月28日	88年2月28日
地558624	A001834	宇084128	玄A154283
國防部人次室 88.1.27易旭宇 第二七八四號	國防部人次室 88.1.27易旭宇 第二七八四號	國防部人次室 88.1.27易旭宇 第二七八四號	國防部人次室 88.1.27易旭宇 第二七八四號
支領：退休俸 72.7.1參加 福利互助	支領：退休俸 74.8.1參加 福利互助	支領：退休俸 78.8.1參加 福利互助	支領：退休俸 77.8.1參加 福利互助

教育部軍訓處八十八年二月份核定退伍軍官名冊

官位 軍種	陸軍	陸軍	陸軍
官位 官科	政戰	步兵	行政
官位 官階	中校	上尉	上尉
俸級區分	八級	二級	三級
姓名	胡緒強	張德邦	林佳慶
兵籍號碼	H121441965	A121260838	B120839607
專長號碼	3A34	3A34	3A34
原屬單位及職務	台北市私立景文高級中學 軍訓教官	台北市立松山高級中學 軍訓教官	台北市立明倫高級中學 軍訓教官
出生日期	47年7月5日	58年11月25日	58年2月17日
退伍原因	年限退伍	年限退伍	年限退伍
退伍除役後住址及所隸管區	台北市萬盛街一七一號二樓 萬盛里 019鄰 (02)29333210 台北市團管部	台北縣永和市保安路二一二號三樓 下溪里 012鄰 (02)29261262 台北縣團管部	台北縣新莊市中山路三段一二七號九樓之一 合鳳里 024鄰 (02)29060144 台北縣團管部
服役年資 本階	3年2月 日	4年3月 日	2年3月 日
服役年資 全年資	16年4月 日	79年3月 日	6年3月 日
退伍生效日期	88年2月28日	88年2月10日	88年2月10日
(原)兵籍號碼	天 811489	天A886942	地A957985
核定退伍發文字號	國防部人次室 88.1.27易旭字第二七八四號	國防部人次室 88.1.27易旭字第二七八四號	國防部人次室 88.1.27易旭字第二七八四號
備考	支領：退休俸 82.5.1參加福利互助	支領：退伍金 82.11.11參加福利互助	支領：退伍金 85.2.1參加福利互助

陸軍	陸軍	陸軍	陸軍
測量	政戰	步兵	步兵
中校	中校	上尉	上尉
十二級	十二級	二級	二級
林孟誠 B101330876	李士中 G101367510	劉同生 A120163910	王思賢 R121694605
3A34	3A34	3A34	3A34
台中市省立台中高級家事學校 軍訓教官	高雄縣私立雄工正修工商專科學校 軍訓教官	台北市市立南港高級工業學校 軍訓教官	台北市市立內湖高級工業學校 軍訓教官
43年3月19日	39年12月19日	58年10月5日	60年10月10日
年限退伍	年限退伍	年限退伍	年限退伍
台中縣大里市合信街一二五巷十一號 立仁里 015鄰 (04)2795355 台中縣團管部	高雄縣鳳山市衣衛路三六七號八樓 文德里 010鄰 (07)7413029 高雄縣團管部	台北市信義區永吉路一八0巷四一弄五號 六藝里 007鄰 (02)27649194 台北市團管部	台北市光復北路六之三號一一樓 復勢里 014鄰 (02)25238403 台北市團管部
6年2月日	13年2月日	4年3月日	4年3月日
20年6月日	23年6月日	5年4月日	5年3月日
88年2月24日	88年2月28日	88年2月10日	88年2月10日
地 763650	天 551374	宇 465574	地B006812
國防部人次室 88.1.27易旭字 第二七八四號	國防部人次室 88.1.27易旭字 第二七八四號	國防部人次室 88.1.27易旭字 第二七八四號	國防部人次室 88.1.27易旭字 第二七八四號
支領：退休俸 84.9.1參加 福利互助	支領：退休俸 78.8.1參加 福利互助	支領：退伍金 82.11.7參加 福利互助	支領：退伍金 82.11.11參加 福利互助

教育部軍訓處八十八年二月份核定退伍軍官名冊

姓名	官位（軍種）	官位（官科）	官位（官階）	俸級區分	兵籍號碼	專長號碼	原屬單位及職務	出生日期	退伍原因	退伍除役後住址及所隸管區	服役年資（本階）	服役年資（全年資）	退伍生效日期	（原）兵籍號碼	核定退伍發文字號	備考
楊鴻琛	陸軍	政戰	中校	十二級	J203035 9947	3A34	台中市私立曉明女子高級中學 軍訓教官	43年3月11日	年限退伍	臺中市熱河路三段五八巷一八號一三樓之一 松竹里002鄰 (04)2302920 臺中市團管部	6年2月	20年8月	88年2月10日	天A158873	國防部人次室88.1.27易旭字第二七八四號	支領：退休俸 67.6.11參加福利互助
陳牧曉	陸軍	砲兵	中校	十二級	G122057 6628	3A34	高雄縣私立樂育高級中等學校 軍訓教官	46年1月20日	年限退伍	鳳山市西湖街九十七號九樓 成德里013鄰 (07)7821898 鳳山市團管部	8年2月	19年5月	88年2月28日	天736263	國防部人次室88.1.27易旭字第二七八四號	支領：退休俸 84.9.1參加福利互助
孟德積	陸軍	步兵	中校	十二級	D101149 0379	3A34	屏東縣私立慈惠高級護理學校 軍訓教官	44年7月10日	年限退伍	屏東市勝利路一七一之二號 崇仁新村014鄰 (08)7655261 屏東市團管部	7年2月	20年3月	88年2月10日	玄832968	國防部人次室88.1.27易旭字第二七八四號	支領：退休俸 82.5.1參加福利互助

陸軍	陸軍	陸軍	陸軍
政戰	步兵	步兵	憲兵
上尉	上尉	上尉	中校
二級	二級	二級	十二級
詹素怡 L221251107	葉瑞驊 C120602021	林鉅富 S121485161	王勇堂 D101645712
3A34	3A34	3A34	3A34
台中縣私立致用高級商工 軍訓教官	台北縣私立豫章高級工商 軍訓教官	台南縣省立新營高級中學 軍訓教官	台南市私立長榮高級中學 軍訓教官
58年2月6日	59年4月14日	59年1月14日	44年11月24日
年限退伍	年限退伍	年限退伍	年限退伍
台中縣新社鄉中和街四段二五一號 新社村011鄰 (04)5811080 台中縣團管部	台北縣土城市學享街六七號六樓 埤林里003鄰 (02)22647044 台北縣團管部	高雄市鹽埕區建國四路三六號 新豐里004鄰 (07)5216888 高雄市團管部	台南市中華南路二段三二七號三樓 南都里021鄰 (06)2643594 台南市團管部
0年9月　日	1年3月　日	4年3月　日	6年2月　日
4年9月　日	5年3月　日	5年3月　日	22年4月　日
88年2月20日	88年2月6日	88年2月6日	88年2月15日
地B009173	地B000486	宙146377	玄A072933
國防部人次室 88.1.27易旭字 第二七八四號	國防部人次室 88.1.27易旭字 第二七八四號	國防部人次室 88.1.27易旭字 第二七八四號	國防部人次室 88.1.27易旭字 第二七八四號
支領：退伍金 83.5.21參加 福利互助	支領：退伍金 82.11.7參加 福利互助	支領：退伍金 82.11.7參加 福利互助	支領：退休俸 71.8.1參加 福利互助

教育部軍訓處八十八年二月份核定退伍軍官名冊

官位	軍種	陸軍
	官科	步兵
	官階	上尉
俸級區分		二級
姓名		張文俊
兵籍號碼		A123135258
專長號碼		3A34
原屬單位及職務		台北縣私立南山高級商工 軍訓教官
出生日期		58年12月1日
退伍原因		年限退伍
退伍除役後住址及所隸管區		台北縣永和市得和路二四三巷一四弄二號五樓 永元里014鄰 (02)29296252 台北縣團管部
服役年資	本階	1年3月日
	全年資	5年4月日
退伍生效日期		88年2月10日
(原)兵籍號碼		天A886953
核定退伍發文字號		國防部人次室 88.1.27易旭字 第二七八四號
備考		支領：退伍金 82.11.7參加福利互助

右計：二二員

教育部軍訓處令（04701）

附加標示：(88)本令為人事有效證件，應妥慎保管。(88)人令勤字第0四一號

保密區分	
傳遞速度	
處理時限	
前文時間字號	
受文者	
來文時間字號	

發文

駐地	文號 54-58	日期 48-53	附件
台北市愛國東路一0二號六樓	(88)軍發字第八八0二八八二三號	中華民國八十八年三月二二日	

行文單位

正本：冊列學校

副本：國防部人事參謀次長室中作組、憲兵司令部東區隊終端站、陸軍總司令部、海軍總司令部、空軍總司令部、本處資料室二份、冊列人員

蓋章處

電話：江蘇一號二五九一二0號
承辦人：蕭澄任

主旨：茲核定陸軍中校林孟誠等二十三員獎勵如左表，希照辦。

單位	名稱
	代號 7-11
兵籍號碼 12-19	
姓名	
編號 21-23	
職級	
編階代號 24-25	
勛獎（懲罰）	事由
	代號 26-27
	種類
	代號 32-36
勛章證書流碼	
獎點識別 37	
姓名四角流碼 26-27	
備考	

台灣大學	高苑技術學院	台北商專	高雄縣高苑工商	高雄縣樂育高中	台中家商
0 4 7 0 1	0 4 7 0 1	0 4 7 0 1	0 4 7 0 2	0 4 7 0 2	0 4 7 0 2
L102162441	V100462161	R102579914	T102436916	G120576628	B101330876
陳福成	陳裕禎	吳璁	徐添財	陳牧曉	林孟誠
006	005	004	003	002	001
陸軍上校教官	陸軍上校教官	陸軍上校教官	陸軍中校教官	陸軍中校教官	陸軍中校教官
31	31	31	32	32	32
任職教官期間所任各職均能全力以赴貢獻卓著。	任職教官期間所任各職均能全力以赴貢獻卓著。	任職教官期間所任各職均能全力以赴貢獻卓著。	任職教官期間所任各職均能全力以赴貢獻卓著。	任職教官期間所任各職均能全力以赴貢獻卓著。	任職教官期間所任各職均能全力以赴貢獻卓著。
64	64	64	64	64	64
陸光甲種獎章	陸光甲種獎章	陸光甲種獎章	陸光甲種獎章	陸光甲種獎章	陸光甲種獎章
3 4 1 5	3 4 1 5	3 4 1 5	3 4 1 5	3 4 1 5	3 4 1 5
X	X	X	X	X	X
753153	753832	261613	283264	752864	441703

單位	名稱	台灣師範大學	台中曉明女中	正修工商專校	屏東慈惠護校	高雄市三信家商
單位	代號 7-11	04701	04702	04701	04702	04704
兵籍號碼 12-19		R200891839	J200359947	G101367510	D101490379	T201703509
姓名		陳玲瑛	楊鴻琛	李士中	孟德積	張君綺
編號 21-23		007	008	009	010	011
級職		陸軍中校教官	陸軍中校教官	陸軍中校教官	陸軍中校教官	陸軍中校教官
編階代號 24-25		32	32	32	32	32
勳獎（懲）	事由	任職教官期間所任各職均能全力以赴貢獻卓著。	任職教官期間所任各職均能全力以赴貢獻卓著。	任職教官期間所任各職均能全力以赴貢獻卓著。	任職教官期間所任各職均能全力以赴貢獻卓著。	任職教官期間所任各職均能全力以赴貢獻卓著。
勳獎（懲）	代號 26-27	64	64	64	64	64
勳獎（懲）	種類	陸光甲種獎章	陸光甲種獎章	陸光甲種獎章	陸光甲種獎章	陸光甲種獎章
勳獎（懲）	代號 26-27	3 4 1 5	3 4 1 5	3 4 1 5	3 4 1 5	3 4 1 5
勳章證書號碼						
獎點識別 37		X	X	X	X	X
姓名四角號碼 26-27		751814	463717	404050	172425	111724
備考						

台北市薇閣中學	萬能工商專校	高雄市大榮中學	台北市內湖高中	高雄縣鳳山高中	淡水管理學院
04703	04701	04704	04703	04702	04701
P102462458	C100360602	T101918375	F103945977	T120568813	S101288451
吳吉發	張志雄	陳振綱	陳紀台	牛欣榮	胡元旦
017	016	015	014	013	012
陸軍中校教官	陸軍中校教官	海軍中校教官	空軍中校教官	空軍少校教官	空軍中校教官
32	32	32	32	33	32
任職教官期間所任各職均能全力以赴貢獻卓著。	任職教官期間所任各職均能全力以赴貢獻卓著。	任職教官期間所任各職均能全力以赴貢獻卓著。	任職教官期間所任各職均能全力以赴貢獻卓著。	任職教官期間所任各職均能全力以赴貢獻卓著。	任職教官期間所任各職均能全力以赴貢獻卓著。
64	64	64	64	64	64
陸光甲種獎章	陸光甲種獎章	海績獎章	楷模甲二獎章	懋績甲二獎章	楷模甲一獎章
3 4 1 5	3 4 1 5	3 5 4	3 6 9 2	3 6 8 2	3 6 9 1
X	X	X	X	X	X
264012	114040	755127	752723	257799	471060

單位名稱	單位代號 7-11	兵籍號碼 12-19	姓名	編號 21-23	級職	編階代號 24-25	勛獎（懲罰）事由	代號 26-27	種類	代號 26-27	勛章證書號碼	獎點識別 37	姓名四角號碼 26-27	備考
台北市中山女中	04703	S201174267	王鳳書	018	陸軍中校教官	32	任職教官期間所任各職均能全力以赴貢獻卓著。	64	陸光甲種獎章	3 4 1 5		X	107750	
台北市內湖高工	04703	A104724762	葉承恕	019	陸軍中校教官	32	任職教官期間所任各職均能全力以赴貢獻卓著。	64	陸光甲種獎章	3 4 1 5		X	441746	
台北市景文高中	04703	E100607004	杜厚名	020	陸軍中校教官	32	任職教官期間所任各職均能全力以赴貢獻卓著。	64	陸光甲種獎章	3 4 1 5		X	447127	
台北市景文高中	04703	H121441965	胡緒強	021	陸軍中校教官	32	任職教官期間所任各職均能全力以赴貢獻卓著。	64	陸光甲種獎章	3 4 1 5		X	214355	
南亞工商專校	04701	H101441165	侯馨野	022	陸軍中校教官	32	任職教官期間所任各職均能全力以赴貢獻卓著。	64	陸光甲種獎章	3 4. 1 5		X	214355	
台南市長榮女中	04702	D101645712	王勇堂	023	陸軍中校教官	32	任職教官期間所任各職均能全力以赴貢獻卓著。	64	陸光甲種獎章	3 4 1 5		X	101790	

右計：二十三員

處長 宋文

國立臺灣大學聘書

敬聘

陳福成　先生為本大學學生事務處軍訓室軍訓教官

附註：本聘書有效期間自民國八十三年八月一日起至八十四年七月三十一日止。

陳維昭

中華民國　　年　六　月　　日

國學聘字第146號

國軍聘字第 034 號

國立臺灣大學聘書

敬聘

陳福成 先生為本大學軍訓室軍訓教官

附註：本聘書有效期間自民國八十五年八月一日起至八十六年七月三十一日止

中華民國

陳維昭

國軍聘字第009號

國立臺灣大學聘書

敬聘

陳福成　先生為本大學軍訓室軍訓主任教官

附註：本聘書有效期間自民國八十六年八月一日起至八十七年七月三十一日止

陳維昭

中華民國八十

國立臺灣大學校園馬拉松賽

成績證明書

本校 陳福成 君（2027）

完成教職員工校友 挑戰組 6500 公尺

成績43分42秒 榮獲 第 94 名

校長 陳 維 昭

中 華 民 國 八 十 六 年 十 一 月 九 日

獎狀

組別：男教職員工乙組

項目：400公尺接力

名次：第 一 名

成績：1分00秒74

查軍訓室

參加本校第四十八屆

全校運動大會比賽

成績優異特頒獎狀

以資鼓勵

校長

陳維昭

中華民國

月十一日

國立臺灣大學第61屆全校運動會

0326(六)

△（1430檢錄）
1450 400m

△（1530檢錄）
1550 1500m

△（1600檢錄）
1620 400m接力

518

陳福成

陳福成

國立臺灣大學第60屆全校運動會

100m 1045檢錄

1500m 1530檢錄

400m接力 1600檢錄

511

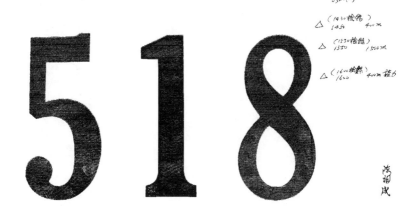

九十六學年度 臺大校園馬拉松賽

2006

new balance

九十二學年度台大校園馬拉松賽

2013

new balance

國立臺灣大學校園馬拉松賽

證 明 書

本校 陳福[illegible] 君（2013 ）

完成教職員工校友 挑戰組 6000 公尺

成績 45 分 30 秒 榮獲第 82 名

校長 陳 維 昭

中 華 民 國 九 十 二 年 十 二 月 十 四 日

國立臺灣大學校園馬拉松賽

成 績 證 明 書

本校 陳福[illegible] 君（ 2006 ）

完成教職員工校友 挑戰組 5000 公尺

成績 34 分 [illegible] 秒 榮獲第 名

校長 李 嗣 涔

中 華 民 國 九 十 六 年 十 二 月 八 日

第七屆陽明山國家公園盃路跑賽

成績證明

姓　名：陳福成

組　別：男45　（民國 38 年次至 42 年次）

項　目：第七屆陽明山國家公園盃路跑賽

時　間：1 時 9 分 56 秒 63

總名次：1159/ 1487

分組名次：180/ 213

陽明山國家公園管理處處長	中華民國路跑協會名譽理事長	中華民國路跑協會理事長
蔡佰祿	紀政	陳石山

中華民國八十七年　七　月　五　日

國立臺灣大學教職員離職證明書

人(三)離證字第 88019 號

職別	主任教官
姓名	陳福成
性別	男
身分證統一編號	[illegible]102162441
出生日期	41 年 6 月 15 日
任職日期	83 年 4 月 16 日
離職日期	88 年 2 月 2 日
離職原因	退伍
離職時薪級額	上校九級
附註	本證明 … 他用途時，請自行影印並蓋校長官章

陳維昭

中華民國捌拾捌年貳月貳日

獎 狀

查本校陳福成 退休人員聯誼會 君

參加99學年度(61屆)全校運動大會

成績優異，特頒獎狀以資鼓勵

李嗣涔

運動競賽專用

組別： 教職員工男甲組

項目： 1500公尺

名次： 第 2 名

成績： 8分10.09秒

中華民國 100 年 [illegible] 月 [illegible] 日

附件檔案

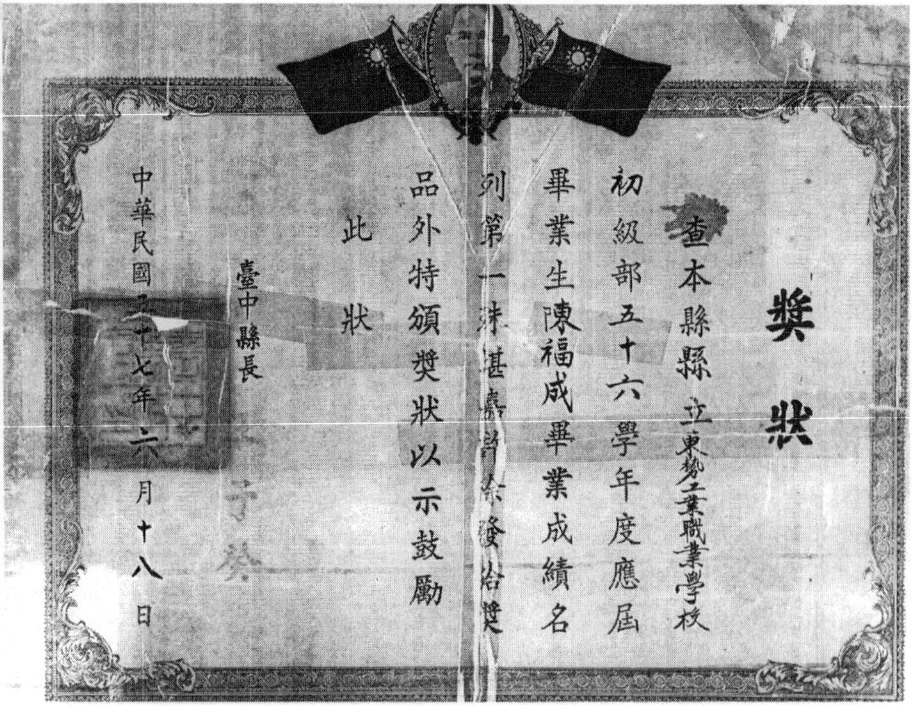

獎狀

查本縣縣立東勢工業職業學校
初級部五十六學年度應屆
畢業生陳福成畢業成績名
列第一殊堪嘉許除發給獎
品外特頒獎狀以示鼓勵
此狀

臺中縣長

中華民國五十七年六月十八日

陸軍軍官學校預備學生班比敘高級中學畢業證書

陳福成係四川省成都縣市人中華民國肆拾壹年陸月拾伍日生在陸軍軍官學校預備學生班修業期滿成績及格准予畢業依照三軍軍官學校先修校班畢業學生學資比敘辦法第二條之規定准予比敘高級中學畢業資格

此證

陸軍軍官學校校長林初耀

中華民國陸拾年陸月叁拾日

畢業證書

（63）大字第27185號

學生陳福成係四川省成都縣市人

中華民國肆拾壹年陸月拾伍日生

在本院校第四十四期學系組

修業期滿成績及格准予畢業依大學法

之規定授予 理 學士學位此證

陸軍軍官學校校長 秦祖熙

學系為輔系

中華民國　年　月　日

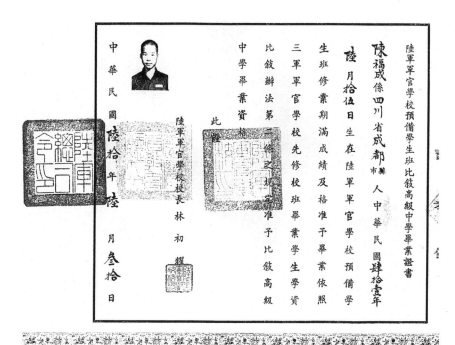

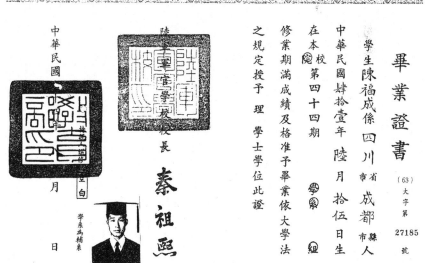

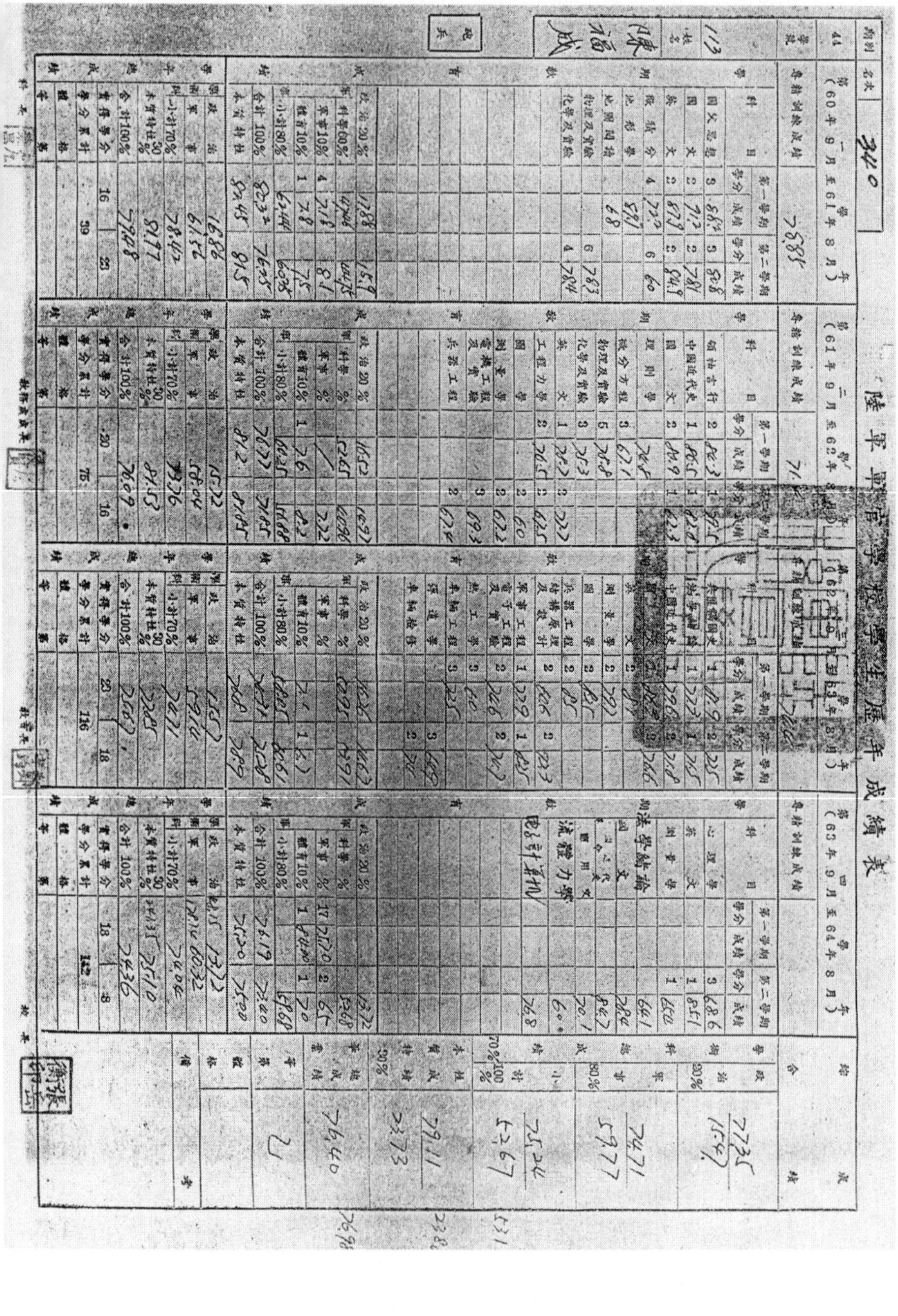

陸軍軍官學校學生歷年成績表

期別	名次	340
學號	44	113
姓名	陳福成	
砲兵		

第一學年（60年9月至61年8月）

入伍訓練成績：75.85

學科目	第一學期學分	第一學期成績	第二學期學分	第二學期成績
國父思想	3	88.4	3	90.8
國文	2	71.7	2	78.1
英文	2	87.9	2	84.9
微積分	4	72.7	6	60
地形學		87.1		
地圖閱讀		68		
物理及實驗			6	78.3
化學及實驗			4	78.4

政治作戰學校成績證明書

出生：41年6月15日　　中華民國88年2月8日

證明：

查學生陳福成曾在本校第十九期三民主義政治研究所修滿表列學分合于 學字第 號

第一學年（75年8月4日至76年6月27日）科目	上學期學分	上學期成績	下學期學分	下學期成績
哲學專題研究	2	83	0	/
匪黨鬥爭策略研究	2	83.5	0	/
政治學方法論	2	83.5	0	/
三民主義哲學研究	2	82	0	/
民權主義專題研究	2	75.5	0	/
西洋現代政治思潮研究	2	76	0	/
西洋現代經濟思潮研究	2	82	0	/
政治發展論	0	/	2	78
政黨專題研究	0	/	2	76
民族主義專題研究	0	/	2	88
民生主義專題研究	0	/	2	94
政治作戰研究	0	/	1	84
論文寫作研究	0	/	1	80
英文	0	79	0	80
日文	0	100	0	90
學業平均成績		80.79		83.6
實得學分	14		10	
學分累計	14		24	
操行成績		84		86.52

第二學年（76年8月3日至77年5月29日）科目	上學期學分	上學期成績	下學期學分	下學期成績
五權憲法研究	1	81	0	/
社會問題與社會福利政策	1	86	0	/
三民主義與其他主義比較研究	2	73	0	/
中國近現代政治史專題研究	2	86	0	/
政治社會學	0	/	2	79
法律專題研究	0	/	0	83
英文	0	76.5	0	75
日文	0	94.5	0	94
學業平均成績		80.83		79
實得學分	6		2	
學分累計	30		32	
操行成績		84.05		80.28

附註

學位考試

學科考試	
考試日期：77年5月	
考試科目	成績
三民主義哲學研究	83
中國近現代政治史專題研究	83.5
平均	83.25
所佔百分比40%	33.3

論文考試	
考試日期：77年6月	
論文題目	成績
中國近代政治結社之研究	85.33
所佔百分比60%	51.2

合計	84.5

畢業成績	
學位考試成績50%	42.25
學期平均成績50%	40.77
合計	83.02

考核科長　　　　承辦人

國立政治大學民族學系

陳　教授　福成先生道鑑：

本系八十四學年度第二學期開設「民族問題與國家安全」演講課程，敬謹聘邀　台端擔任講座，敬請　惠照表訂時間（見附表）蒞臨授課，無任感禱。

國立政治大學民族系　系主任　林修澈　林修澈　敬邀

民國八十五年三月五日

國立政治大學 民族系 八十四學年度 第二學期
「民族問題 與 國家安全」 講座課程 授課進度表

授課時間：每星期五下午 2:00-4:00
授課地點：木柵政大井塘樓三樓研討室

聯絡人：黃季平 助教
電話：(02)939-3091轉3529
傳眞：(02)938-7587

	日期	授課主題	主講人	現職	聯絡住址 電話
1	3.01	[概論]I	林修澈	民族系 系主任	台北市文山區指南路二段64號 政大民族系 (02)939-3091 轉 2721
2	3.08	從國際海洋法發展論的觀點看台灣的國際組織會籍問題	范建得	東吳大學 法律系教授	(02)3111531 法律系轉3492
3	3.15	海峽防衛與台灣安全	陳福成	台灣大學 教官	(02)363-0231 轉2558 363-5933
4	3.22	朝鮮與韓國的理想關係：並峙或統一？	郭展義	文化大學 政治系教授	(02)7639507
	3.29 4.05	放假			
5	4.12	新加坡多語言的教育與政策	洪鎌德	台灣大學 三民所教授	(02)351-9641 轉366 362-1407
6	4.19	台灣現行語言政策分析	張裕宏	台灣大學 外文系教授	(02)363-0231 轉3289-52 363-8425
7	4.26	台灣憲草的民族條款	施正鋒	淡江大學 公行系教授	(02)621-5656 轉544 706-0962
8	5.03	僑民與本國社會	章孝嚴	僑委會 委員長	(02)3566133
9	5.10	外籍勞工問題	成之約	勞工所 副教授	(02)939-3091 轉7411
10	5.17	魁北克獨立與其經濟發展	張維邦	淡江大學 歐洲所所長	(02)621-5656 轉702 621-7247
11	5.24	黑人執政與南非經濟發展	王鳳生	中山大學 企管系教授	(07)5316171 轉4593
12	5.31	統獨走向與台灣經濟發展	張清溪	台灣大學 經濟系系主任	(02)351-9641 轉538
13	6.07	課程總整理與檢討	林修澈	民族系 系主任	同 前
14	6.14	期末考試			

FAX: 2284 7031

碩士學位證書

(77)碩字第 005545 號

陳福成係 四川省 成都市縣人
中華民國肆拾壹年陸月拾伍日生
在本校(院)七十七年班政治研究所
三民主義研究組 碩士班研究期滿經
碩士學位考試合格依學位授
予法之規定授予 法 學碩士
學位此證

政治作 曹思齋
政治 李東明

中華民國七十七年 月 二十五日

核對者：

中國全民民主統一會
當選證書

陳福成 先生/女士當選本會第七屆執行委員任期自民國102年3月29日至民國103年3月28日止

此證

會長 王化榛

中 華 民 國 102 年 月 20 日

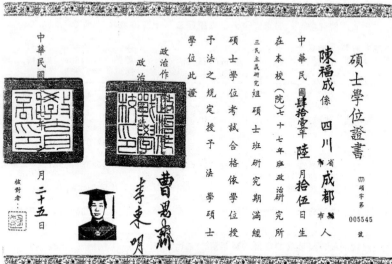

結業證書

(93) 佛光定教十二字第 M026 號

陳福成 老師於二〇〇四年八月十一日至八月十四日（共四日）全程參加本會舉辦「第十二期全國教師生命教育研習營」。

特此證明

南華大學校長 陳淼勝
國際佛光會中華總會總會長 釋心定

中華民國九十三
佛光紀元三十八 年八月十四日

結業證書

(95)佛光定教十六字第 M007 號

陳福成 於二〇〇六年七月十二日至七月十六日(共五日)全程參加本會舉辦「第十六期年全國教師生命研習營」特此證明

國際佛光會中華總會總會長 釋心定
南華大學 校長 陳淼勝

中華民國九十五
佛光紀元四十 年七月十六日

元培科學技術學院　聘函

受文者：陳　福　成

副　本：

茲敦聘：陳　福　成　先生專任案如左：

職稱	姓名	生效日期	有效日期	服務單位
代主任	陳福成	89年4月10日	89年6月30日	進修推廣部

借印

校長　鄭嘉武

BLIA

研習證書

(101)佛光勝證字
第 412905 號

陳 福 成

於 2012 年 8 月 14 日~17 日，全程參加本會舉辦「全國教師佛學夏令營-人間佛教的修行次第(三)~菩提心」，共計 22 小時。 特此證明

國際佛光會中華總會
總會長　陳嘉勝

西　　元　2012 年 8 月 17 日
佛光紀元　47

國際佛光會中華總會聘書

佛光定 聘字第 09204657 號

茲敦聘　陳福成　居士

為本會　台北教師第一分會　委員

聘期：自 2009 年 1 月 1 日起
至 2010 年 12 月 31 日止

此聘

國際佛光會中華總會

總會長　釋心定

西元 2009 年 1 月 1 日
佛光紀元 43

中國文藝協會當選證書

（100）文協字第31號

理事 陳福成先生/女士

當選中國文藝協會第三十一屆理事

任期自中華民國一００年五月六日至一０四年五月五日

中國文藝協會

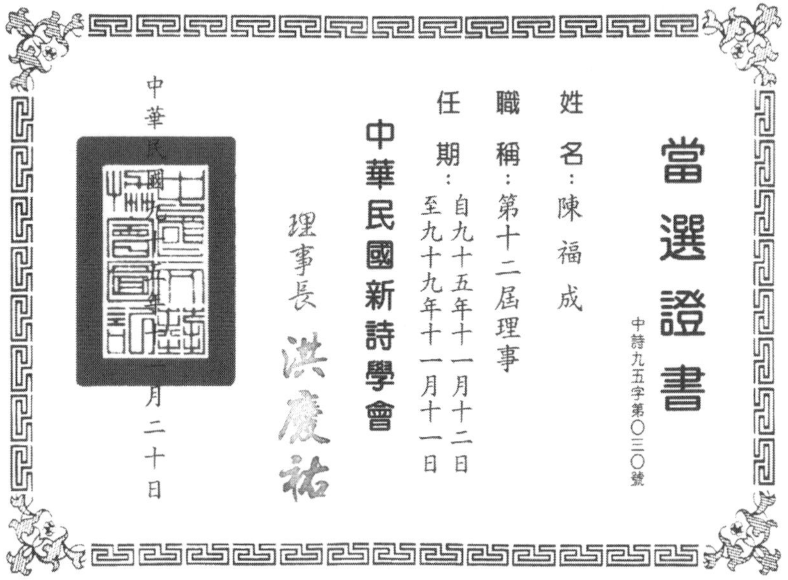

當選證書

中詩九五字第〇三〇號

姓名：陳福成

職稱：第十二屆理事

任期：自九十五年十一月十二日
至九十九年十一月十一日

中華民國新詩學會

理事長 洪慶祐

中華民國九十五年十一月二十日

Chinese Poetry Society

ELECTION CERTIFICATE

當選證書

(100)中詩字第024號

陳福成先生／女士

當選中華民國新詩學會第十三屆 理事

任期自民國一00年一月二日至一0四年一月一日

此證

中華民國新詩學會

中華民國新詩學會會員大會

中華民國一00年一月十日

當選證書

文會三十字第〇三二號

姓名：陳福成

職稱：第三十屆理事

任期：自九十六年五月十五日至一〇〇年五月四日

中國文藝協會

理事長 洪慶祐

中華民國九十六年五月十七日

政監叁拾第 號

姓名	出生日期	籍貫	兵籍號碼
陳福成	肆拾壹年陸月拾伍日	四川省成都市	地五一〇四八七

受訓班隊	期別	科別	訓練軍職專長	受訓期間	開學日期	結業日期	結業地點
監察幹部訓練班	第三十期	政戰科	名稱：監察官 號碼：四一三一	四週	民國七十一年四月五日	民國七十一年五月一日	台北市復興崗

印花

校長 孟憲庭

姓名	出生日期	籍貫	兵籍號碼
陳福成	肆拾壹年陸月拾伍日	四川省成都市	地五一〇四八七

班隊	期別	科別	訓練軍職專長	受訓期間	開學日期	畢業日期	畢業地點
正規班	七十年班（甲124期）	砲兵	名稱：野戰砲兵指揮官 號碼：一二〇一	二十八週	中華民國六拾九年捌月拾五日	中華民國柒拾年陸月貳柒日	台南

總司令 鄭柏村

校長 林 強

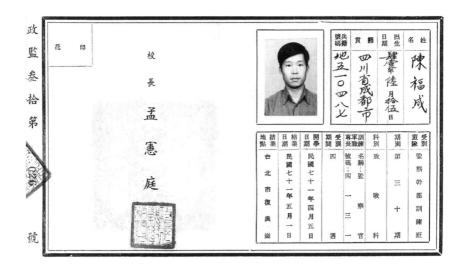

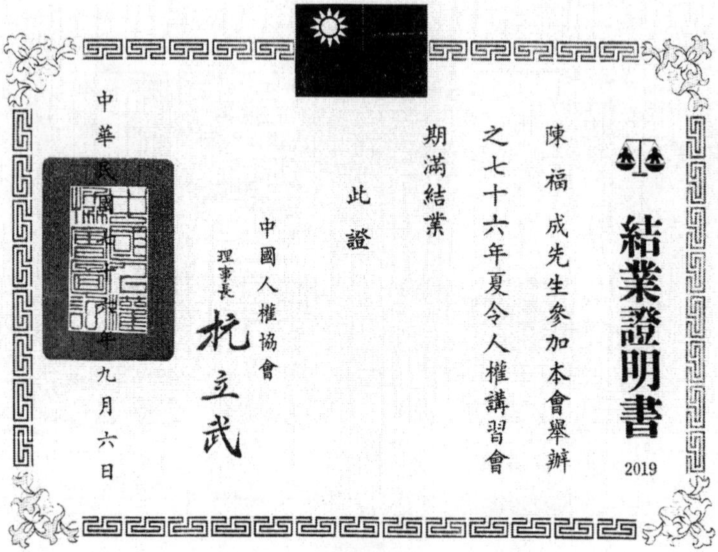

結業證明書

2019

陳福成先生參加本會舉辦

之七十六年夏令人權講習會

期滿結業

此證

中國人權協會

理事長 杭立武

中華民國七十六年九月六日

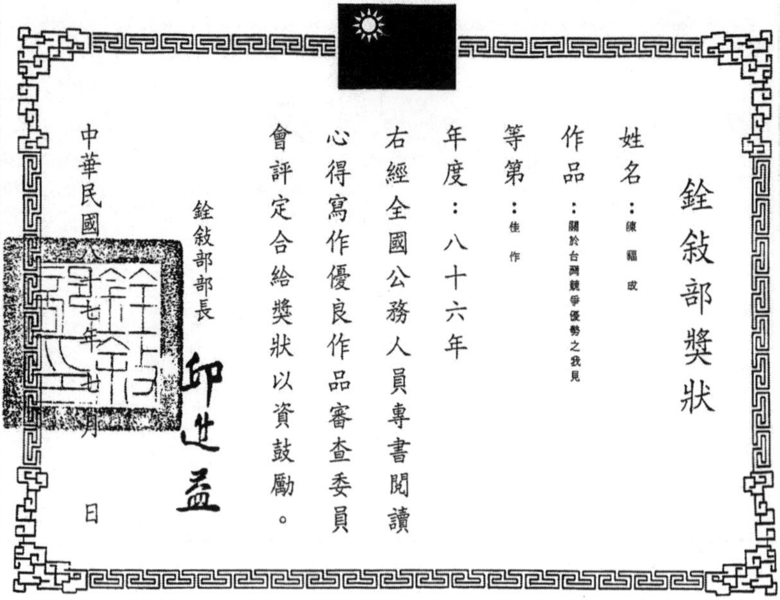

銓敘部獎狀

姓名：陳福成

作品：關於台灣競爭優勢之我見

等第：佳作

年度：八十六年

右經全國公務人員專書閱讀心得寫作優良作品審查委員會評定合給獎狀以資鼓勵。

銓敘部部長 邱進益

中華民國八十七年七月　日

中國國民黨中央委員會文化工作會獎狀

七六文四字第0103號

陳福成同志參加七十五年度三民主義論文競賽經評定為研究所組佳作特頒贈獎狀以資鼓勵

主任 戴瑞明

中華民國[illegible]年六月八日

國軍軍事著作金像獎證書

查陳福成著作之基層單位人員管教之我見一書經本部評定獲選第十二屆軍事著作人事類佳作獎特頒贈獎牌壹座暨獎金新台幣貳萬圓以表揚獎勉對軍事學術之卓越貢獻與優異成績

參謀總長 陸軍一級上將 郝柏村

中華民國[illegible]九月廿七日

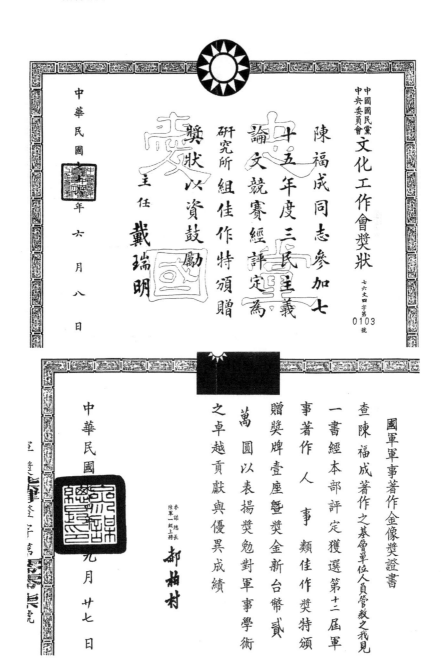

陸軍獎章執照

(72)錄孝字第17440號

陸軍少校陳福成因工作勤奮積滿三大功著有成績令依陸軍獎章頒授辦法規定給與一星寶星獎章一座合發執照以資證明

國防部部長 宋長志

參謀總長 陸軍一級上將 郝柏村

總司令 陸軍一級上將 蔣仲苓

中華民國七十二年十月　日

獎章號碼

勳章證書

(七五)基均字第〇三三五八號

茲以陸軍中校陳福成忠誠勤敏卓著勳勞特頒忠勤勳章以昭懋賞此證

總統 蔣經國

行政院院長 俞國華

國防部部長 汪道淵

中華民國七十五年十二月三十一日

典璽官 劉垕

陸軍獎章執照

(77)岡有字第18975號

陸軍中校 陳福成 因工作勤奮
積滿三大功著有成績令依陸軍
獎章頒授辦法規定給與
景風甲種獎章一座合發
執照以資證明

國防部部長 鄭為元
參謀總長 陸軍一級上將 郝柏村
總司令 陸軍二級上將 黃幸強

中華民國七十七年十月十四日

獎章號碼 一三四四六

陸軍獎章執照

(85)易日字第3499號

教育部軍訓處 陸軍中校 陳福成因工作勤奮
積滿三大功著有成績令依陸軍
獎章頒授辦法規定給與
弼亮甲種獎章一座合發
執照以資證明

國防部部長 蔣仲苓
參謀總長 陸軍一級上將 羅本立

中華民國八十五年一月 日

獎章號碼

勳章號碼

勳章證書

(87)易日字第22593號

兹以陸軍上校陳福成
忠誠勤敏卓著勳勞特頒壹
星忠勤勳章以昭懋賞此證

總統 李登輝
行政院院長 蕭萬長
國防部部長 蔣仲苓

中華民國八十七年十二月八日

監印 徐慶良

教育部獎狀

台(八八)軍獎字第一〇六八號

教育部軍訓處上校教官陳福成從事
軍訓工作肆年拾月
奉准退休在職期間
忠誠勤奮克盡職守
貢獻良多特頒獎狀
以勵忠勤

部長 林清江

中華民國八十八年　月　日

陸軍獎章執照

(88)易日字第04546號

教育部軍訓處
陸軍上校陳福成因服務軍職期間堅守工作崗位任勞任怨貢獻卓著著有功績令依陸軍獎章頒授辦法規定給與陸光甲種獎章一座合發執照以資證明

國防部部長 唐飛

參謀總長
陸軍一級上將 湯曜明

中華民國八十八年三月 日

獎章號碼

聘書

謹聘 **陳福成** 先生/女士

擔任 馬英九 蕭萬長 競選中華民國第十二任 總統 副總統

全國中小企業挺馬蕭喜福後援會 會長

讓我們：

智勇雙全、齊心一志、躍馬向前；
以民為念、致力道義、重現藍天！

此聘

總統候選人 馬英九

副總統候選人 蕭萬長

中華民國九十七年元月卅 日

中華文化復興運動總會　獎狀

文總輝字第　　號

陳福成先生編著孫子實戰經驗研究一書榮獲本會舉辦八十四年菲華特設中正文化獎中之佳作獎除給予獎金外特頒此狀以示獎勵

總統兼會長　李登輝

中華民國八十五年二月六日

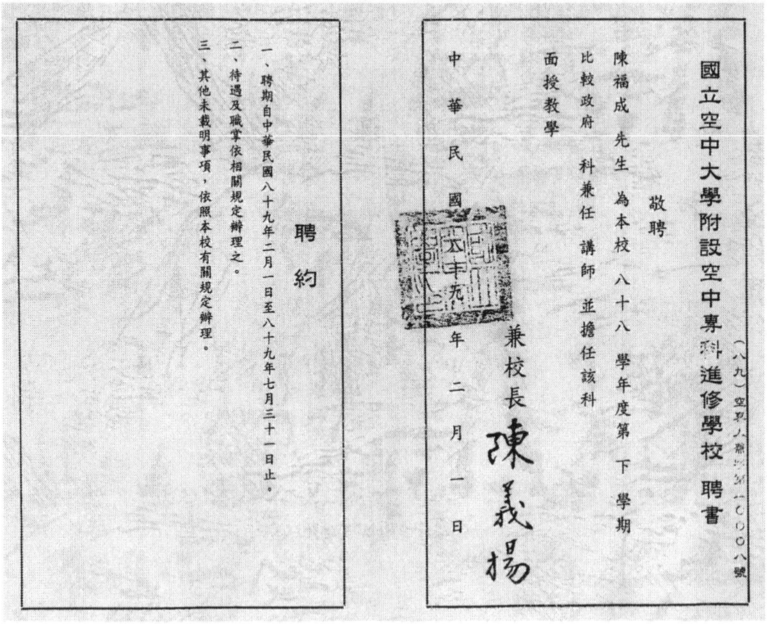

（八九）空專人聘字第一〇〇〇八號

國立空中大學附設空中專科進修學校　聘書

敬聘

陳福成　先生　為本校　八十八　學年度第　下　學期

比較政府　科兼任　講師　並擔任該科

面授教學

兼校長　陳義揚

中華民國八十九年二月一日

聘　約

一、聘期自中華民國八十九年二月一日至八十九年七月三十一日止。

二、待遇及職掌依相關規定辦理之。

三、其他未載明事項，依照本校有關規定辦理。

國立空中大學附設空中專科進修學校 聘書

（八九）空專人兼字第０二三三六號

敬聘

陳福成先生為本校八十九學年度第上學期

立法理論與實務科兼任講師並擔任該科

面授教學

兼代理校長 黃深勳

中華民國八十九年八月一日

聘約

一、聘期自中華民國八十九年八月一日至九十年一月三十一日止。

二、待遇及職掌依相關規定辦理之。

三、其他未載明事項，依照本校有關規定辦理。

（八九）空專人兼字第０一０六三號

國立空中大學附設空中專科進修學校　聘書

敬聘

陳福成　先生　為本校　八十九　學年度第　上　學期

政策執行與評估　科兼任　講師　並擔任該科

面授教學

兼代理校長　黃深勳

中華民國　　年　八　月　一　日

聘約

一、聘期自中華民國八十九年八月一日至九十年一月三十一日止。

二、待遇及職掌依相關規定辦理之。

三、其他未載明事項，依照本校有關規定辦理。

（九〇）空大人兼字第〇五〇六二號

國立空中大學 聘書

敬聘

陳福成 先生 為本大學 八十九 學年度第 下 學期

中華民國憲法 科兼任 講師 並擔任該科

面授教學

代理校長 黃深勳

中 華 民 國 九十 年 二 月 一 日

聘 約

一、聘期自中華民國九十年二月一日至九十年七月三十一日止。

二、待遇依行政院核定本校面授教師鐘點費及其他有關費用支給標準致送。

三、職掌（面授教師）：

1擔任學習指導中心面授教學，輔導學生達成課程學習目標。

2引導學生進行課業研討，解答學生學習上之疑難。

3擔任期中、期末考試之監考、評分及批閱學生平時作業。（本校目前因實施集中閱卷，面授教師非必然擔任期中、末考試之評分工作。）

4向學習指導中心或該科教學策劃小組反應學生之意見與建議。

5按進度參閱教材，並收視（聽）電視（廣播）教學節目，有效指導學生學習。

6參與該科有關之師生座談會、面授教學座談會及學習輔導會議。

7協助本校向學生解釋學校規章及生活品德指導。

四、因故未克於排定面授時間前往面授，須於一週前通知所任教之學習指導中心，並自行洽請其他人員代課。

五、代課人員須為本科系或相關科系畢業取得碩士以上學位者，始得擔任。

六、教師資格送審及升等依教育部核定「本校教師與研究人員遴聘及送審實施要點」及「本校教師升等審查辦法」辦理。

七、其他未載明事項，依照本校有關規定辦理。

（八九）空大人兼字第0三八三七號

國立空中大學 聘書

敬聘

陳福成 先生 為本大學 八十九 學年度第 上 學期
研究方法概論 科兼任 講師 並擔任該科
面授教學

代理校長 黃深勳

中華民國八十九年八月一日

聘約

一、聘期自中華民國八十九年八月一日至九十年一月三十一日止。
二、待遇依行政院核定本校面授教師鐘點費及其他有關費用支給標準致送。
三、職掌（面授教師）：
1擔任學習指導中心面授教學，輔導學生達成課程學習目標。
2引導學生進行課業研討，解答學生學習上之疑難。
3擔任期中、期末考試之監考、評分及批閱學生平時作業。（本校目前因實施集中閱卷，面授教師非必然擔任期中、末考試之評分工作。）
4向學習指導中心或該科教學策劃小組反應學生之意見與建議。
5按進度參閱教材，並收視（聽）電視（廣播）教學節目，有效指導學生學習。
6參與該科有關之師生座談會、面授教學座談會及學習輔導會議。
7協助本校向學生解釋學校規章及生活品德指導。
四、因故未克於排定面授時間前往面授，須於一週前通知所任教之學習指導中心，並自行洽請其他人員代課。
五、代課人員須為本科系或相關科系畢業取得碩士以上學位者，始得擔任。
六、教師資格送審及升等依教育部核定「本校教師與研究人員遴聘及送審實施要點」及「本校教師升等審查辦法」辦理。
七、其他未載明事項，依照本校有關規定辦理。

（九〇）空大人兼字第〇四九九四號

國立空中大學聘書

敬聘

陳福成先生為本大學八十九學年度第下學期

組織發展科兼任講師並擔任該科

面授教學

代理校長 黃深勳

中華民國九十年二月一日

聘約

一、聘期自中華民國九十年二月一日至九十年七月三十一日止。

二、待遇依行政院核定本校面授教師鐘點費及其他有關費用支給標準致送。

三、職掌（面授教師）：

1擔任學習指導中心面授教學，輔導學生達成課程學習目標。

2引導學生進行課業研討，解答學生學習上之疑難。

3擔任期中、期末考試之監考、評分及批閱學生平時作業。（本校目前因實施集中閱卷，面授教師非必然擔任期中、末考試之評分工作。）

4向學習指導中心或該科教學策劃小組反應學生之意見與建議。

5按進度參閱教材，並收視（聽）電視（廣播）教學節目，有效指導學生學習。

6參與該科有關之師生座談會、面授教學座談會及學習輔導會議。

7協助本校向學生解釋學校規章及生活品德指導。

四、因故未克於排定面授時間前往面授，須於一週前通知所任教之學習指導中心，並自行洽請其他人員代課。

五、代課人員須為本科系或相關科系畢業取得碩士以上學位者，始得擔任。

六、教師資格送審及升等依教育部核定「本校教師與研究人員遴聘及送審實施要點」及「本校教師升等審查辦法」辦理。

七、其他未載明事項，依照本校有關規定辦理。

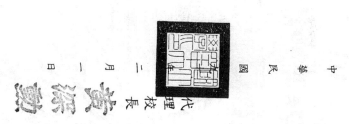

國立空中大學附設空中專科進修學校 聘書

（九〇）空專人兼字第一二〇〇〇號

敬聘

陳福成 先生 為本校 九十 學年度第 上 學期

現代化與近代中國的變遷 科兼任 講師 並擔任該科

面授教學

兼校長 黃深勳

中華民國 九十年 八月 一日

聘約

一、聘期自中華民國九十年八月一日至九十一年一月三十一日止。

二、待遇及職掌依相關規定辦理之。

三、其他未載明事項，依照本校有關規定辦理。

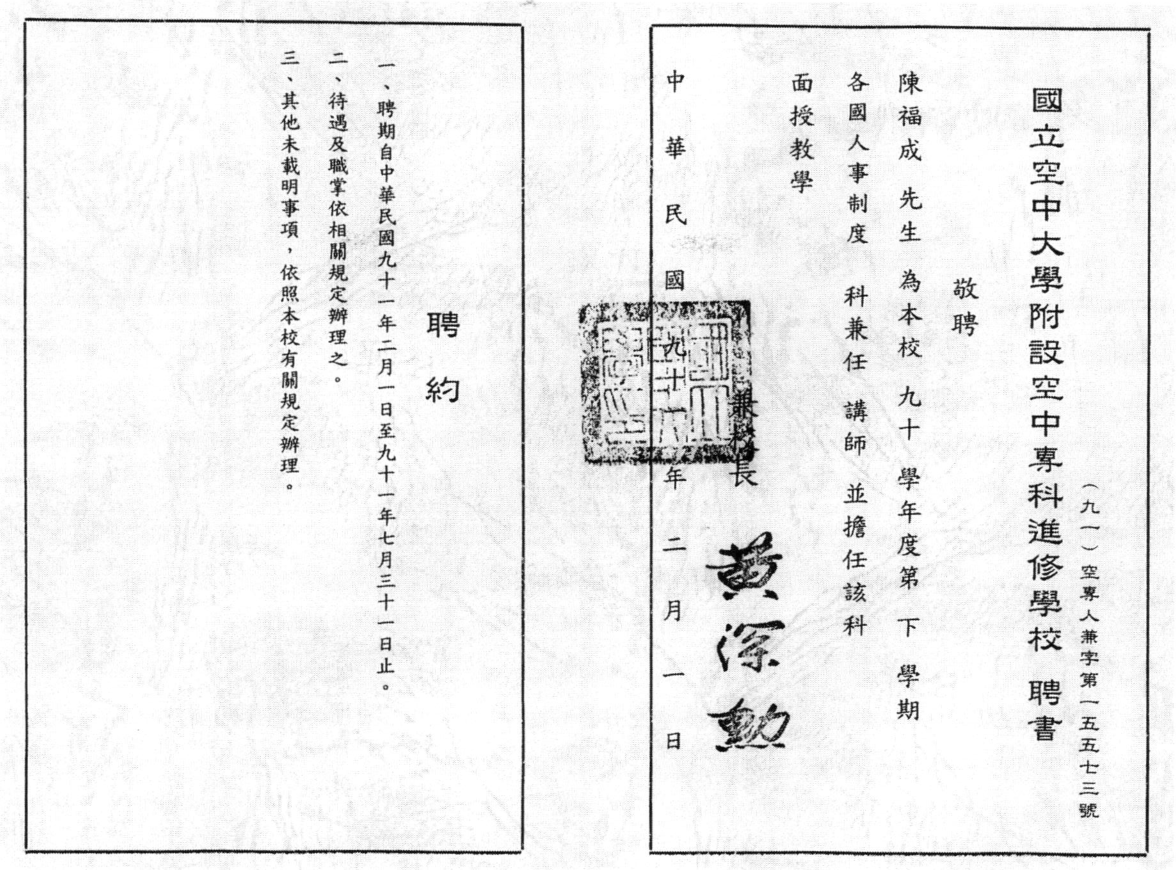

（九一）空專人兼字第一五五七三號

國立空中大學附設空中專科進修學校 聘書

陳福成 先生 為本校 九十 學年度第 下 學期
各國人事制度 科兼任 講師 並擔任該科
面授教學

敬聘

兼校長 黃深勳

中華民國 九十一 年 二 月 一 日

聘約

一、聘期自中華民國九十一年二月一日至九十一年七月三十一日止。

二、待遇及職掌依相關規定辦理之。

三、其他未載明事項，依照本校有關規定辦理。

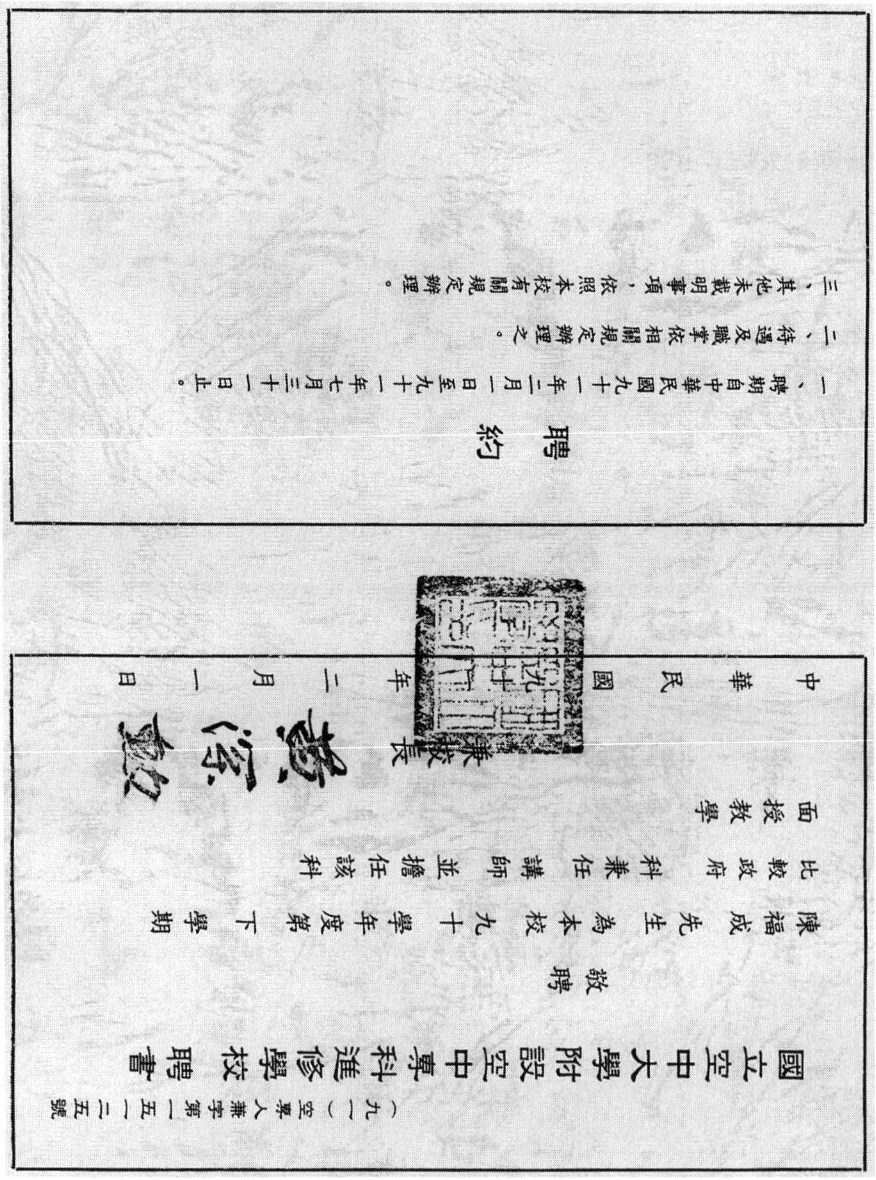

國立空中大學附設空中專科進修學校聘書

（九一）空專人兼字第一五一二五號

敬聘

陳福成先生為本校九十學年度第下學期

比較政府科兼任講師並擔任該科

面授教學

校長

中華民國　年二月一日

聘約

一、聘期自中華民國九十一年二月一日至九十一年七月三十一日止。

二、待遇及職掌依相關規定辦理之。

三、其他未載明事項，依照本校有關規定辦理。

（九二一〇）空大人兼字第〇〇八八七號

國立空中大學 聘書

敬聘

陳福成 先生 為本大學 九十二 學年度第 上 學期

立法理論與實務 科兼任 講師 並擔任該科

面授教學

校長 黃深勳

中華民國 九十 九 月 三十 日

聘約

一、聘期自中華民國九十二年八月一日至九十三年一月三十一日止。

二、待遇依行政院核定本校面授教師鐘點費及其他有關費用支給標準致送。

三、職掌（面授教師）：

1擔任學習指導中心面授教學，輔導學生達成課程學習目標。

2引導學生進行課業研討，解答學生學習上之疑難。

3擔任期中、期末考試之監考、評分及批閱學生平時作業。（本校目前因實施集中閱卷，面授教師非必然擔任期中、末考試之評分工作。）

4向學習指導中心或該科教學策劃小組反應學生之意見與建議。

5按進度參閱教材，並收視（聽）電視（廣播）教學節目，有效指導學生學習。

6參與該科有關之師生座談會、面授教學座談會及學習輔導會議。

7協助本校向學生解釋學校規章及生活品德指導。

四、因故未克於排定面授時間前往面授，須於一週前通知所任教之學習指導中心，並自行洽請其他人員代課。

五、代課人員須為本科系或相關科系畢業取得碩士以上學位者，始得擔任。

六、教師資格送審及升等依教育部核定「本校教師與研究人員遴聘及送審實施要點」及「本校教師升等審查辦法」辦理。

七、其他未載明事項，依照本校有關規定辦理。

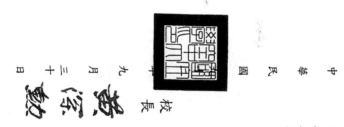

（九二一〇）空大人兼字第〇一九六五號

國立空中大學 聘書

陳福成　先生　為本大學　九十二　學年度第　上　學期
中國大陸研究概論　科兼任　講師　並擔任該科
面授教學　　敬聘

校長　黃深勳

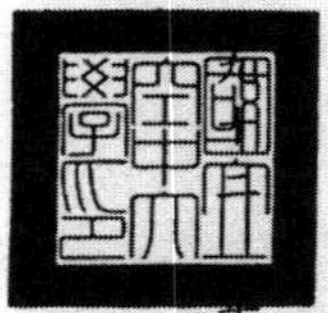

中　華　民　國　九十二年　九　月　三十　日

聘約

一、聘期自中華民國九十二年八月一日至九十三年一月三十一日止。
二、待遇依行政院核定本校面授教師鐘點費及其他有關費用支給標準致送。
三、職掌（面授教師）：
　1擔任學習指導中心面授教學，輔導學生達成課程學習目標。
　2引導學生進行課業研討，解答學生學習上之疑難。
　3擔任期中、期末考試之監考、評分及批閱學生平時作業。（本校目前因實施集中閱卷，面授教師非必然擔任期中、末考試之評分工作。）
　4向學習指導中心或該科教學策劃小組反應學生之意見與建議。
　5按進度參閱教材，並收視（聽）電視（廣播）教學節目，有效指導學生學習。
　6參與該科有關之師生座談會、面授教學座談會及學習輔導會議。
　7協助本校向學生解釋學校規章及生活品德指導。
四、因故未克於排定面授時間前往面授，須於一週前通知所任教之學習指導中心，並自行洽請其他人員代課。
五、代課人員須為本科系或相關科系畢業取得碩士以上學位者，始得擔任。
六、教師資格送審及升等依教育部核定「本校教師與研究人員遴聘及送審實施要點」及「本校教師升等審查辦法」辦理。
七、其他未載明事項，依照本校有關規定辦理。

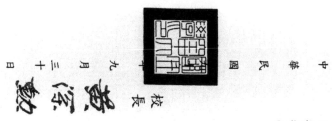

國立空中大學 聘書

（九三）空大人兼字第〇二二五五號

陳福成 先生 為本大學 九十二 學年度第 下 學期

公共管理 科兼任 講師 並擔任該科

面授教學

敬聘

校長 黃深勳

中華民國　年 二 月 一 日

聘約

一、聘期自中華民國九十三年二月一日至九十三年七月三十一日止。

二、待遇依行政院核定本校面授教師鐘點費及其他有關費用支給標準致送。

三、職掌（面授教師）：

1擔任學習指導中心面授教學，輔導學生達成課程學習目標。

2引導學生進行課業研討，解答學生學習上之疑難。

3擔任期中、期末考試之監考、評分及批閱學生平時作業。（本校目前因實施集中閱卷，面授教師非必然擔任期中、末考試之評分工作。）

4向學習指導中心或該科教學策劃小組反應學生之意見與建議。

5按進度參閱教材，並收視（聽）電視（廣播）教學節目，有效指導學生學習。

6參與該科有關之師生座談會、面授教學座談會及學習輔導會議。

7協助本校向學生解釋學校規章及生活品德指導。

四、因故未克於排定面授時間前往面授，須於一週前通知所任教之學習指導中心，並自行洽請其他人員代課。

五、代課人員須為本科系或相關科系畢業取得碩士以上學位者，始得擔任。

六、教師資格送審及升等依教育部核定「本校教師與研究人員遴聘及送審實施要點」及「本校教師升等審查辦法」辦理。

七、其他未載明事項，依照本校有關規定辦理。

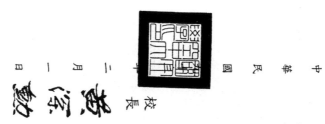

（九四）空大人兼字第〇八一七七號

國立空中大學　聘書

陳福成　先生　為本大學　九十三　學年度第　下　學期

政策執行與評估　科兼任　講師　並擔任該科

面授教學

敬聘

校長　劉水深

中華民國　九十四　年　三　月　一　日

聘約

一、聘期自中華民國九十四年二月一日至九十四年七月三十一日止。

二、待遇依行政院核定本校面授教師鐘點費及其他有關費用支給標準致送。

三、職掌（面授教師）：

1擔任學習指導中心面授教學，輔導學生達成課程學習目標。

2引導學生進行課業研討，解答學生學習上之疑難。

3擔任期中、期末考試之監考、評分及批閱學生平時作業。（本校目前因實施集中閱卷，面授教師非必然擔任期中、末考試之評分工作。）

4向學習指導中心或該科教學策劃小組反應學生之意見與建議。

5按進度參閱教材，並收視（聽）電視（廣播）教學節目，有效指導學生學習。

6參與該科有關之師生座談會、面授教學座談會及學習輔導會議。

7協助本校向學生解釋學校規章及生活品德指導。

四、因故未克於排定面授時間前往面授，須於一週前通知所任教之學習指導中心，並自行洽請其他人員代課。

五、代課人員須為本科系或相關科系畢業取得碩士以上學位者，始得擔任。

六、教師資格送審及升等依教育部核定「本校教師與研究人員遴聘及送審實施要點」及「本校教師升等審查辦法」辦理。

七、其他未載明事項，依照本校有關規定辦理。

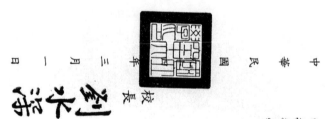

國立空中大學　聘書

(95)空大人兼字第 07470 號

敬聘

陳福成 先生 為本大學 94 學年度 下 學期

中華民國憲法 科兼任 講師 並擔任該科 面

授教學

校長 劉水深

中華民國 9 … 月 31 日

聘　約

一、聘期自中華民國 95 年 02 月 01 日至 95 年 07 月 31 日止。

二、待遇依行政院核定本校面授教師鐘點費及其他有關費用支給標準致送。

三、職掌（面授教師）：

1. 擔任學習指導中心面授教學，輔導學生達成課程學習目標。
2. 引導學生進行課業研討，解答學生學習上之疑難。
3. 擔任期中、末考試之監考、評分及批閱學生平時作業。（本校目前因實施集中閱卷，面授教師非必然擔任期中、末考試之評分工作。）
4. 向學習指導中心或該科教學策劃小組反應學生之意見與建議。
5. 按進度參閱教材，並收視(聽)電視(廣播)教學節目，有效指導學生學習。
6. 參與該科有關之師生座談會、面授教學座談會及學習輔導會議。
7. 協助本校向學生解釋學校規章及生活品德指導。

四、因故未克於排定面授時間前往面授，須於一週前通知所任教之學習指導中心，並自行洽請其他人員代課。

五、代課人員須為本科系或相關科系畢業取得碩士以上學位者，始得擔任。

六、教師資格送審及升等依教育部核定「本校教師與研究人員遴聘及送審實施要點」及「本校教師升等審查辦法」辦理。

七、其他未載明事項，依照本校有關規定辦理。

國立空中大學 聘書

(97)空大人兼字第16542號

敬聘

陳福成 老師 為本大學 97 學年度 上 學期 公共治理 科兼任 講師 並擔任該科 面授教學

校長 陳松柏

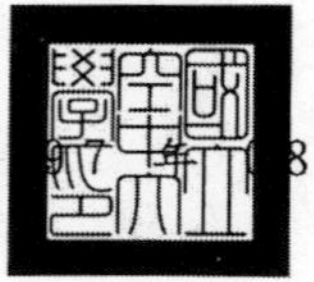

中華民國 97 年 08 月 01 日

聘約

一、聘期自中華民國97年08月01日至98年01月31日止。

二、待遇依行政院核定本校面授教師鐘點費及其他有關費用支給標準致送。

三、職掌（面授教師）：

1. 擔任學習指導中心面授教學，輔導學生達成課程學習目標。
2. 引導學生進行課業研討，解答學生學習上之疑難。
3. 擔任期中、末考試之監考、評分及批閱學生平時作業。（本校目前因實施集中閱卷，面授教師非必然擔任期中、末考試之評分工作。）
4. 向學習指導中心或該科教學策劃小組反應學生之意見與建議。
5. 按進度參閱教材，並收視(聽)電視(廣播)教學節目，有效指導學生學習。
6. 參與該科有關之師生座談會、面授教學座談會及學習輔導會議。
7. 協助本校向學生解釋學校規章及生活品德指導。

四、因故未克於排定面授時間前往面授，須於一週前通知所任教之學習指導中心，並自行洽請其他人員代課。

五、代課人員須為本科系或相關科系畢業取得碩士以上學位者，始得擔任。

六、教師資格送審及升等依教育部核定「本校教師與研究人員遴聘及送審實施要點」及「本校教師升等審查辦法」辦理。

七、其他未載明事項，依照本校有關規定辦理。

國立空中大學 聘書

(97)空大人兼字第0972051499號

敬聘

陳福成 老師 為本大學 97 學年度 下學期

地方政府與自治 科兼任 講師

並擔任該科 面授教學

校長 陳松柏

中華民國 9[illegible] 年 02 [illegible] 01 日

聘約

一、聘期為自中華民國98年02月01日至98年07月31日止。

二、待遇依行政院核定本校面授教師鐘點費及其他有關費用支給標準致送。

三、職掌（面授教師）：

1、擔任學習指導中心面授教學，輔導學生達成課程學習目標。

2、引導學生進行課業研討，解答學生學習上之疑難。

3、擔任期中、末考試之監考、評分及批閱學生平時作業。（本校目前因實施集中閱卷，面授教師非必然擔任期中、末考試之評分工作）。

4、向學習指導中心或該科教學策劃小組反應學生之意見與建議。

5、按進度參閱教材，並收視（聽）電視（廣播）教學節目，有效有指導學生學習。

6、參與該科有關之師生座談會、面授教學座談會及學習輔導會議。

7、協助本校向學生解釋學校規章及生活品德指導。

四、因故未克於排定面授時間前往面授，須於一週前通知所任教之學習指導中心，並自行洽請其他人員代課。

五、代課人員須為本科系或相關科系畢業取得碩士以上學位者，始得擔任。

六、教師資格送審及升等依教育部核定「本校教師與研究人員遴聘及送審實施要點」及「本校教師升等審查辦法」辦理。

七、其他未載明事項，依照本校有關規定辦理。

二〇二〇年四月增訂再版補充檔案

（九三）空大人兼字第0二六八五號

國立空中大學　聘書

陳福成　先生　為本大學　九十二　學年度第　下　學期

敬聘

組織發展　科兼任　講師　並擔任該科

面授教學

校長　黃深勳

中華民國　　年　二　月　一　日

聘約

一、聘期自中華民國九十三年二月一日至九十三年七月三十一日止。

二、待遇依行政院核定本校面授教師鐘點費及其他有關費用支給標準致送。

三、職掌（面授教師）：

1擔任學習指導中心面授教學，輔導學生達成課程學習目標。

2引導學生進行課業研討，解答學生學習上之疑難。

3擔任期中、期末考試之監考、評分及批閱學生平時作業。（本校目前因實施集中閱卷，面授教師非必然擔任期中、末考試之評分工作。）

4向學習指導中心或該科教學策劃小組反應學生之意見與建議。

5按進度參閱教材，並收視（聽）電視（廣播）教學節目，有效指導學生學習。

6參與該科有關之師生座談會、面授教學座談會及學習輔導會議。

7協助本校向學生解釋學校規章及生活品德指導。

四、因故未克於排定面授時間前往面授，須於一週前通知所任教之學習指導中心，並自行洽請其他人員代課。

五、代課人員須為本科系或相關科系畢業取得碩士以上學位者，始得擔任。

六、教師資格送審及升等依教育部核定「本校教師與研究人員遴聘及送審實施要點」及「本校教師升等審查辦法」辦理。

七、其他未載明事項，依照本校有關規定辦理。

（九三）空大人兼字第〇四六四六號

國立空中大學 聘書

敬聘

陳福成 先生 為本大學 九十三 學年度第 上 學期

政府與企業 科兼任 講師 並擔任該科

面授教學

校長 劉水深

中華民國 年 十 月 五 日

聘約

一、聘期自中華民國九十三年八月一日至九十四年一月三十一日止。

二、待遇依行政院核定本校面授教師鐘點費及其他有關費用支給標準致送。

三、職掌（面授教師）：

1擔任學習指導中心面授教學，輔導學生達成課程學習目標。

2引導學生進行課業研討，解答學生學習上之疑難。

3擔任期中、期末考試之監考、評分及批閱學生平時作業。（本校目前因實施集中閱卷，面授教師非必然擔任期中、末考試之評分工作。）

4向學習指導中心或該科教學策劃小組反應學生之意見與建議。

5按進度參閱教材，並收視（聽）電視（廣播）教學節目，有效指導學生學習。

6參與該科有關之師生座談會、面授教學座談會及學習輔導會議。

7協助本校向學生解釋學校規章及生活品德指導。

四、因故未克於排定面授時間前往面授，須於一週前通知所任教之學習指導中心，並自行洽請其他人員代課。

五、代課人員須為本科系或相關科系畢業取得碩士以上學位者，始得擔任。

六、教師資格送審及升等依教育部核定「本校教師與研究人員遴聘及送審實施要點」及「本校教師升等審查辦法」辦理。

七、其他未載明事項，依照本校有關規定辦理。

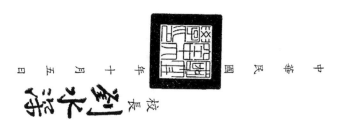

（九四）空大人兼字第〇八五七二號

國立空中大學 聘書

敬聘

陳福成 先生 為本大學 九十三 學年度第 下 學期

中國政治思想史 科兼任 講師 並擔任該科

面授教學

校長 劉水深

中華民國 年 三 月 一 日

聘約

一、聘期自中華民國九十四年二月一日至九十四年七月三十一日止。

二、待遇依行政院核定本校面授教師鐘點費及其他有關費用支給標準致送。

三、職掌（面授教師）：

1擔任學習指導中心面授教學，輔導學生達成課程學習目標。

2引導學生進行課業研討，解答學生學習上之疑難。

3擔任期中、期末考試之監考、評分及批閱學生平時作業。（本校目前因實施集中閱卷，面授教師非必然擔任期中、末考試之評分工作。）

4向學習指導中心或該科教學策劃小組反應學生之意見與建議。

5按進度參閱教材，並收視（聽）電視（廣播）教學節目，有效指導學生學習。

6參與該科有關之師生座談會、面授教學座談會及學習輔導會議。

7協助本校向學生解釋學校規章及生活品德指導。

四、因故未克於排定面授時間前往面授，須於一週前通知所任教之學習指導中心，並自行洽請其他人員代課。

五、代課人員須為本科系或相關科系畢業取得碩士以上學位者，始得擔任。

六、教師資格送審及升等依教育部核定「本校教師與研究人員遴聘及送審實施要點」及「本校教師升等審查辦法」辦理。

七、其他未載明事項，依照本校有關規定辦理。

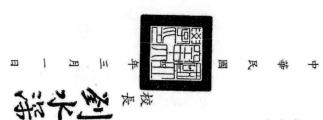

花東防衛司令部砲指部 32130

承辦單位：參一

附加標示：本人令為人事有效命令，應妥慎保管

人令勣官字第〇二五號

保密區分	受文者	來文時間字號	行文單位
	副指揮官陳福成中校	年 月 日 字第 號	正本：表列單位 副本：如說明

傳遞速度	發文 文號	日期	字號	駐地
	32130	八十二年九月十日	(82)雀身字第八九九號	斗六大埔

處理速度：

蓋印處

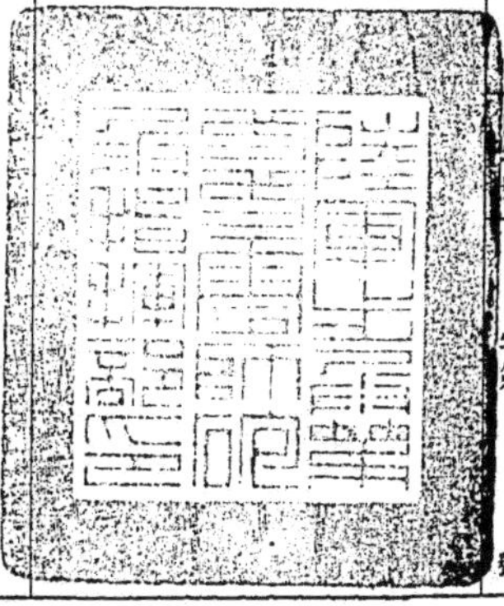

前文時間字號： 年 月 日 字第 號

主旨：茲核定陳福成中校等陸員獎勵如次，希照辦！

單位 名稱	砲指部	砲指部
單位 代號(6—)	32130	32130
兵籍號碼(12—2)	地 510487	玄A178345
姓名	陳福成	黃裕隆
編號	001	002
級職(現階)	中校副指揮官	少校作戰官
編階代號(24—25)	40	40
勳(懲罰)獎 事由	負責督導本部八十三年砲訓部駐地督訪，圓滿達成任務。	負責修訂八十三年度固安作戰計畫，圓滿達成任務。
代號(—)	72	74
種類	嘉獎乙次	嘉獎乙次
獎 代號(—)	81	81
勳(獎)章證書(執照)號碼		
獎記點識別(37)	C	C
姓名四角號碼	753173	443877
備考		

(令)

砲指部	砲八四〇營	砲八四〇營	砲八三七營
32130	32142	32142	32132
黃 144613	玄 947402	玄 947402	玄 947596
劉文安	梁大同	梁大同	胡國政
003	004	005	006
少校訓練官	中校營長	中校營長	中校營長
40	40	40	40
承辦八十三年度砲訓部駐地督訪，圓滿達成任務。	負責執行八十三年度新幹部職前講習暨五〇機檢集訓，圓滿達成任務。	八十三年度砲訓部駐地督訪，負責行政事宜，圓滿達成任務。	八十三年度砲訓部駐地督訪，負責督導該營戰備整備圓滿達成任務。
74	72	72	72
嘉獎乙次	嘉獎乙次	嘉獎乙次	嘉獎乙次
81	81	81	81
C	C	C	C
720030	334077	334077	476018

說明：副本抄送總部人五組(1)，人六組(2)，司令部第一處(5)，政三科(1)，政四科(1)，資料室(1)，本部參一(1)，政三(1)

砲八三七營(1)，砲八四〇營(1)，終端台(1)、、(以上均請查照或登資)。

指揮官 陸軍砲兵上校 路復國

校對：鍾曜任

保存年限

檔號

教育部（令）

速別：最速件

密等：

解密條件：

受文者：如行文單位

行文單位：
正本：國立台灣大學
副本：如說明

批示：

擬辦：

發文
日期：中華民國捌拾伍年玖月拾壹日
字號：台(85)軍字第八五五一七八〇七號
附件：附件隨文

主旨：茲核定陸軍砲兵中校陳福成壹員調職如附冊，並自八十五年九月一日起生效，請　照辦。

說明：副本（含附冊）抄送國防部人事參謀次長室（三處及中央作業組）、陸軍總司令部、本部訓育委員會、軍訓處十份及冊列陳員。

部長吳京

軍訓處處長宋文決行

				調	因原動異1	區分
				K133	號代動異2	
				地510487	碼號籍兵3	
			右計處員	陳福成	姓名 4	
				3A72 校上	長專及級階5	編制
				30	號代級階6	
				50AA 0101	號制編7	
				步兵 軍陸	別科(2)及種軍(1)8	
				AT1	號代 9	
				級二十校中	級(薪)階10	現職
				4012	號代11	
				3A34	長專人本12	
				台北市 國立台灣大學	單位名稱 13	新任
				04701	號代14	
				官教任主學大	稱職15	
				5413	號代16	
				台北市 國立台灣大學	單位名稱 17	原任
				官教般一學大	稱(級別)職18	
				九 公	期日效生19	
					號查檢20	
					料資進新21	
					備註 22	

副本

公務人員退休撫卹基金管理委員會　書函

機關地址：台北市文山區試院路一號
傳　　真：（〇二）二二三六二一一二七

受文者：陳福成君

速別：最速件
密等及解密條件：普通
發文日期：中華民國八十八年二月五日
發文字號：八八台管業三字第〇一〇九八四四號
附件：如主旨

主旨：貴室退除給與名冊與本會檔存資料有差異，且已近當事人退除生效日期，請儘速查明更正並通知本會，俾利本會辦理退除給與，茲檢附「國防部各主管機關核定退伍除役名冊資料與公務人員退休撫卹基金管理委員會轉檔資料差異表」乙份，請查照。

正本：國防部人事參謀次長室
副本：國防部通信電子資訊局國防資訊中心、陳福成君、陳裕禎君、林鉅富君、葉國楨君、李建志君、邱勇賓君、葉凱晴君、黃基庭君、蔡文偉君、劉金華君、王進生君、李再元君

公務人員退休撫卹基金管理委員會

本案依照分層負責辦法授權主管科長判發

第一頁（共一頁）

國防部各主管機關核定退伍除役名冊資料與公務人員退休撫卹基金管理委員會轉檔資料差異表

核定機關	日期文號	姓名 身分證統號	核定結果 階級	核定結果 俸點	國防部送本會資料 階級	國防部送本會資料 俸點	國防部送本會資料 資料	退除生效日
國防部人事參謀次長室	088.02.02(88)易晨字第2357	陳福成 L102162441	上校	0710	上校	0690	俸點錯誤	088.02.02
〃	088.02.02(88)易晨字第2358	陳裕禎 V100462161	上校	0770	上校	0750	俸點錯誤	088.02.02
〃	088.02.02(88)易旭字第2947	葉國檳 Q121728034	三等士官長	0310	三等士官長	0330	俸點錯誤	088.02.03
〃	〃	李建志 R122753103	上士	0280	中士	0250	俸點錯誤	088.02.06
〃	〃	邱勇賓 S120324801	上士	0280	中士	0250	俸點錯誤	088.02.06
〃	〃	葉凱晴 E122472103	上士	0280	中士	0250	俸點錯誤	088.02.06
〃	〃	黃基庭 E122430150	上士	0280	中士	0250	俸點錯誤	088.02.06

請配合辦理事宜

一請查明更正補列後，除通知國防資訊中心以媒體傳送正確資料外，並副知本會處理結果。

二有漏列或俸點有誤者請通知國防部財務中心扣繳基金費用，如核定結果有誤者請再重新核發退伍

〃	〃	蔡文偉 S122419901	上士	0280	中士	0250	俸點錯誤	088.02.06	除役名冊送本會辦理。
〃	〃	劉金華 S122559482	上士	0280	中士	0250	俸點錯誤	088.02.06	
〃	〃	王進生 D121681474	上士	0280	中士	0250	俸點錯誤	088.02.06	
〃	〃	李再元 T122259915	上士	0280	中士	0250	俸點錯誤	088.02.06	
〃	088.02.01(88)易晨字第 2356	林鉅富 S1211485161	上尉	0395	上尉	0395	身分證統號錯誤 S121485161	088.02.06	

副本

教育部　書函

機關地址：台北市中山南路五號
傳真：〇二—二三九七六九三九

受文者：國立台灣大學軍訓室

速別：最速件
密等及解密條件：
發文日期：中華民國捌拾捌年叁月廿肆日
發文字號：台（八八）軍字第八八〇二九九九一號
附件：

主旨：檢送貴督考分區退伍陸軍上校陳福成、陳玲瑛等二員陸光甲種獎章及執照各乙軸，均如附件，請轉發各員收執。

說明：依據國防部人事參謀次長室八十八年三月八日（八八）易日字第四五四六號函辦理

正本：國立台灣師範大學軍訓室
副本：國立台灣大學軍訓室、軍訓處第一科

台大軍訓室 88.3.25 No.

教育部

國立臺灣大學（函）

保存年限

檔號

速別：最速件

密等

副本

受文者：夜間部 工學院 陳福成教官

副本收受者：學務處 生輔組 軍訓室 各主任教官 陳福成教官

批示

解密條件：公佈後解密 附件抽存後解密 年 月 日自動解密

發文日期：中華民國捌拾叁年[illegible]月[illegible]日發文

發文字號：(83)校學 15105

附件

擬辦

主旨：茲核定中校教官陳福成調任本校夜間部教官，自83.8.31生效，請 查照。

校長 陳維昭

地址：臺北市羅斯福路四段一號

電話總機：三六三〇二三一

裝 訂 線

陳福成著作全編總目

為中華民族的生存發展進百書疏
金秋六人行
漸凍勇士陳宏

捌、小說、翻譯小說

迷情．奇謀．輪迴、
愛倫坡恐怖推理小說

玖、散文、論文、雜記、詩遊記、人生小品

一個軍校生的台大閒情
古道．秋風．瘦筆
頓悟學習
春秋正義
公主與王子的夢幻、
洄游的鮭魚
男人和女人的情話真話
台灣邊陲之美
最自在的彩霞
梁又平事件後

拾、回憶錄體

五十不惑
我的革命檔案
台大教官興衰錄
迷航記、
最後一代書寫的身影
我這輩子幹了什麼好事
那些年我們是這樣寫情書的
那些年我們是這樣談戀愛的
台灣大學退休人員聯誼會第九屆理事長記實

拾壹、兵學、戰爭

孫子實戰經驗研究
第四波戰爭開山鼻祖賓拉登

拾貳、政治研究

政治學方法論概說
西洋政治思想史概述
中國全民民主統一會北京行
尋找理想國：中國式民主政治研究要綱

拾參、中國命運、喚醒國魂

大浩劫後：日本311天譴說
日本問題的終極處理
台大逸仙學會

拾肆、地方誌、地區研究

台北公館台大地區考古．導覽
台中開發史
台北的前世今生
台北公館地區開發史

拾伍、其他

英文單字研究
與君賞玩天地寬（文友評論）
非常傳銷學
新領導與管理實務

2015 年 9 月後新著

編號	書　　　　名	出版社	出版時間	定價	字數（萬）	內容性質
81	一隻菜鳥的學佛初認識	文史哲	2015.09	460	12	學佛心得
82	海青青的天空	文史哲	2015.09	250	6	現代詩評
83	為播詩種與莊雲惠詩作初探	文史哲	2015.11	280	5	童詩、現代詩評
84	世界洪門歷史文化協會論壇	文史哲	2016.01	280	6	洪門活動紀錄
85	三黨搞統一：解剖共產黨、國民黨、民進黨怎樣搞統一	文史哲	2016.03	420	13	政治、統一
86	緣來艱辛非尋常－賞讀范揚松仿古體詩稿	文史哲	2016.04	400	9	詩、文學
87	大兵法家范蠡研究－商聖財神陶朱公傳奇	文史哲	2016.06	280	8	范蠡研究
88	典藏斷滅的文明：最後一代書寫身影的告別紀念	文史哲	2016.08	450	8	各種手稿
89	葉莎現代詩研究欣賞：靈山一朵花的美感	文史哲	2016.08	220	6	現代詩評
90	臺灣大學退休人員聯誼會第十屆理事長實記暨2015～2016 重要事件簿	文史哲	2016.04	400	8	日記
91	我與當代中國大學圖書館的因緣	文史哲	2017.04	300	5	紀念狀
92	廣西參訪遊記（編著）	文史哲	2016.10	300	6	詩、遊記
93	中國鄉土詩人金土作品研究	文史哲	2017.12	420	11	文學研究
93	暇豫翻翻《揚子江》詩刊：蟾蜍山麓讀書瑣記	文史哲	2018.02	320	7	文學研究
94	我讀上海《海上詩刊》：中國歷史園林豫園詩話瑣記	文史哲	2018.03	320	6	文學研究
95	天帝教第二人間使命：上帝加持中國統一之努力	文史哲	2018.03	460	13	宗教
96	范蠡致富研究與學習：商聖財神之實務與操作	文史哲	2018.06	280	8	文學研究
97	光陰簡史：我的影像回憶錄現代詩集	文史哲	2018.07	360	6	詩、文學
98	光陰考古學：失落圖像考古現代詩集	文史哲	2018.08	460	7	詩、文學
99	鄭雅文現代詩之佛法衍繹	文史哲	2018.08	240	6	文學研究
100	林錫嘉現代詩賞析	文史哲	2018.08	420	10	文學研究
101	現代田園詩人許其正作品研析	文史哲	2018.08	520	12	文學研究
102	莫渝現代詩賞析	文史哲	2018.08	320	7	文學研究
103	陳寧貴現代詩研究	文史哲	2018.08	380	9	文學研究
104	曾美霞現代詩研析	文史哲	2018.08	360	7	文學研究
105	劉正偉現代詩賞析	文史哲	2018.08	400	9	文學研究
106	陳福成著作述評：他的寫作人生	文史哲	2018.08	420	9	文學研究
107	舉起文化使命的火把：彭正雄出版及交流一甲子	文史哲	2018.08	480	9	文學研究
108	我讀北京《黃埔》雜誌的筆記	文史哲	2018.10	400	9	文學研究
109	北京天津廊坊參訪紀實	文史哲	2019.12	420	8	遊記
110	觀自在綠蒂詩話：無住生詩的漂泊詩人	文史哲	2019.12	420	14	文學研究

陳福成國防通識課程著編及其他作品

（各級學校教科書及其他）

編號	書　　名	出版社	教育部審定
1	國家安全概論（大學院校用）	幼　獅	民國 86 年
2	國家安全概述（高中職、專科用）	幼　獅	民國 86 年
3	國家安全概論（台灣大學專用書）	台　大	（臺大不送審）
4	軍事研究（大專院校用）	全　華	民國 95 年
5	國防通識（第一冊、高中學生用）	龍　騰	民國 94 年課程要綱
6	國防通識（第二冊、高中學生用）	龍　騰	同
7	國防通識（第三冊、高中學生用）	龍　騰	同
8	國防通識（第四冊、高中學生用）	龍　騰	同
9	國防通識（第一冊、教師專用）	龍　騰	同
10	國防通識（第二冊、教師專用）	龍　騰	同
11	國防通識（第三冊、教師專用）	龍　騰	同
12	國防通識（第四冊、教師專用）	龍　騰	同
13	臺灣大學退休人員聯誼會會務通訊	文史哲	
14	把腳印典藏在雲端：三月詩會詩人手稿詩	文史哲	
15	留住末代書寫的身影：三月詩會詩人往來書簡殘存集	文史哲	
16	三世因緣：書畫芳香幾世情	文史哲	

註：以上除編號 4，餘均非賣品，編號 4 至 12 均合著。

編號 13　定價 1000 元。